# 耽美

estheticism

紙礫

12

わが肩に春の世界のもの一つくづれ来しやと御手をおもひし

――与謝野晶子

# 目次

# 春　――二つの連作――

岡本《おかもと》かの子

## (一)　狂女の恋文

一

　加奈子《かなこ》は気違いの京子《きょうこ》に、一日に一度は散歩させなければならなかった。でも、京子は危くて独りで表へ出せない。京子は狂暴性や危険症の狂患者ではないけれど、京子の超現実的動作が全ての現代文化の歩調とは合わなかった。たまたま表の往来へ出ても、電車、自動車、自転車、現代人の歩行のスピードと京子の動作は、いつも錯誤し、傍の見る目をはらはらさせる。加奈子は久しい前から、自分がついて行くにしても京子の散歩区域は裏通りの屋敷町を安全地帯だと定めてしまっていた。去年の秋、田舎《いなか》から出て来た女中のお民《たみ》は年も五十近くで、母性的な性質が京子の面倒をよく見て呉れた。

加奈子は近頃京子の毎日の散歩にお民をつけて出すことにした。

裏の勝手口から左へ黒板塀ばかりで挟まれた淋しい小路を一丁程行くと、丁度その屋敷町の真中辺に出る。二間幅の静かな通りで、銀行や会社の重役連の邸宅が、青葉に花の交った広い前庭や、洋風の表門を並べている。時折それらの邸宅の自家用自動車が、静かに出入りするばかりで、殆ど都会の中とも思われぬ程森閑としている。京子は馴れた其処《そこ》を、自分の家の庭続きのように得意にお民を連れて歩いて居たが、ここ一週間ばかり前あたりから、何故かお民の同行をうるさがった。だが、お民の母性的注意深さも、それには敗けて居ず、今日も京子の後からついて来た。京子はそれに反撥する弾条《ばね》仕掛けのような棘《と》げ棘げしい早足で歩きながらお民を振り返った。

――まだ踵《つ》いて来るの。私、直ぐ帰るから、先へお帰りよ。

――はい。

お民は此の上逆おうとはしないで、少し引き返したところの狭い横丁へ、いつものように隠れ込んだ。これはお民が京子に散歩の途中から追い払われ始めてから二三度やった術《て》である。こんな他愛もない術を正気の者なら直《じ》き感づくであろうに、と其処の杉の生垣の葉を片手の親指と人差指とでお民は暫《しばら》くしゃりしゃり揉《も》んで居た。すると、あの気の好い中年美人の狂気者が、頻《しき》りにお民にいとしく可哀相に想われるのだった。昔、評判の美人であり、狂人になっても、こどものうちからの友達の奥様に引きとられるまで、さぞいろいろの事情もあったろうに、何という子供まる出しな性分だろう。

あれがあの人の昔からの性分なのか、それとも狂人というものが凡そああいう気持のものなのか。お民は、国で養女の年端もゆかない悪智慧に悩まされた事を想い出した。やっぱり奥様のお友達だけあって生れが好いからなのかしら、それであんなに自分の養女などとは性分が違うのかしらん、などと考えた。そのうちにもお民は京子が気になり出して、そっと横丁の古い石垣から半顔出して京子の動静を窺った。

京子は前こごみにせっせと行く。冬でも涼しい緑色の絹絞りが好きで、奥様も、よく次から次へと作って上げる。だがその上から引掛けに黒地に赤しぼりの錦紗《きんしゃ》羽織の肩がずっこけて居る。縫い直して上げようか、と考えながらお民は京子の歩行を熱心に見て居る。と京子はぴたりと停ち止まった。お民が隠れて居る所から一丁半も向うの此《こ》の屋敷町が直角に曲る所に、赤塗りポストの円筒が、閑静な四辺に置き忘れられたように立って居る。そのポストの傍で京子は改めて気急《きぜ》わしく四方を見廻す。

京子の眼が少し据って凄味を帯びる。丁度《ちょうど》あたりに人影が無い。彼女は素早く右手で懐中から手紙らしいものを取出し、ポストの口へ投げ込んだ。それから一度右手を引いたが今度は指を投函口の中へ出来るだけ深く突込んで、根気よく中を探る様子、暫くして指を引き出し、今度はまたポストの口を丹念に覗き込んだ。これは此頃、殆《ほとん》ど毎日のように京子が繰り返す同一動作なのだ。一週間ばかり以前から、珍しくもない京子の動作なのだ。でも、今迄、お民は別に気にも留めず、普通の人が手間取って手紙を出す位にしか、その京子の動作を考えて居なかった。けれど今日、お民は不審を起した。

お民の散歩について行くのを拒むのも、京子のこの動作のためにだと判った。京子には手紙を出す身内も友人も無いはずだ。終身癒らない狂患者として親兄弟にも死に別れた京子が、三度目に嫁いだフランス人と離縁すると同時に、奥様に引き取られて以来、京子は世間とすっかり断絶して居る。

お民が奉公に来てからも、京子に訪問客一人手紙一通来ない事を、お民はよく知って居る。

――ほんとうは私も困って居るんだよ。お京さんの出す手紙って出鱈目《でたらめ》なんだもの。

お民から京子が毎日のように何処かへ手紙を出すことを密告された加奈子は、自分の恥しいことでも発見されたように当惑したが、お民が余り真面目に密告する様子も加奈子には可笑しい。

――お京さんはもう、今日のと合せて五通位出して居るのよ。

――へえ、どちら様へ？

――どちらってお前、それがとてもなってないの。

加奈子はつい夫か友達に使うような言葉をお民に言ってしまった。お民は加奈子の気難しく困ったような唇辺《くちもと》に、可笑そうな微笑も交るので、もっと訊き質したくもあり、黙って引き退るべきであるような曖昧な気持になりながら、矢張り、も少し詳しく聞きたかった。加奈子は、京子を娘のように可愛がるお民に隠すほどの事でもなかろうと思って、あらましを話した。

近頃、京子は、狂人によくある異性憧憬症に罹って居るらしい。狂人にならない前の彼女は、現実の男女生活をむしろ厭って居た。彼女の結婚生活の破綻も多分はそれに起因したに違いない。その彼女は、頭脳に於て寧《むし》ろ昔から異性憧憬者であった。狂人になればそれが病的に極端になるものかも知れない。最近殊に彼女の脳裡に一人の男性の幻像が生じたものらしい。でも、それは、誰という見当もない。漠然とした一人の男性に過ぎないようだ。ただ、手紙五通の内、同じ姓は殆ど無くても、名は皆秀雄《ひでお》様としてある。そして彼女は自分の住所姓名だけは確実に書きながら、先の住所は簡単に巴《パ》里《リ》とか、赤坂《あかさか》とか、谷中《やなか》とか、本郷《ほんごう》と書いて置くだけだ。初めいくらか不平に見えた配達夫も、しまいには京子ののん気さをにやにや笑いながら、それでも役目で仕方なく、笑止千万な手紙を返附配達して来るのだった。五六本も出せば京子も大方諦めて、あとは止めるだろう、でなくとも、監督してそんな配達夫なやませは止めさせるつもりのところへ、お民から今日も京子がポストへ行ったと聞かされたのだ。

お民特有のべそをかくような笑いを残して加奈子の京子に対する気苦労を労《ねぎら》いながら、勝手の方へ立って行ったあとで、加奈子は此の間中から幾度も繰り返したように、京子の手紙の宛名に就いて考えて見た。秀雄、秀雄、そんな名前は京子の情事関係で別れた男の中には一人も無かった。

加奈子はいつか、或る人から人間の潜在意識に就いて聞いたことがあった。過去に於ける思いがけない記憶までが微細に人間の潜在意識界へは喰い入っている。時として、それは一人の人間の現在、未来に重大に働きかけ、また、一時の波浪の如くにも起って消えるということだった。加奈子は、京子の過去のまるで違った方面に秀雄という名を探し考えて見たが判らなかった。大方加奈子とは知り合わない昔の小学校時代の隣の息子か、京子がM伯と結婚時代の邸内にいたという殊勝だった書生の名ででもあったろうか。それとも全然仮想の名か。手紙は五つの封筒に七つばかり、二つかためて一つ封筒に入れたのもあった。殆ど支離滅裂な語句の連続ではあるけれど、それでも京子の悲哀や美感や、リリシズムが何処か一貫して受け取れるようで、不思議な実感と魅力に触れる。

京子の手紙一

秀雄様、お久し振りね。春でもお寒いわねえ。でも、いいわ、私のうちの庭の梅が先日咲いたばかりですもの。梅は春咲くに定《きま》ってますね。その梅、水晶の花を咲かせましたの。私がそれを水晶と言いますと加奈子はそんな馬鹿なことがって笑ってます。私は実に不平です。しかし、あくまでも水晶と言い通せない恩があります。加奈子は私の神様仏様ですから、でも、恩は恩。私は飽く迄あなたにだけは水晶と言い張って見せ度《た》いのです。御同意下さいよ。しかし恩は恩です、私はこの家を困らせないように倹約します。お粥を喰べて暮そうとします。すると加奈子は体が弱ると言って喰べさせません。加奈子は優しいけれどしっかりして居て、とても同性の○なんか出来ません。恋しいのはあなたばかり。

京子の手紙二

あなたをいくら探しても世界中には居ない気がします。それに探そうにも私、この家を離れられませんもの。加奈子は何でも私に呉れますもの。こんな好い人置いて行けないわ。緑色の絹紋りの着物、加奈子いつでも私に作って呉れるのよ。そして自分では古い洋服ばかり着てるの。加奈子は巴里で観たスペインの歌姫、ラケレメレエが銀猫の感じの美人だって憧れてんのよ。あなたスペインからラケレメレエ探して来て加奈子にやって頂戴。それにしてもあなたが恋しい。

京子の手紙三

あなたちっとも返事呉れないのね。それにしても凶作地帯の事私気にかかるわ。私の持ってるもの何もかも遣りに行こうか。でもダイヤなんか凶作地の畑へ持ってったらジャガイモ見たいに変質しやしないの。加奈子が、水晶の観音様しきりに拝んでんのよ。また私の病気が癒りますようにって拝んでんのでしょうよ。加奈子が私を病人扱いにする時、一番私加奈子が憎らしい。私加奈子の水晶の仏みたいに、あなたを小さく水晶にしよう。でもあなた何処に居らっしゃるの。世界の何処によ。明日はいらっしゃるのね。

淋しいの。まるでハムレットか八重垣姫のように淋しいの。アンドレ・ジイド爺さんによろしく。爺さんの癖に文学なんか止めなさいってね。私淋しいわ。ああ地の中へ潜《もぐ》り度い。

## 京子の手紙四

加奈子の旦那さんは好い人よ。だけど若いうち好男子ぶって加奈子を嫌がらせたってから、私あんまり好かないわ。加奈子は若いうち私に済まない事したから私をこんなに大切にするんですって、何を済まないことしたんでしょう。あなた聞いて見て下さい。昨夜私変な夢を見たわ。私の体のまわりに紫色の花が一ぱい咲いてるの。其処へ猫が来て片っぱしから花を舐めたの。花がみんなはげて古ぼけちゃったわ。私変な夢よく見るの。自分の歯がみんな星になったまま、口ん中で光ったりする夢など。ああ空には飛行機が飛んで居るのに、私は小さい馬車に乗って凶作地へ行きたい。直ぐ向うの凶作地にあなたが働いて居るように思えるの。

加奈子が私に瓦斯《ガス》ストーヴを焚いて呉れたの。紫のような火がぼやぼや一日燃えてるの。私、一日だまって火を見てたら、火の舌に地獄だの極楽だの代り代りに出ちゃ消えるの。地獄のなかにはキューピー見たいな鬼が沢山居たわ。その周りに私をお嫁に貰って置きながら、すっぽかした男がうようよ居たわ。極楽って処、案外つまらないのね。のっぺらぼーの仏様が一つせっせと地面掘ってんのよ。でもそのあとが好いの。金と銀との噴水が噴き出してさ。おしまいに飛び出したの何だと思って？　秀雄さんあんたなのよ。初め加藤清正《かとうきよまさ》見たいだったのよ。あとでクレオパトラに逢いに行くアントニオになったの。それからナポレオンになり、芥川龍之介《あくたがわりゅうのすけ》になり……ああ面倒くさい。早くあっちへ行きなさい。

京子の手紙五

秀雄様、恋しく逢い度く思いますわ。でも恋しいと思う時、あなたは少しも来たらず、昨夜はなんですか、あんな大勢家来を連れて来て私の寝間の扉をとんとん叩いて……私、とうとう起きて上げませんでしたとも。あんなに遅く人を大勢連れて来て（足音でちゃんと判ったのよ）若し私が戸を開けてご覧なさい。お民が直ぐに（お民は中将姫《ちゅうじょうひめ》の生れ代りらしいの、おとなしくって親切だけど、いやに加奈子に言い付け口するの。やっぱり前の世にママ母に苛められたからでしょう）起きてって加奈子に言い付けます。加奈子は今、劇作をしてますから。その中の主人公が、どんな武装をしてあなたを追いかけるか知れません。私それを思うと、あなたが可哀相で、じっと床の中に潜んで居ました。どんなに逢い度かったでしょう。私、泣いて泣き明しました。ああ、私とあなたは永遠に逢えない運命なのでしょうか。

京子の手紙六

加奈子のダンナサンが今夜、加奈子に優星学（作者註、優生学の間違いならん）の話をしてました。私は何だかあてつけられるような気がしました。私の父と母はイトコ同志で、みんなに結婚の反対されたんですけれど、父にして見れば母より好きな女、世界に無かったんですもの、イトコ同志なんて問題じゃなかったのよ。でも母はメクラだったんですって、そのくせ私の知ってる母はメアキよ。加奈子のダンナサンは私を馬鹿だと思ってるんでしょうか。イトコ同志の親に生れた馬鹿者やいと言うところを、優星学の談でうまくあてつけるのでしょうか。ああ、あなたが恋しい。植木屋にでもなってうちの庭に来てよ。でなければ活動の大学生になってこの近所へロケーションに来てよ。

ああ、私は何のために生れたのでしょう。私は生れてから一度もあなたに逢いもしないのに、こんなに恋しくて仕方がない。私は……。

**京子の手紙七**

恋し。

恋す。

恋せ。

この文法むずかしい、「恋」という字、四段活用かしら。ああ、文法なんかみんな忘れた。

もう書きません。私ラヴレターなんか書く資格ありません。わたしは廃《すた》れもの。池の金魚を見て暮そう。庭の花をむしって喰べましょう。今夜はうち、支那《しな》料理の御馳走よ。

ああ、加奈子の手を把《と》って泣きましょうか。そしたらあんた出ていらっしゃる？　あんたどこの方、支那人？　ユダヤ人？　アングロサクソン？　ラテン？　昔は日本人だったでしょう。ハンチング冠ってる？　無帽？　ひょっとかしてあなた私の子供じゃないの。鼻ばかり大きな人だったらがっかりだわ。

哲学勉強してんのも好いけど、文学、詩が一番好いわ。

加奈子のダンナサン何故へんな画ばかりかくんでしょう。でも加奈子を大切にするからまあ好い人の部類よ。私は淋しいのよ。私のソバには四角な人も三角な人も居ないのよ。中将姫の生れ代りのお民ばかりよ。

ああ、レオナルド・ダ・ヴィンチよ来れ。

何卒々々お出で下され度、太陽と月を同時に仰ぎつつ待ち居ります。

夜は寝室に一人居ります。夜がいいわよ。この間のように大勢家来なんかつれないで一人で、たった一人で、おしのび下されたく……。

二

加奈子の家の矩形《くけい》の前庭の真中に、表門から玄関へかけて四角な敷石が敷きつめてある。その一方には芝笹の所々に、つゝじや榊《さかき》を這わせた植込みがあり、他方は少し高くなり、庭隅の一本の頑丈な巨松の周りに嵩《かさ》ばった八ツ手の株が蟠踞《ばんきょ》している。それにいくらか押し出されて深紅の花にまみれた椿《つばき》が、敷石の通路へ重たく枝を傾けている。

京子は玄関の硝子《ガラス》戸を開けて顔を出した。敷石をことこと駒下駄で踏んで椿の傍に来た。三月末頃から咲き出した紅椿の上枝の花は、少し萎《しお》れかかって花弁の縁が褐色に褪せているが、中部の枝には満開の生き生きした花が群がり、四月下旬の午後になったばかりの精悍な太陽の光線が、斜めにその花の群りの一部を截ち切っている。

京子は椿の枝の突端に出ている一つの花を睨んだ。右の人差指で突いて放した。花は枝もろ共に上下に揺れる。揺れる花は気違いの眼の感覚に弾動を与える。それがだんだん小動物のように京子の眼に見えて来る……。突然、表門の傍戸のくぐりが、がらっと開いた。勢いよく靴音を響かせて、制服の学生が投げ込まれたように入って来た。京子はぎょっとして学生を見たが、突発的な衝動めいた羞恥心が、一種の苦悶症となって京子を襲った。倉皇《そうこう》としてそむけた京子の横顔から血の気が退いて、顔面筋の痙攣が微かに現われた。椿を突いた京子の右の手は其《そ》の儘《まま》前方に差し出たなり、左手はぶらんと下って、どちらも小刻みに顫《ふる》え出した。そして両足は不意に判断力を失った脳の無支配下で、顫える京子の体軀《たいく》を今迄通りにやっと支え、遁げ込んで来た血の処置に困って無軌道にあがく心臓は、殆ど京子を卒倒させるばかりにした。どんな雑沓の中でも平気で京子は歩くかと思えば、たまにたった一人に逢って斯《こ》んな大げさな驚きをすることもある。

誰が居るとも思わなかった門内に異常な女の姿を見て学生はちょっとたじろいだが、足は惰性で無遠慮に女の近くまで行ってしまった。そして女の妙なたたずまいから発散する一種の陰性な気配に打たれた。だが学生は直ぐに単純な明朗らしい気持に帰って、京子をこの家の者か親戚の者かと解釈して、

――御免下さい。奥様はいらっしゃいますか。

学生の丁寧《ていねい》に落着いた言葉が、初め鼓膜まで硬直した京子の耳底に微かに聞えて、だんだんはっきりと聞えて来た。それにつれて京子の張り切った神経もゆるんで来た。京子は正気に返って、「はい」と返事をする代りに、はっ、と息を吐いたが、そのはずみに足が動いて、開け放しになっていた玄関の中へするすると動物的なすばしこさで遁げ込んでしまった。

女中部屋へ駆け込んだ京子は、針仕事をして居たお民に、

――人、人が来た、お民。

京子が、せかせか言う「人」という発音が、お民には何か怪物めいて聞えた。

――人？　何処へ。

お民は縫物を下へ置いて京子の方へ向き直った。

――玄関へ、さ。

――へえ、どんな人が。

――金ボタンの制服。大学生だわ。

――何ですかお京様。その方さっき電話でお約束の方。奥様に講演を頼みにいらっしゃるとか仰言《おっしゃ》った方ですよ、きっと。

お民は、さっさと立って玄関の方へ行ってしまった。

京子はお民に愚弄されたような不服な気持で其処へべたりと坐ってしまった。が、暫く膝に落して居た顔を上げた時、京子の瞳は活き活きと輝やき出した。

加奈子に取次いだ客がじき帰って、お民は女中部屋へ戻って来た。すると京子はさも待ち構えたようにお民を抱く手つきで訊いた。

――あの方、私の事、何て仰言った？

――何とも別に仰言いませんでしたが……。

――だって……

――もうお帰りになりましたよ。

――まあ。

京子は眼をきらきらさせてお民に問い寄った。

――あの方、私の事、何とも仰言らないで帰った？　そんな筈《はず》ない。あの方、本当は私の処へ来た方なのよ。恥しいから奥様なんてかこつけたのよ。

——じゃお京様、遁《に》げ込んでなんかいらっしゃらなければよござんしたのに。

——でも私恥しかったのよ。

お民は、取り合って居てもきりがないと思った。で、また縫いかけの仕事を始めた。京子も黙ってしまった。黙って横坐りのまま障子を見つめて居た。息は昂奮を詰めて居た。やがて京子は何かを見つけた。珍しく暖かい日の、春早く出た一匹の小さな蠅《はえ》だった。蠅は孤独の児のように障子の桟《さん》を臆病らしくのろのろ這って居た。京子はお民の針差から細い一本の絹針を抜いた。蠅の背中へ京子は針をしゅっと刺した。小さな蠅は花粉のような頭をしばらく振って死んでしまった。京子はしげしげそれを見つめて居た。そしてまた一方の手にそれを持ち代えて見つめて居たが、涙をほろほろとこぼして独言《ひとりごと》に言った。

——可哀そうに——死んで、親のところへ行くがいいのよ。

三

京子はその後、毎日午後になると玄関傍の格子戸をそっと開けては誰かの来るのを待った。——先日来た制服の大学生の来るのを待つのだった。昨日も、一昨日も、今日も明日も来よう筈がなかった。

それでも京子は来るものと定めて居た。とうとう来なかった。一週間目の夕方から京子はひどく不機嫌に憂鬱になった。脇目にもはっきりとそれが判った。加奈子はお民と一緒に京子の部屋へ詰め切りで、何かと京子の気に向く事をしてやった。が、京了は蓄音機も加奈子の三味線も、カルタ遊びも、本を読んで貰うことも気に入らなかった。京子はむっつりとして菓子も果物も食べなかった。

――早く寝たい。

それがいっそ好かろうと、京子の言うなりに寝床へ入れてやることにした。加奈子は昼着よりも尚好い着物を京子の寝巻きに着せてやるのが好きだった。京子もそれが好きだった。今夜はお民が縫い上げたばかりの緑絞りの錦紗の袷《あわせ》を京子に着せた。京子は黙ってそれを着は着たが、今夜は嬉しそうな顔もしない。

――うるさい。早くみんな、あっちへ行って。京子は一旦は眠りについたが、遣り場のない不満な焦《しょう》慮怨恨《りょえんこん》の衝撃にせき立てられて直きに眼が醒めた。睡眠中、疲労の恢復につれて再びそれらの雑多な感情が蘇って来た。それらは周囲の静寂につれて京子の脳裡に劇《はげ》しく擦れ合うのであった。

静かな夜である。近隣の家々は、よどんだ空気の中に靄《もや》に包まれてぼやけて居た。二三丁距てた表の電車通りからも些《いささか》の響も聞えて来なかった。ぼやけて底光りのする月光が地上のものを抑え和《なご》めていた。

京子の頭上の電燈は、先刻加奈子が部屋を出る時かぶせて行った暗紫色の覆いを透して、ほの暗い光をにじみ出している。

京子は突然起き上った。蒲団《ふとん》の上に坐ってじっと何かに聴き入った。戸外からか、若しくは自分の内心からか、高くなり低くなる口笛が聞えて来る。一心を口笛の音に集中した京子の外界に向く眼は、空洞のように表庭に面した窓に直面した。するとその眼の底の網膜には、外界との境の壁や窓ガラスを除外して直接表庭の敷石の上に此方《こっち》を向いて佇立《ちょりつ》する大学生服の男の姿がはっきり映った。が、詰襟と帽子との間に挟まれる学生の容貌は、殆ど省略されたようにぼやけて居る。

――とうとう来たのね。今行く、待って居て。力を籠めて言った京子の声が竹筒を吹いた息のようにしゃがれて一本調子に口から筒抜けて出た。京子は葡萄葉《ぶどうは》形の絹絞りの寝巻の上に茶博多《ちゃばかた》の伊達巻《だてまき》を素早く捲き、座敷のうちを三足四足歩くと窓縁の壁に劇しく顔を打ちつけた。

――あ、痛っ。

と京子は叫んだが、其の痛みは彼女の意慾を更に鞭打った。京子は直ぐさま窓に襲いかかり矢鱈《やたら》にそこらを手探りした。盲目のように窓を撫で廻した。気はあせり、瞳は男の影像を見逃すまいと空を見つめて居るので、中々錠のありかが判らない。漸く二枚の硝子戸の中央で重なる梓《あずさ》の真中のねじを探し当てた。それからひどくがたがた言わせながら、玄関に近い一方の戸を開けた。庭の表面にただよう月光の照り返えしが、不意に室内に銀扇を展げた形に反映した。窓の閾《しきい》に左足をかけた京子は、急に寒けを催すような月光の反射を受けて足蹠《あしうら》が麻痺したように無力に浮いた。京子は一たん飛躍を見合せ、思い返して障子窓を開け放したまま玄関へ履物を取りに行った。京子は黒塗りの駒下駄を持って座敷へ引き返して来た。そして畳の上でそれを履き、今度は思い切って窓の閾へ下駄の歯を当てると、体の重味に反比例した軽い反動で訳もなく表庭の芝笹の上へ降り立った。

京子は月光を浴びると乱れた髪の毛が銀髪に変色し忽ち奇怪な老婆のように変形した。京子はその奇怪な無表情の顔を前へ突き出し、両手を延して探ろうとしたが、先刻の影像らしい黒い靄のたたずまいが、以前の位置からすっと動いて表の潜戸《くぐりど》の方へ消えて行った。京子は走って潜戸まで行く。幻影はまた逃げる。潜戸を出て左へ走り、鉤の手に右に曲った。京子は口惜しさに立ち止まった。自分を迎えに来て呉れたと思った男が、誰に気兼ねの要らない真夜中に何故あちらこちらへ遁げ歩くのか。それとも男に別な考えがあるのか。京子はもう猶予して居られなかった。勢いを倍加して一散に当所《あてど》もなく走り出した。

真夜中、半死人のようにぐったりと疲れた京子が、中年の巡査に抱えられて戻って来た。加奈子は驚き呆れるお民を叱るようになだめて、京子を床に入れた。そして足がひどく冷えているので小さな湯たんぽを入れて温めると、京子は何も言わずに眼をつむって居た。巡査の言うところでは、この真夜中裾も髪も振り乱して、電車通りまで何者かを追って走って行った京子が、巡回の巡査に捕えられたのだ。初めは強硬に反抗した京子が、とうとう疲れて連れて来られた。都合よく京子の精神病者であることも、加奈子の家に居る者だということも巡査は知って居た。

すっかり疲れ切って寝床に横わる京子を頻りにいたわろうとするお民を、加奈子は無理に引きさがらしたあと、京子の開け放して出た窓の戸をしめて、また京子の枕元に一人坐った。平常、少し赫味《あかみ》を帯びて柔く額《ひたい》に振りかかっている京子の髪の毛が、今夜の電燈の下では薄青く幽《かすか》なものに見える。

京子に対する不憫と困惑が加奈子の胸に一時にこみ上げる。巡査が帰りがけにそれとなく厳しく注意していった通り、京子はもっと今後厳重に保護しなければならない。お民と加奈子が交代して、夜、京子の寝室に居なければなるまい。今夜のような京子の行為も、いつぞや京子の医者が言ったように、狂者の一種の変態性慾の現われではあるまいか。この症状が執拗に進展して行ったら、京子はしまいにはどんな行為をするようになるだろう。

――ははあ、親戚の方でもなし、ただ、昔の友達さんというだけの縁で、此の病人を引き取って居られるんですね。

と巡査は帰りがけに加奈子に、それは如何にも酔興《すいきょう》だと言うような、また如何にも感服したというようにもとれる口の利き方をして行った。加奈子は、巡査の言葉をその時おせっかいな無駄口のようにも聞いたけれど、落着いて考えると、他人から冷静に見れば、自分が京子を引き取っていろいろな難儀を生活に纏《まと》わされるのが、不思議なのも無理はない。京子を引き取った理由が今更、加奈子に顧みられる。

京子は加奈子の若き日の美貌の友だった。加奈子は京子にとってこころの友であった。加奈子は京子の上品な超現実的な性質も好きではあったが、結局、京子は加奈子の美貌だけの友だちだと断定出来る。京子は自分のどんな心境や身辺の変遷でも隠すところなく打ち明けて、加奈子のこころをたよって来たのに、加奈子は自分自身の運命や、こころを京子に談《はな》した事はなかった。何も意地悪や、薄情や、トリックでそうしたわけではなかった。京子よりしっかりした自分のこころなんか、デリケートな京子に打ちつける気もしなかった。加奈子は京子の美貌や好みの宜《よ》さなどを美術的に鑑賞して居るだけで、京子との交際から十分なものを貰って居ると想って満足して居たのだった。京子の若い日の癖の無い長身、ミルク色にくくれた頤《おとがい》。白百合《しらゆり》のような頬《ほほ》、額。星ばかり映して居る深山の湖のような眼。夏など茶絣の白上布に、クリーム地に麻の葉の単衣《ひとえ》帯。それへプラチナ鎖に七宝が菊を刻んだメタルのかかった首飾りをして紫水晶の小粒の耳飾りを京子はして居た。その京子は内気で何か言おうとしても中々声が出ないのだ。(気違いになってから京子は却ってよく話し出した) 出る声は慄《おび》え勝ちで、よくぱっと顔が赫くなった。めったに人と口を利かない割合に気位が高かった癖に、よくも三度も結婚する程、男ばかりには乗ぜられたものだ。加奈子は黙ってそれを看過して居たのだ。「美しい花は動き易い」と、つまりは観賞一方だった。京子が親も財産も男も失くして気違いになってから、俄《にわ》かに加奈子の心がむき出しに京子に向った。寒い、喰べもののまずい病院から引き取って世話をしたと言ったままでは、極々当りまえの世話人根性のようだけれど、その実、気違いの京子と暮す事は何という気遣いな心の痛む事業だろう。それに此頃のように、恥も外聞もなく異性憧憬症にかかった京子にかかわることは、自分の恥しさに触れられるようで、たとえばお民とか、良人とか、今の巡査とかの限られた人達でなく、おおげさに言えば、何か天地の間の非常な恥しいことに触れて居る自分を、天地の間の誰にでも見られて居るようで、非常に辛くて堪らない。

斯《こ》うして京子を庇って暮すことは物質的にも精神的にも、加奈子の負担は容易ではない。それにも拘らず加奈子の心のどん底では、これが当然自分の負うべき責任だと考えて居る。

自然な負担だという処に考えが落着いて居る。

義務とか、道徳とか名付けられない心の方向が、確かに此の世の中の人達の行為を支配して居る。加奈子はそれを疑うまいと結局の考えに落着くのであった。

加奈子は立ち上って、跳ね飛ばされていた電燈のカヴァーを掛けた。空寝か、本寝か、京子は眼を瞑って動かない。京子は気違いになってから、いたずら小僧かとぼけ婆さんのように、ばつの悪い時、よく空寝をやるようになった。

## （二）　狂病院の桜

気の違っている京子の頭が、四五日前からまた少し好くないようだ。眼のなかに大きな星が出来たと騒ぎ始めた。朝起きると直ぐから、家の者に行き当り次第、眼を持って行く。

――私の眼に、大きな白い星が出てるでしょう。私、どうしても出てると思うよ。

そんなことはない、あなたの眼は、いつもの通り、はっきりと開いている。眸《ひとみ》が却っていつもより綺麗だ。覗いて視ると、庭の木の芽が本当の木の芽よりずっと光って冴え冴えと映っている。と言っても京子は納得し切らない。

――そうかしら。

京子は一応おとなしく聴き入る。で却って不憫になり、あとから捉まってまた訊かれる者も、素気なく振り切れない。

鏡を持って行って見せてやる。丸い手鏡の縁に嵌《は》まって、よく研ぎ澄ました鏡面が、京子の淋しいきちがいの美貌へ近づく。春の早朝の匂いのような空気が、明けたばかりの硝子戸から沁み込む。細い手で受け取った鏡を、京子は朝日にかざしてきらりと光らせ、傍の者を眩しがらせてから、も一度、朝陽の在所を見極める。鏡と朝陽の照り合いを検べる。そして、自分も鏡のなかへ映る自分の眸に星があるか無いか検べるから、傍からもよく鏡の中の自分の眸と本当の自分の眸を見較べて欲しいと言うのである。

——無いね。星なんか無いね。

京子は涼しい歯を出して、傍の者を振り返って嬉しそうに笑う。笑ったかと思うと、今度は態《わざ》とのように暗い障子の方を向き、最も不利な光線を、鏡の背後に廻して、苦々しく眼のなかを覗き込む。

——星。有るわよ。有るわよ。

京子は、頓狂に言って鏡を持たないあいている方の手の指で、眼瞼《まぶた》を弾く。自分の手で自分の瞼を弾くのだから、いくらか加減して居るに違いないと思って見ても、可なり痛かろうとはらはらさせられる程きつく弾く。

洗顔を済ませて口紅をさしただけの加奈子が其処へ現われると、京子は鏡をばたりと縁側へ落して鼻をすんすん鳴らすのである。

——今朝も眼に星が出たの。

——嘘。

加奈子は優しく京子を叱った。加奈子より一つ年上で、加奈子よりずっと背の高い京子が気違いのためか、心も体も年齢の推移を忘れ、病的な若さを保って居る。京子は、長く一緒に棲むうち、いつか加奈子を姉のように慕い馴れた。気の違って居る者に人生の順序や常道を言った処で始まらない。加奈子は二年程前から子の無い善良な夫との二人暮しへ、女学校時代からの美貌の友、足立《あだち》京子の生きた屍《しかばね》を引き取って、ちぐはぐな、労苦の多い生活を送って居るのである。ただ、時々この生活を都合よく考える時、京子が気違い乍《なが》ら昔の俤《おもかげ》をとどめてまだ美貌であることと、加奈子の詩人気質が、何か非常にロマンチックな幻想を自分の哀れな生活に仮想すること。それに依って加奈子の病人を背負った惨めな生活の現実的労苦が、いくらか救われる。

――嘘。

加奈子は、今一度京子を叱って自分の態度へバウンドを付けた。京子が、目星を執拗に気にする偏執性を退散させるには、加奈子はやや強い態度が必要だった。

――あなたはあんまり此頃わからずやよ。出もしない目星ばっかり気にし続けて……。

強く張ろうとした加奈子の語尾は、しん底弱って落ちて行った。

――あら、御免よ。じゃ、もう星の事なんか言いませんよ。ねえ、御免よ。御免よってば。

これが、四十近くの女のしなであろうか。気違いなればこそ京子が、少女のようなしなをしても、それが少しも不自然ではない。

昨夜、早く寝た京子の顔は、青白い狂女の顔ながら、健康らしく薄く脂が浮いている。だが、この三四日、目星ばかり気にし続けて居た京子の偏執が、今朝もまだ、眉や顎に痛々しい隈を曳いている。加奈子は、京子の青い絹絞り寝巻の肩に手を置いて言った。

――お京さん、今日は好いお天気ね。何処かお花の沢山咲いている方へ散歩に行こうね。序《ついで》にお医者様へも。

――ううん。お医者へなんかもう行かないよ。もう何処も悪くないもの。

――だけど、ちょっと行って見ない。散歩の序に。

――…………。

京子は発病当時暫く居た脳病院の記憶が非常に嫌なものであるらしい。でも、加奈子に引きとられてから、加奈子が京子を絶対に病院に入れることはしないと信じて居る。で、時々、加奈子が連れて行く病院へ、診察だけに行くには行った。ただ、いつも気が進まない様子をまざまざ見せる。

京子は、病気の好くない時はいつも喰べものを喰べない癖がある。この三四日また京子の喰べない日が続いた。

――今日は喰べるのよ。ね、お京さん。オムレツとトーストパン、ね、バナナも焼いて上げるわ。喰べるのよ。

――いや。

京子は解けかかる寝巻帯をかぼそい指で締め直しながら首を振った。

――何故、じゃ、お豆腐のおみおつけに、青海苔。

――いや。だって喰べると、またもっと星が眼に出るもの。

――まだ、あんな事言ってる。

加奈子はそっと涙ぐんだ。京子はこうなると消化不良になり、食慾をまるで無くしながら、目星だの、まだ時々途方もない架空の妄想を追いかけて一週間も十日間も、殆ど呑まず喰ずだ。それでも割合に痩せも窶《やつ》れもしないのが矢張り気違いの生理状態なのかと呆れる。呆れながら加奈子は却ってそれが余計不憫になる。

京子がひょっとして或る病的妄想に捉われ出すと、加奈子の生活はまるで憑きものにでも纏われたように暗い陰を曳き始める。京子は幻覚や妄想に付き纏われる脅迫観念のために、加奈子の身辺を離れようとしない。加奈子は、悲しみ、恐れ、甘え纏わる京子と一緒に、自分も亦引き入れられるような不安と憂鬱に陥る。でも、長い月日のうちに、加奈子はいつかそれにも馴らされて行った。そして、その時々の局面を打開して行く術さえ覚えた。加奈子は、飽き安いこの病症の者に新しい感触を与えるように、京子を時々違った医者や病院へ連れて行った。京子の病症が不治のものにしても、この上重らない用心のため、時々変った医者にも診て貰って置き度《た》かった。

加奈子は近頃或人から聞いた、東京での名精神病院へ京子を連れて行くため家を出た。山の手電車を降りると自動車を雇ったが、京子は絶えず眼を気にして往来を視ない。外光を厭《きら》って黒眼鏡を掛け、眼を伏せて膝の上の手ばかり見つめて居る。京子の片手は何かに怖《おび》え慄《ふる》えて加奈子の膝の上に置かれた。加奈子はその手を見詰めて居るうちに、二十年前の二人の少女時代の或る場面を想い出した。京子が此の手の指で、薄ら埃の掛っている黒塗りのピアノの蓋を明けたことを想い出した。

――ベートーベンの曲は、私、自分で弾いて居ても圧迫を感じるのよ。

京子には、より情緒的なショパンの曲が適していた。鋭いリストの曲も、京子は時々は好んで弾いた。京子のピアノは余り達者ではないが、非常に魅力があった。その時、加奈子は、何故か疲れて京子のピアノを聴いて居た。ピアノの上の花瓶に、真紅の小薔薇が一束挿してあった。時折この薔薇が真黒な薔薇に見えると京子は怖えた様子で話した。あの頃から、京子の心身には、今日の病源が潜んでいたものらしい。それから或る年の暮、青山墓地通りの満開の桜の下を二人は歩いて居た。すると前方から一列の兵士が進んで来た。近づいて来ると兵士達は、靴音をざくざくさせながら、二人にからかい始めた。二少女は慌てて道を避けようとした。その時、列の中の一人の兵士が、かちゃりと剣を鳴らして二人にわざとらしい挙手の礼をした。と、京子は狂奔《きょうほん》する女鹿のように矢庭に墓地を目掛けて馳け込んだ。その時、京子の手が鞭のように弾んで、加奈子の片手を引き攫《さら》った。一丁ばかり墓地の奥まった処に少し開けた空地があった。腰かけられる石台が三つ四つ、青楓《あおかえで》の大樹が地に届くまで繁った枝を振り冠っていた。京子は茲《ここ》へ来て佇ち止ると、片手で息せく加奈子の手を持ち、片手で繁る楓の枝を掴んだ。道の兵士達はタンクのように固り乍ら行き過ぎようとして居た。京子は楓の枝の間からぎらぎら光る眼で兵士達を見据えた。その時の京子の上気した頰と光る眼、真青な楓の葉ごと枝を握った真白な細い指が、今、加奈子の膝に置かれた京子の指の聯想《れんそう》から、加奈子の眼に浮ぶ。あのようにも怖え、興奮した京子には、後年気違いになる前兆が、まだまだいくらもあった筈だ。

病院の門内に敷き詰めた多摩川《たまがわ》砂利が、不揃いな粒と粒との間に、桜の花片をいっぱい噛んでいる。

――何処かに、とても大きな桜の樹があるのよ。ね。

加奈子は、俯向き加減に加奈子の肩に手を掛けて居る京子を元気づかせようとして言った。

――うむ。

京子は黒眼鏡を金輪のように振って四方を見た。桜は病院のうしろの方に在るらしい。四方一帯、春昼の埃臭《ほこりくさ》さのなかに、季節に後れた沈丁花《じんちょうげ》がどんよりと槙《まき》の樹の根に咲き匂っている。

古ぼけた玄関。老い呆けた下足爺。履き更えさせられた摺り切れ草履《ぞうり》。薄暗い応接間。この古ぼけた埃臭さが、精神病患者と何の関係を持つべきものなのかと、加奈子は誰かに訊き度いくらいに不愉快だった。疲れ切った椅子テーブル、破れた衛生雑誌が卓上に散ばっており、精神修養の古本が一冊、白昼の儚い夢のように、しらじらしく載っている。

――いやな病院！

京子が遂々《とうとう》言ってしまった。京子の声は低くて透る。加奈子は、あとを言わせまいとしたが、傍の患者に附き添って居た四十男が聞いてしまった。男は、加奈子の気兼ねを受け取るように愛想よく言った。

――院長さんが、まったく体裁をかまわないんでしてな。その代り此処の博士の診察は確なもんですよ。は、は、は、は。

この元気な附添人とは反対に、固くなって黙りこくって居る患者の若い男は、盲人のように黒くうずくまって居る。

廊下に面した応接間の扉は、開け放してある。廊下を絶えず往来する看護手たちの姿が見える。年齢は大方四十前後位。屈強な男子達で、狂暴な男性狂者の監禁室の看守でもあるらしい。白い上《うわ》被《おおい》も着た人相骨格の嶮岨《けんそ》に見える者ばかりだ。無制限な狂暴患者に対する不断の用心や、間断無しの警戒、そしてあらゆる異端のなかで、時には圧迫的にも洞察的にも彼等の眼は光り続けていなければならないためか、自然底冷く意地悪そうに落ち窪んでしまうのであろう。一人、二人ずつ彼等はときどき応接室へ何かの用事で出入する。それを京子はちらちら視て、如何にもうんざりしたように加奈子の肩へ首を載せ、眼を避らしてしまった。京子はもう疲れ切り、眼星の幻像にこだわるのも倦《あ》いて、すっかり無気力に成り果てたようだ。黒眼鏡もいつか外して居る。

一組の男女が応接間へ入って来た。まだ席も定めないのに、そのなかの粋な内儀風の女がせき込み、涙ぐみながら言い出した。

——何しろ当人は、自分の間違って居ることが判らないんだからね。何故俺を斯んな処へ入れたんだ。他に男でもこしらえ………。

女は傍目を憚ってあとは言えない。

――それが病人のあたりまえの言い分なんだから仕方がねいわさ。

――でも、あんまりだわ。おじさん。

――だから、あんまり酷けりゃ院長先生に納得させて貰うんだな。

おじさんは五十前後の商家の主人らしい温厚そうな男。

――あれっ。

京子が頓狂《とんきょう》な声を挙げた。

――火の玉！　あれっ。

それは応接間の窓際の紅椿だ。

――駄目。驚いちゃあ。花。椿の花。

加奈子が少しきつくなだめると、京子は、ぽかんとして椿の花を見直して居た。すこし経つと、恐怖の引いたあとの青ざめた顔を妙に皺ませ、てれ隠しに室内の人々の顔をおどけたような眼で見廻した。が、京子は皆が自分を注目して居たと知ると、極度の羞恥心で機嫌が悪くなり、加奈子の手を荒々しく把って室から出ようとした。其処へ看護婦が京子の名札を持って呼びに来た。

一つ一つ黒い陰を潜めているような陰気な幾つもの扉を開け閉めして、二人は診察室の次の控室へ連れて行かれた。

茲にも古い疲れた椅子、長椅子、そして五六人の患者や附添が、坐ったり佇ったりして居た。加奈子は、新しい人達の群に来てまた新しい刺戟を京子に与えることを恐れた。それで、京子の肩を抱くようにして自分の隣に京子の椅子を押しつけ、京子の首を自分の懐に掻き込むようにした。

——疲れてるわね。あんた、斯うして、少しおねむり。

——うむ。

京子の声が素直に、加奈子の懐に落ちて行った。いくらか赤味を帯びた京子の柔い髪の毛が、乳呑《ちのみ》児《ご》のようにかぼそいうなじに冠り、抱えて見て可憐そうな体重の軽さ。背中を撫でると、かすかに寝息のような息づかい。

見栄も外聞もなく加奈子に委《まか》せ切った様子が不憫で、また深々と抱き寄せる加奈子の鼻に、少し青くさいような、そして羊毛のような、かすかな京子の体臭が匂う。

室内の患者の一人は三十歳ばかりで色白のふくよかな美貌の女。その女はその美貌を水も滴るような丸髷と一緒に左右へ静かに振って居る。一しきり振り続け、ちょっと休む間には何かぶつぶつ口籠りながら呟く。涙を流す。丁寧に涙をハンケチで拭い取り、何かまたすこし口籠りながら呟くと元のように、首を左右に振り続ける。附き添う老婢《ろうひ》のものごし、服装の工合。何処か中流以上の家庭の若夫人ででもあるらしい。

その隣席には手足の頑丈な赫ら顔の五十男が手織縞の着物に木綿の兵古帯《へこおび》。艶のよいその赫ら顔を傾けて独り笑いに笑い呆けて居る。声を立てない、顔だけの笑い。嬉しいのか楽しいのか判然せぬ笑い。これは一体何狂というのか、と加奈子は危く笑いに曳き入れられそうな馬鹿々々しい自分の気持を引き締めながらその男をつくづく眺めた。この男は農夫に違いなかった。附添は丁度、その男をそっくり女にしたような百姓女だ。妻であろう。

やや離れて中年の教員ででもあるらしい男。独りぽっちで隅の方から眼ばかり光らせて居る。痩せ抜いた体が椅子の背と一枚になっている。上品な老爺の附いた学生が絶対無言という様子で鬱ぎ込んで居る。蓄膿症《ちくのうしょう》でもあるのか鼻をくんくん鳴らして居る。

年増看護婦が診察室から出て来た。番に当る患者を見廻して名札を読んだ。

――吉村さん。

――はあい。

少女の口調で返事をしたのは意外にも赫ら顔の百姓男だった。男は先刻からの阿呆《あほう》笑いをちょっと片付け椅子から立ち上って看護婦に近づくと、今度は前とは違った得意な笑顔になり幾つも立て続けに看護婦にお辞儀をするのであった。それは何か、人が非常に厚意に預る前の態度だった。妻女は慌てて患者のあとから立ち上って、これはまた何か非常に恥しい出来事でも到来する前のような恥らいを四方の人に見せておどおどした。

診察室の入口の一角を衝立で仕切って、病歴ノートを控えた若い医員が椅子に坐って居た。看護婦は男患者を其処へ連れて行った。妻女もあとから随って行った。

――吉村さん、吉村さんですね、あなたは。

若い医員は、得意そうににやにや笑いながら入って来た男患者を真向いの椅子に坐らせて訊いた。

――はあい…………。

狂患者に馴れた若い医員も少し面喰らった形で眼をしばたたいた。

――あなたのお名前は。

――はあい（ちょっと間があって）お春…………。

――あれ、そりゃあ、わたしの名でねいか、お前さん。

妻女はやっきとなってそれを遮っても男は悠々と真直ぐに医員の顔を見遣って、次の質問を得意そうに待って居る。医員は気の毒そうに妻女を見たが、また患者に向って訊き始めた。

――吉村さん。あなたのお年はお幾つですか。

――年でえすかねえ……年は……はあと……幾つでしたかね……はあと……たしか十九……

へえ、十九で……。

妻女は益々躍気となって体を揺った。

――なに言うだね、この人は。先生、そりゃ娘の年でございますよ。

――まあ、よろしい。

だが、妻女を制しながらも医員もとうとう笑ってしまった。控室の人たちも笑ってしまった。みんな堪えて居た笑いが一時に出た。なかでも一番高声に笑ったのは当の患者だった。加奈子も京子を抱いた胸をふくらまして笑ったが、その笑いが途中で怯えてひしゃげてしまった。加奈子の真正面の患者の笑いが余り陰惨なのに加奈子の笑いが怯えたのだった。その教員風の男の笑いは、底深く冷く光った眼を正面に据え、睨みを少しもゆるめずに、顎と頬の間で異様に引き吊った笑いの筋肉の作用が、黒紫色の薄い唇《くちびる》ばかりをひりひりと歪めた。その気味悪い笑いのうしろで立てたしゃくりのような笑い声が、加奈子を怯えさせたのであった。

――うるさい。何笑ってんの。

京子が眼を覚まして首を持ち上げた。まだ眠くて堪らない小犬のように眼はつむったまま加奈子の笑い声をうるさがった。京子は不眠症にかかり十日も夜昼眠れない。すると、あとは嗜眠症《しみんしょう》患者のように眠り続ける。京子は昨夜あたりから、またそうなりかかって居る。眠くて眠くて堪らないのだ。

――ハンケチ。

京子は子供が木登りする時のような手つきで、延び上って加奈子の耳へ片手で垣を作り、あたりを憚ってハンケチをねだった。眠ってよだれを出すのは京子の癖だ。

加奈子は片手で袂《たもと》のハンケチを出しながら、京子が成るだけ陰惨な周囲を見ないように、また自分の胸へ京子の顔を押しつけようとした。

――患者さん御気分でもお悪いのですか。

若い親切らしい看護婦が加奈子の傍に佇って居て訊いた。

――いいえ、眠いんですの。今朝早く起したものですから。

看護婦は、加奈子が自分よりも背の高い京子を持てあまして居るのを見兼ねて、

――では寝台ですこしお休せ致しましょう。御診察の番は少しあと廻しにして。

――有難う、でも私斯んなにしてること馴れてますの。

――けど、患者さん転寝《うたたね》してお風邪でも召すといけませんから。

――ねむい、寝台へ寝る。

京子は決定的に看護婦の親切にはまってしまった。

寝台のある部屋――加奈子はこの病院へ来て、初めてここで新しいものを見た。この病院の人間の誰が斯んな装飾をしたものか。花瓶、油絵、額《がく》。温和な脚を立てている木製の寝台に純白と紫繻子を縫い交ぜた羽根蒲団が、窓から射し込む外光を程よくうけて落着いて掛っている。

――帯といて寝る。

京子は緑色塩瀬の丸帯へ桜や藤の春花を刺繍した帯を解くと、加奈子に預けて体を投げ込むように寝台へ埋めた。

――蒲団被って居れば眼から星なんか出やしない。

まだ、そんな事を言って居る京子の声は、被っている蒲団のなかに籠って猫のようだ。京子は被った蒲団からちょっと眼を出して加奈子を見た。

――番してんの。

――ああ。

だが、この可憐なエゴイストは直きに寝息を立て始めた。そして眠りが蒲団を引被っていた手をゆるめると、京子の顔は蒲団から露わに出た。

デス・マスクのようだ。何という冷い静かな気違いの昼の寝顔。短くて聳《そび》えた鼻柱を中心にして削り取ったような両頬、低まった眼窩《がんか》、その上部の広い額《ひたい》は、昼の光の反映が波の退いた砂浜のように淋しく角度をつけている。眉毛は柔く曳いていても、人間の婦人の毛としての性はなく、もろい小鳥の胸毛のように憐れな狂女の運命を黙禱している。不自然に結んだ唇からは、殆ど生きた人間の呼吸は通わないもののようだ。

これが、むかし――城東《じょうとう》切っての美少女だった足立京子のなれの果てか――だが、あの美貌が、今日の京子の運命を招致したものと言えば言える。

京子の美貌をめぐったあの数多くの男性女性。加奈子も亦そのなかの一人であった。そして、ほかのそれらの男性や女性と同じように、京子の美貌ばかりに見惚れて居て、京子のこゝろにまで入って行かなかったのも、加奈子は皆と同様だった。京子が、その美貌ばかりを望まれて、Y伯、M武官、そしてそれ等の男性に飽かれてフランス人のHさんにまで嫁いで行き、またちぐはぐになった揚句、とうとう気違いになるまで、加奈子は美しい花が、あやうい風に吹き廻されるような美観で、うかうか京子の運命を眺めて居た。

どちらかと言えば甘くて気位の高い世間智の乏しい京子が、京子の運命を黙って視て居た加奈子の性質をむしろ頼み甲斐に思って頼み続けて二十年近くの交友が続いた。然し、加奈子にして見れば、京子が加奈子をこころで頼って居て呉れたとは較べにならないほど、京子を、美貌ばかりの友として居た。加奈子が自分の恋愛や、研究等に就いては一向京子に打ち明けなかったのも、その証拠だ。京子は加奈子に就いて、そんな性格解剖もしなかったのか、出来ないのが京子の性質であったのか、京子は殆ど加奈子との迂潤な友情を疑ったことはない様子だった。兎に角、加奈子は京子にもっと批判的な親切で向って居たなら、加奈子の親身な友情だけでも、京子はもっと、或る時期から運命の立てまえをほかに転じて居て、まさか、気違いになり果てるまで、運命に窮し果てはしなかったように考えられる。そう気づいたからこそ、加奈子は京子を今更引き取った。今度は本当に、こころばかりで京子に尽そうと決心した。もう治らない病人として或る精神病院へ終身患者として入れられていた京子を――京子は士族で中産階級の肉親とも死別し、財産もなくして居た――加奈子は自分の家へ引き取って来た。

京子はもう、その時は加奈子の立て直った友情を有難いとも嬉しいとも感じないような気違いの顔をしていた。それがごく、当り前のような気違いの顔をして引き取られて来た。そして可成りな我儘と厄介な病症を発揮した。だがまだまだ仕合せな事に、もともと悪どくない京子の生れ立ちのためか、加奈子は気違いの京子から、他の気違いのする穢《きた》ならしさや極道に陰惨な所業は受けなかった。京子は狂っても矢張り狂った花であった。美しさは褪せても一種幽美な気違いの憐さがあった。加奈子は京子の憂鬱や偏執に困らされても、悪どい悲惨極まる生活には陥されるようなことはなかった。見当違いや、煩わしさや、憂鬱や偏執に、「我《が》」も「根《こん》」も尽き果てようとする時、加奈子は、不意に、京子のその半面の気違いのロマンチックに出遇《であ》う。――今年うちの梅に水晶の花が咲くと言い暮して居た京子が、本当の梅の花が咲いても、水晶の梅だと言い切って、花のこぼれるのを惜しがり、緑色絹絞りの着物の上に、黒地絹に赤絞りの羽織を着、その袂で落ちて来る花を受けて、まだ寒い早春の戸外で半日でも飽きずに遊んでいる。毎日々々それが続いた。「美しいな」と見惚れて加奈子は、なんだ、気違いになった京子までを享楽してはならないぞと、自分で自分の心を叱る声を聞いたことがあった。京子は気違いのくせに色の鑑識などもよく判った。京子のねだる着物を加奈子が買って遣れば、それは本当に京子によく似合った。加奈子が夜の外出に、黒いソアレを着れば、緋のフランスチリメンで早速花のようなものを造って呉れた。玄人の造った造花でないので、却ってふさふさとして加奈子の胸のあたりに垂れ下り効果があった。京子はまた、妙につつましかった。女中達にはおいしい肉のおかずをして遣って呉れと加奈子にねだりながら、自分は幾日でも白粥を喰べ続ける。白粥に青菜を細かく刻んでかけて喰べるのであるが、加奈子もそれにつき合わされる。体が弱るようで幾日も幾日もそれでは困ると言いながら、加奈子の美感は寧ろ京子の喰べるそのたべものの色彩なり、恬淡《てんたん》さを好んでも居る。そして加奈子はそっと京子の陰へ廻って肉や肴《さかな》を喰べた。

——患者さんまだおやすみですか。ちと代りましょう。裏庭の方でも御覧になっていらっしゃいまし。

先刻ここへ京子と加奈子を連れて来て呉れた若い看護婦が入って来て言うのである。

——ええ、ありがとう。好いお天気ですね。

——ちっと気晴らしに庭でも御覧になっていらっしゃいませ。桜が咲いて居りますから。

加奈子は、表庭に一ぱい散って居た桜の花片を想い出した。

——では、ちょっとね。お願いしますわ。眼が醒めたら直ぐ知らして下さい、ね。

——はあ、かしこまりました。

京子を覗いて、よく寝入って居らっしゃいますこと、と看護婦が言って居る言葉をうしろに聞きながら加奈子は廊下へ出た。今まで居た室内とは同じ建物のうちかと怪しまれる古ぼけた廊下だ。だが先方の何処かに非常に明るい処があるのを想わせる廊下だ。加奈子が、ふらふら歩いていると、前方から青ざめた女が来た。狂女（?）、加奈子は、ぎくりとして廊下の端へ身を寄せて少し足早に歩き出した。加奈子は、素知らぬ顔で行き過ぎようとして女をそっと視た。渋い古大島の袷に萎えた博多の伊達巻。髪は梳き上げて頭の頂天に形容のつき兼ねる恰好にまるめてある。後《おく》れ毛《げ》が垂れないうちに途中で蓬々《ぼうぼう》と揉み切れてかたまり合っている。三十前後の品の好いその狂女は、おとなしく加奈子に頭を下げて行き過ぎた。

重く入り乱れた足音がした。加奈子はもうこの廊下から引き返そうと足を反対の方へ向けかけた。と、いきなり横の扉が開いて肥満した女が二人出て来た。一人は看護婦服の五十女。一人は患者、生気を抜いた野菜のように徒《いたず》らにぶくぶく太った二十五六の年頃の女で、ぼけた茫《すすき》の穂のような光のにぶい腫れぼったい眼で微かに加奈子を見た薄気味悪さ。その時、また羽目を距てた近くで、どんと物のぶっ倒れるような音がした。うお――と男患者の唸り声。やや離れた処で、ひい、ひいと女気違いの奇声を挙げるのが聞えて来た。

加奈子はうろたえた。そして、あの若い看護婦が自分を怖えさせるため、京子の眠るあの部屋から斯んな処へ追い出したのではないかと突然の憤りと困惑に陥った。

――あなたは、何処へお出でですか。

と、一たん太っちょの患者と一緒に行き過ぎた老看護婦が戻って来て、加奈子をうろんな眼で見ながら訊ねた。

――私、お庭へ行くんですの。

――違います。ここは病室側の廊下です。

広い円形の庭は、眼も醒める程、眩しく明るい。狂暴性でない監禁不用患者の散歩場だ。広い芝生に草木が単純な列を樹てて植えつけてある。今は桜ばかりが真盛りだ。

庭の真中を横断する散歩道の両端には、殊にも巨大な桜が枝を張り、それに準じて中背の桜が何十本か整列している。淡紅満開の花の盛り上る梢は、一斉に連なり合って一樹の区切りがつき難い。長く立て廻した花の層だ、層が厚い部分は自然と幽な陰をつくり、薄い部分からは余計に落花が微風につれて散っているのが眼についた。散る花びらは、直ぐ近くへも、何処とも知れぬ遠い処へも、飛び散って行くように見える。

調子はずれの軍歌を唄いながら、桜の下から顎鬚の濃い五十男が、加奈子の佇って居る庭に面した廊下の窓の方へ現われた。だぶだぶの帆布のようなカーキ色の服を着て居る。ぐっしょり落花を被った頭の白髪が春陽の光にきらきら光る。

——こんにちはあ。

善良そうな笑いと一緒に挙手をした。

——はあ、こんにちはあ。

加奈子がびっくりする程大声で挨拶を返したのは、加奈子の近くの窓に佇って先刻から同じように庭を見て居た中年の男だった。男は加奈子の直ぐ傍に来た。

——ありゃあ、この病院でも古い患者です。

男が加奈子に言って聞せ始めた時、軍歌の患者は、もと来た方へ、またも軍歌を繰り返しながら歩いて行った。

——一日ああして気楽に戸外散歩してますから、体は丈夫ですよ。長生きするでしょうな。

男は兜町《かぶとちょう》で激しく働くので時々軽い脳病になり、この病院へ来るのも二十年程前からなので、院内の古い患者とは知り合いが多いと言う。

——あの男は日露戦争の勇士です。第一回旅順《りょじゅん》攻撃の時負傷して、命は助ったんですが気が違ったんです。

——おとなしいんですね。

——実におとなしい。その代り治る見込がないんですな。生涯の患者ですよ。然しあの通りですから、病院でもみんなに可愛がられてます。なまじっかしゃばで正気の苦労するよりゃ、ずっと増しでしょうよ。

庭の処々に青塗りのベンチが置いてあって、日光浴や散歩に疲れた患者達が黙って腰かけて居る。調子はずれの軍歌を唄って居る男よりほか、口を動かして居るものは一人も無い。檻のなかの患者の狂暴性とは反対に、あまりおとなし過ぎる静的な患者達なのであろう。

一人の老人が、自分の古羽織を、脱いだり、着たり畳んだりしては、芝生の上にかしこまり、一方の空を仰いでお辞儀をして居る。

——あれは若いうち、誰かの着物を盗んだそうです。気が小さくってそれが苦になり気違いになったんだそうです。

加奈子に訊かれて、傍の男はまた説明した。糸屑をしこたま膝に置いて、それを繋いでばかり居る女、遠くに一人兎の形を真似て両手で耳を高く立て、一つ場所にうずくまって居る男。

加奈子はじき近くのベンチに眼を戻すと、其処に若い男の二人連れを発見した。顔も恰好もよく似た二人連れだ。一人は稍々《やや》年長で正気の健康者なのはよく判るが、年下の方は、一眼みただけでも直ぐ気違いと判る。

——あれは兄弟なんですよ。

また加奈子の傍の男は口を出した。

——鍛冶屋の兄弟だったんですよ。親も妻子も無しで二人稼ぎに稼いで居たんですよ。だが弟の腕がどうも鈍い。兄の方が或る時癇癪を起して金槌を弟に振り上げたんですね。まさか撲《ぶ》ちゃあしませんでしたけど、弟は吃驚《びっくり》して気が違っちまったんです。五六年前ですよ。あの弟がここへ入院したのは。兄は月三度は屹度《きっと》ここへやって来る。そして弟と一緒に遊んでやるんですよ。優しい心掛けでさあ、みんな見ちゃあ憐れがるんですよ。兄はここへ来ちゃあ弟の言うことを何でも聞くんです。罪ほろぼしの気持なんですね。弟は変な真似をさせるんですよ。自分の手まね足まね、みんな兄貴にやれって言うんです。兄貴はやるんです何でも。舌を出せ、手を挙げろ、四つん這いになれ、寝ころんで見ろ――いまに始めますぜ、また。

加奈子は、もう男の説明は沢山だという気がして来た。みんな誰でも、一度貰ったものは返さねばならず、自分のしたことには結局責任を負わなければならないのだと思った。いまいましいような悲しい人生だと思った。しかしまた惚れ惚れとするような因果応報の世の中でもあると思った。

だが、加奈子は、もう、この気違いの散歩場を見ているのも沢山になった。気違い達の頭の上で過度に誇らしく咲き盛っている桜の花も、ねばる執拗なものに見えて来た。この説明好きの男にも訣《わか》れたくなった。加奈子はこれ以上、ここに居ると何か嫌悪以上の惑溺に心も体も引き入れられるような危い気がした。

加奈子が、くるりと体の向きを変えて硝子窓から離れた時、丁度京子の番をしていた若い看護婦が急いで来た。

――患者さん、お目が醒めました。

看護婦は急いで来たのに落着いて言った。

――桜が満開でございましょう。

それよりも加奈子の眼は、この看護婦の肩越しの廊下の奥に、京子の顔の幻影を見た。それは加奈子に一生射し添う淋しく美しい白燈の光のような京子の顔の幻影だった。

# 麦藁《むぎわら》帽子

堀《ほり》 辰雄《たつお》

私は十五だった。そしてお前は十三だった。

私はお前の兄たちと、苜宿《うまごやし》の白い花の密生した原っぱで、ベエスボオルの練習をしていた。お前は、その小さな弟と一しょに、遠くの方で、私たちの練習を見ていた。その白い花を摘んでは、それで花環をつくりながら。飛球があがる。私は一所懸命に走る。球がグロオブに触る。足が滑る。私の体がもんどり打って、原っぱから、田圃の中へ墜落する。私はどぶ鼠になる。

私は近所の農家の井戸端に連れられて行く。私はそこで素っ裸かになる。お前の名が呼ばれる。お前は両手で大事そうに花環をささげながら、駈けつけてくる。素っ裸かになることは、何んと物の見方を一変させるのだ！　いままで小娘だとばかり思っていたお前が、突然、一人前の娘となって私の眼の前にあらわれる。素っ裸かの私は、急にまごまごして、やっと私のグロオブで私の性《セックス》をかくしている。

其処に、羞かしそうな私とお前を、二人だけ残して、みんなはまたボオルの練習をしに行ってしまう。そして、私のためにお前が泥だらけになったズボンを洗濯してくれている間、私はてれかくしに、わざと道化けて、お前のために持ってやっている花環を、私の帽子の代りに、かぶって見せたりする。そして、まるで古代の彫刻のように、そこに不動の姿勢で、私は突っ立っている。顔を真っ赤にして……

*****

夏休みが来た。

寄宿舎から、その春、入寮したばかりの若い生徒たちは、一群れの熊蜂のように、うなりながら、巣離れていった。めいめいの野薔薇を目ざして……

しかし、私はどうしよう！　私には私の田舎がない。私の生れた家は都会のまん中にあったから。おまけに私は一人息子で、弱虫だった。それで、まだ両親の許をはなれて、ひとりで旅行をするなんていう芸当も出来ない。だが、今度は、いままでとは事情がすこし違って、ひとつ上の学校に入ったので、この夏休みには、こんな休暇の宿題があったのだ。田舎《いなか》へ行って一人の少女を見つけてくること。

その田舎へひとりでは行くことが出来ずに、私は都会のまん中で、一つの奇蹟の起るのを待っていた。それは無駄ではなかった。C県の或る海岸にひと夏を送りに行っていた、お前の兄のところから、思いがけない招待の手紙が届いたのだった。

おお、私のなつかしい幼友達よ！　私は私の思い出の中を手探りする。真っ白な運動服を着た、二人とも私よりすこし年上の、お前の兄たちの姿が、先《ま》ず浮ぶ。毎日のように、私は彼等とベエスボオルの練習をした。或る日、私は田圃に落ちた。花環を手にしていたお前の傍で、私は裸かにさせられた。私は真っ赤になった。……やがて彼等は、二人とも地方の高等学校へ行ってしまった。もうかれこれ三四年になる。それからはあんまり彼等とも遊ぶ機会がなくなった。その間、私はお前とだけは、屢々《しばしば》、町の中ですれちがった。何にも口をきかないで、ただ顔を赧らめながら、お時宜《じぎ》をしあった。お前は女学校の制服をつけていた。すれちがいざま、お前の小さな靴の鳴るのを私は聞いた……

私はその海岸行を両親にせがんだ。そしてやっと一週間の逗留を許された。私は海水着やグロオブで一ぱいになったバスケットを重そうにぶらさげて、心臓をどきどきさせながら、出発した。

それはT……という名のごく小さな村だった。お前たちは或る農家の、ささやかな、いろいろな草花で縁《へり》をとられた離れを借りて、暮らしていた。私が到着したとき、お前たちは海岸に行っていた。あとにはお前の母と私のあまりよく知らないお前の姉とが、二人きりで、留守番をしていた。

私は海岸へ行く道順を教わると、すぐ裸足になって、松林の中の、その小径を飛んで行った。焼けた砂が、まるでパンの焦げるような好い匂いがした。

海岸には、光線がぎっしりと充填《つま》って、まぶしくって、何にも見えない位だった。そしてその光線の中へは、一種の妖精にでもならなければ、這入れないように見えた。私は盲のように、手さぐりしながら、その中へおずおずと、足を踏み入れていった。

小さな子供たちがせっせと砂の中に生埋めにしている、一人の半裸体の少女が、ぼんやり私の目にはいる。お前かしらと思って、私は近づきかける。……すると大きな海水帽のかげから、私の見知らない、黒い、小さな顔が、ちらりとこちらを覗く。そしてまた知らん顔をして、元のように、すっぽりとその小さな顔を海水帽の中に埋める。……それが私の足を動けなくさせる。

私は流砂に足をとられながら、海の方へ出たらめに叫ぶ。「ハロオ！」……と、まぶしくて私にはちっとも見えない、その海の中から、それに応えて、「ハロオ！　ハロオ！」

私はいそいで着物をぬぐ。そして海水着だけになって、盲のように、その声のする方へ、飛び込もうと身構える。

その瞬間、私のすぐ足許からも、「ハロオ！……」――私は振りむく。さっきの少女が、砂の中から半身を出してにっこりと笑っているのが、今度は、私にもよく見える。

「なあんだ、君だったの？」

「おわかりになりませんでしたこと？」

海水着がどうも怪しい。私がそれ一枚きりになるや否や、私は妖精の仲間入りをする。私は身軽になって、いままでちっとも見えなかったものが忽《たちま》ち見え出す……

都会では難しいものに見える愛の方法も、至極簡単なものでいいことを会得させる田舎暮らしよ！一人の少女の気に入るためには、かの女の家族の様式《スタイル》を呑み込んでしまうが好い。そしてそれは、お前の家族と一しょに暮らしているおかげで、私には容易だった。お前の一番気に入っている若者は、お前の兄たちであることを、私は簡単に会得する。彼等はスポオツが大好きだった。だから、私も出来るだけ、スポオティヴになろうとした。それから彼等は、お前に親密で、同時に意地悪だった。私も彼等に見習って、お前をば、あらゆる遊戯からボイコットした。

お前がお前の小さな弟と、波打ちぎわで遊び戯れている間、私はお前の気に入りたいために、お前の兄たちとばかり、沖の方で泳いでいた。

沖の方で泳いでいると、水があんまり綺麗なので、私たちの泳いでいる影が、魚のかげと一しょに、水底に映った。そのおかげで、空にそれとよく似た雲がうかんでいる時は、それもまた、私たちの空にうつる影ではないかとさえ思えてくる。……

私たちの田舎ずまいは、一銭銅貨の表と裏とのように、いろんな家畜小屋と脊中合わせだった。ときどき家畜らが交尾をした。そのための悲鳴が私たちのところまで聞えてきた。裏木戸を出ると、そこに小さな牧場があった。いつも牛の夫婦が草をたべていた。夕方になると、彼等は何処へともなく姿を消す。そのあとで、私たちはいつもキャッチボオルをした。するとお前は、或る時はお前の姉と、或る時はお前の小さな弟と、其処まで遊びに出てきた。いつだったかのように、遠くで花を摘んだり、お前の習ったばかりの讃美歌を唱ったりしながら。ときどきお前がつかえると、お前の姉が小声でそれを続けてやった。——まだ八つにしかならない、お前の小さな弟は、始終お前のそばに附きっきりだった。彼は私たちの仲間入りをするには、あんまり小さ過ぎた。そんな小さな弟に毎日一ぺんずつ接吻をしてやるのが、お前の日課の一つだった。「今日はまだ一ぺんもしてあげなかったのね……」そう云って、お前はその小さな弟を引きよせて、私たちのいる前で、平気で彼と接吻をする。

私はいつまでも投球のモオションを続けながら、それを横目で見ている。

その牧場のむこうは麦畑だった。その麦畑と麦畑の間を、小さな川が流れていた。よくそこへ釣りをしに行った。お前は私たちの後から、黐竿《もちざお》を肩にかついだ小さな弟と一しょに、魚籠《びく》をぶらさげて、ついてきた。私は蚯蚓《みみず》がこわいので、お前の兄たちにそれを釣針につけて貰った。しかし私はすぐそれを食われてしまう。すると、しまいには彼等はそれを面倒くさがって、そばで見ているお前に、その役を押しつける。お前は私みたいに蚯蚓をこわがらないので。お前はそれを私の釣針につけてくれるために、私の方へ身をかがめる。お前はよそゆきの、赤いさくらんぼの飾りのついた、麦藁帽子をかぶっている。そのしなやかな帽子の縁が、私の頬をそっと撫でる。私はお前に気どられぬように深い呼吸をする。しかしお前はなんの匂いもしない。ただ麦藁帽子の、かすかに焦げる匂いがするきりで。……私は物足りなくて、なんだかお前にだまかされているような気さえする。

まだあんまり開けていない、そのT村には、避暑客らしいものは、私たちの他には、一組もない位だった。私たちはその小さな村の人気者だった。海岸などにいると、いつも私たちの周りには人だかりがした程に。そうして村の善良な人々は、私のことを、お前の兄だと間違えていた。それが私をますます有頂天にさせた。

それればかりでなしに、私の母みたいな、子供のうるさがるような愛し方をしないお前の母は、私をもその子供並みにかなり無頓着に取り扱った。それが私に、自分は彼女にも気に入っているのだと信じさせた。

予定の一週間はすでに過ぎていた。しかし私は都会へ帰ろうとはしなかった。

ああ、私はお前の兄たちに見習って、お前に意地悪ばかりしてさえいれば、こんな失敗はしなかったろうに！　ふと私に魔がさした。私は一度でもいいから、お前と二人きりで、遊んでみたくてしようがなくなった。

「あなた、テニス出来て？」或る日、お前が私に云った。

「ああ、すこし位なら……」

「じゃ、私と丁度いい位かしら？……ちょっと、やってみない」

「だってラケットはなし、一体何処でするのさ」

「小学校へ行けば、みんな貸してくれるわ」

それがお前と二人きりで遊ぶには、もってこいの機会に見えたので、私はそれを逃がすまいとして、すぐ分るような嘘をついた。私はまだ一度もラケットを手にしたことなんか無かったのだ。しかし少女の相手ぐらいなら、そんなものはすぐ出来そうに思えた。お前の兄たちがいつも、テニスなんか！と軽蔑していたから。しかし彼等も、私たちに誘われると、一しょに小学校へ行った。そこへ行くと、砲丸投げが出来るので。

小学校の庭には、夾竹桃《きょうちくとう》が花ざかりだった。彼等は、すぐその木蔭で、砲丸投げをやり出した。私とお前とは、其処《そこ》からすこし離して、白墨で線を描いて、ネットを張って、それからラケットを握って、真面目くさって向い合った。が、やってみると、思ったよりか、お前の打つ球が強いので、私の受けかえす球は、大概ネットにひっかかってしまった。五六度やると、お前は怒ったような顔をして、ラケットを投げ出した。

「もう止《よ》しましょう」

「どうしてさ？」私はすこしおどおどしていた。

「だって、ちっとも本気でなさらないんですもの……つまらないわ」

そうして見ると、私の嘘は看破られたのではなかった。が、お前のそういう誤解が、私を苦しめたのは、それ以上だった。むしろ、そんな薄情な奴になるより、嘘つきになった方がましだ。

私は頬をふくらませて、何も云わずに、汗を拭いていた。どうも、さっきから、あの夾竹桃の薄紅い花が目ざわりでいけない。

この二三日、お前は、鼠色の、だぶだぶな海水着をきている。お前はそれを着るのをいやがっていた。いままでのお前の海水着には、どうしたのか、胸のところに大きな心臓型の孔《あな》があいてしまったのだ。そこでお前は間に合わせに、あんまり海へはいらない、お前の姉の奴を、借りて着ているのだ。この村では、新しい海水着などは手に入らなかった。一里ばかり向うの、駅のある町まで買いに行かなければ。――そこで或る日、私はテニスの失敗をつぐなう積りで、自分から、その使者を申し出た。

「何処かで自転車を貸してくれるかしら？」

「理髪店のならば……」

私は大きな海水帽をかぶって、炎天の下を、その理髪店の古ぼけた自転車に跨って、出発した。

その町で、私は数軒の洋品店を捜し廻った。少女用の海水着の買物がなんと私の心を奪ったことか！　私はお前に似合いそうな海水着を、とっくに見つけてしまってからも、私はただ私自身を満足させるために、いつまでも、それを選んでいるように見せかけた。それから私は郵便局で、私の母へ宛てて電報を打った。「ボンボンオクレ」

そうして私は汗だくになって、決勝点に近づくときの選手の真似をして、死にものぐるいの恰好で、ペダルを踏みながら、村に帰ってきた。

それから二三日が過ぎた。或る日のこと、海岸で、私たちは寝そべりながら、順番に、お互を砂の中に埋めっこしていた。私の番だった。私は全身を生埋めにされて、やっと、私の顔だけを、砂の中から出していた。お前がその細部《デテエル》を仕上げていた。私はお前のするがままになりながら、さっきから、向うの大きな松の木の下に、私たちの方を見ては、笑いながら話し合っている二人の婦人のいるのを、ぼんやり認めていた。そのうちの海水帽をかぶった方は、お前の母らしかった。もう一人の方は、この村では、つい見かけたことのない婦人に見えた。黒いパラソルをさしていた。

「あら、たっちゃんのお母様だわ」お前は、海水着の砂を払いながら、起き上った。

「ふん……」私は気のなさそうな返事をした。そうして皆が起き上ったのに、私一人だけ、いつまでも砂の中に埋まっていた。私は心臓をどきどきさせていた。私の隠し立てが、今にもばれそうなので。そうしてそれが、砂の中から浮んでいる私の顔を、とても変梃《へんてこ》にさせていそうだった。私はいっそのこと、そんな顔も砂の中に埋めてしまいたかった！　何故なら、私は田舎から、私の母へ宛てて、わざと悲しそうな手紙ばかり送っていた。その方が彼女には気に入るだろうと思って……。彼女から遠くに離れているばかりに、私がそんなにも悲しそうにしているのを見て、私の母は感動して、私を連れ戻しに来たのかしら？……それだのに、私は、彼女に隠し立てをしていた一人の少女のために、今、こんなにも幸福の中に生埋めにされている！

おっと、待てよ。今のさっきの様子では、お前は私の母をなんだか知っていたようだぞ！　そんな筈じゃなかったのに？……と、私は砂の中からこっそりとみんなの様子をうかがっている。どうやら、私の母とお前たちの家族とは、ずっと前からの知合らしい。私にはどうしてもそれが分らない。これでは、欺こうとしていた私の方が、反対に、私の母に裏を掻《か》かれていたようなものだ。突然、私は砂を払いのけながら、起き上る。今度はこっちで、あべこべに、母の隠し立てを見つけてやるからい い！……そこで、私はお前にそっと捜《さぐ》りを入れてみる。皆のしんがりになって、家の方へ引きあげて行きながら。……

「どうして僕のお母さんを知っていたの？」「だってあなたのお母様は運動会のとき何時《いつ》もいらっしってたじゃないの？　そうして私のお母様といつも並んで見ていらしったわ」私はそんなことはまるっきり知らなかった。何故なら、そんな小学生の時分から、私はみんなの前では、私の母から話しかけられるのさえ、ひどく羞かしがっていたから。そうして私は私の母から隠れるようにばかりしていたから。……

――そして今もそうだった。井戸端で、みんなが身体を洗ってしまってからも、私は何時までも、そこに愚図々々していた。ただ、私の母から隠れていたいばかりに。……井戸端にしゃがんでいると、私の脊くらい伸びたダリアのおかげで、離れの方からは、こっちがちっとも見えなかった。それでいて、向うの話し声は手にとるように聞えてくる。私のボンボンの電報のことが話された。みんなが、お前までがどっと笑った。私はてれ臭そうに、耳にはさんでいた巻煙草をふかし出した。私は何度もその煙に噎《む》せた。そして、それが私の羞恥を誤魔化した。

誰かが、私の方に近づいてくる足音がした。それはお前だった。

「何してんの？……もうお母様がお帰りなさるから、早くいらっしゃいって？」

「こいつを一服したら……」

「まあ！」お前は私と目を合わせて、ちらりと笑った。その瞬間、私たちにはなんだか離れの方が急にひっそりしたような気がした。

せっかくボンボンやら何やらを持って来てやったのに、自分にはろくすっぽ口もきいてくれない息子の方を、その母は俥《くるま》の上から、何度もふりかえりながら、帰って行った。それがやっぱり彼女の本当の息子だったのかどうかを確かめでもするように。そういう母の姿がすっかり見えなくなってしまうと、息子の方ではやっと、しかし自分自身にも聞かれたくないように、口のうちで、「お母さん、ごめんなさいね」とひとりごちた。

海は日毎に荒模様になって行った。毎朝、渚に打ち上げられる漂流物の量が、急に増え出した。私たちは海へはいると、すぐ水母《くらげ》に刺された。私たちはそんな日は、海で泳がずに、渚に散らばっている、さまざまな綺麗な貝殻を、遠くまで採集しに行った。その貝殻がもうだいぶ溜った。

出発の数日前のこと、私がキャッチボオルで汚した手を井戸端へ洗いに行こうとすると、そこでお前がお前の母に叱られていた。私はそれが私の事に関しているような気がした。それを立聞きするにはすこし勇気を要した。気の小さな私はすっかりしょげて、其処から引き返した。——私はあとでもって、一人でこっそりと、その井戸端に行ってみた。そしてそこの隅っこに、私の海水着が丸められたまま、打棄てられてあるのを見た。私ははっと思った。いつもなら私の海水着をそこへ置いておくと、兄たちのと一緒に、お前がゆすいで乾して置いてくれるのだ。そのことでお前はさっきお前の母に叱られていたものと見える。私はその海水着を、音の立たないように、そっと水をしぼって、いつものように竿にかけておいた。

翌朝、私はその砂でざらざらする海水着をつけて、何食わぬ顔をしていた。気のせいか、お前はすこし鬱《ふさ》いでいるように見えた。

とうとう休暇が終った。

私はお前の家族たちと一しょに帰った。汽車の中には、避暑地がえりの真っ黒な顔をした少女たちが、何人も乗っていた。お前はその少女たちの一人一人と色の黒さを比較した。そうしてお前が誰よりも一番色が黒いので、お前は得意そうだった。私は少しがっかりした。だが、お前がちょっと斜めに冠っている、赤いさくらんぼの飾りのついたお前の麦藁帽子は、お前のそんな黒いあどけない顔に、大層よく似合っていた。だから、私はそのことをそんなに悲しみはしなかった。もしも汽車の中の私がいかにも悲しそうな様子に見えたと云うなら、それは私が自分の宿題の最後の方がすこし不出来なことを考えているせいだったのだ。私はふと、この次ぎの駅に着いたら、サンドウィッチでも買おうかと、お前の母がお前の兄たちに相談しているのを聞いた。私はかなり神経質になっていた。そして自分だけがそれからのけ者にされはしないかと心配した。その次ぎの駅に着くと、私は真先きにプラットホームに飛び下りて、一人でサンドウィッチを沢山買って来た。そして私はそれをお前たちに分けてやった。

⁂

秋の学期が始まった。お前の兄たちは地方の学校へ帰って行った。私は再び寄宿舎にはいった。

私は日曜日ごとに自分の家に帰った。そして私の母に会った。この頃から私と母との関係は、いくらかずつ悲劇的な性質を帯びだした。愛し合っているものが始終均衡を得ていようがためには、両方が一緒になって成長して行くことが必要だ。が、それは母と子のような場合には難しいのだ。

寄宿舎では、私は母のことなどは殆んど考えなかった。私は母がいつまでも前のままの母であることを信じていられたから。しかし、その間、母の方では、私のことで始終不安になっていた。その一週間のうちに、急に私が成長して、全く彼女の見知らない青年になってしまいはせぬかと気づかって。で、私が寄宿舎から帰って行くと、彼女は私の中に、昔ながらの子供らしさを見つけるまでは、ちっとも落着かなかった。そして彼女はそれを人工培養した。

もし私がそんな子供らしさの似合わない年頃になっても、まだ、そんな子供らしさを持ち合わせているために不幸な人間になるとしたら、お母さん、それは全くあなたのせいです。……

或る日曜日、私が寄宿舎から帰ってみると、母はいつものような丸髷に結っていないで、見なれない束髪に結っていた。私はそれを見ながら、すこし気づかわしそうに母に云った。

「お母さんには、そんな髪、ちっとも似合わないや……」

それっきり、私の母はそんな髪の結い方をしなかった。

それだのに、私は寄宿舎では、毎日、大人になるための練習をした。私は母の云うことも訊かないで、髪の毛を伸ばしはじめた。それでもって私の子供らしさが隠せでもするかのように。そうして私は母のことを強いて忘れようとして、私の嫌いな煙草のけむりでわざと自分を苦しめた。私の同室者たちのところへは、ときおり女文字の匿名の手紙が届いた。皆が彼等のまわりへ環《わ》になった。彼等は代る代るに、顔を赧らめて、嘘を半分まぜながら、その匿名の少女のことを話した。私も彼等の仲間入りがしたくて、毎日、やきもきしながら、ことによるとお前が匿名で私によこすかも知れない手紙、そんな来る宛のない手紙を待っていた。

或る日、私が教室から帰ってくると、私の机の上に女もちの小さな封筒が置かれてあった。私が心臓をどきどきさせながら、それを手にとって見ると、それはお前の姉からの手紙だった。私がこの間、それの返事を受取りたいばっかりに、女学校を卒業してからも英吉利《イギリス》語の勉強をしていたお前の姉に、洋書を二三冊送ってやったので、そのお礼だった。しかし真面目なお前の姉は、誰にもすぐ分るように、自分の名前を書いてよこした。それがみんなの好奇心をそそらなかったものと見える。私はその手紙についてほんのあっさりと揶揄《からか》われたきりだった。

それからも屢々《しばしば》、私はそんな手紙でもいいから受取りたいばっかりに、お前の姉にいろんな本を送ってやった。するとお前の姉はきっと私に返事をくれた。ああ、その手紙に几帳面な署名がなかったら、どんなによかったろうに！……

匿名の手紙は、いつまでたっても、私のところへは来なかった。

そのうちに、夏が一周りしてやってきた。

私はお前たちに招待されたので、再びT村を訪れた。私は、去年からそっくりそのままの、綺麗な、小ぢんまりした村を、それからその村のどの隅々にも一ぱいに充満している、私たちの去年の夏遊びの思い出を、再び見いだした。しかし私自身はと云えば、去年とはいくらか変って、ことにお前の家族たちの私に対する態度には、かなり神経質になっていた。

それにしてもこの一年足らずのうちに、お前はまあなんとすっかり変ってしまったのだ！　顔だちも、見ちがえるほどメランコリックになってしまっている。そしてもう去年のように親しげに私に口をきいてはくれないのだ。昔のお前をあんなにもあどけなく見せていた、赤いさくらんぼのついた麦藁帽子もかぶらずに、若い女のように、髪を葡萄《ぶどう》の房のような恰好に編んでいた。鼠色《ねずみいろ》の海水着をきて海岸に出てくることはあっても、去年のように私たちに仲間はずれにされながらも、私たちにうるさくつきまとうようなこともなく、小さな弟のほんの遊び相手をしている位のものだった。私はなんだかお前に裏切られたような気がしてならなかった。

日曜日ごとに、お前はお前の姉と連れ立って、村の小さな教会へ行くようになった。そう云えば、お前はどうもお前の姉に急に似て来だしたように見える。お前の姉は私と同い年だった。いつも髪の毛を洗ったあとのような、いやな臭いをさせていた。しかしいかにも気立てのやさしい、つつましそうな様子をしていた。そして一日中、英吉利語を勉強していた。

そういう姉の影響が、お前が年頃になるにつれて、突然、それまでの兄たちの影響と入れ代ったのであろうか？　それにしてもお前が、何かにつけて、私を避けようとするように見えるのは何故なのだ？　それが私には分らない。ひょっとしたら、あの姉がひそかに私のことを思ってでもいて、そしてそれをお前が知っていて、お前が自ら犠牲になろうとしているのではないのかしら？　そんなことまで考えて、私はふと、お前の姉と二三度やりとりした手紙のことを、顔を赧《あか》らめながら、思い出す……

お前たちが教会にいると、よく村の若者どもが通りすがりに口ぎたなく罵って行くといっては、お前たちが厭がっていた。

或る日曜日、お前たちが讃美歌の練習をしている間、私はお前の兄たちと、その教会の隅っこに隠れながら、バットをめいめい手にして、その村の悪者どもを待伏せていた。彼等は何も知らずに、何時ものように、白い歯をむき出しながら、お前たちをからかいに来た。お前の兄たちがだしぬけに窓をあけて、恐ろしい権幕で、彼等を呶鳴《どな》りつけた。私もその真似をした。……不意打ちをくらった、彼等は、あわてふためきながら、一目散に逃げて行った。

私はまるで一人で彼等を追い返しでもしたかのように、得意だった。私はお前からの褒美を欲しがるように、お前の方を振り向いた。すると、一人の血色の悪い、痩せこけた青年が、お前と並んで、肩と肩とをくっつけるようにして、立っているのを私は認めた。彼はもの怖じたような目つきで、私たちの方を見ていた。私はなんだか胸さわぎがしだした。

私はその青年に紹介された。私はわざと冷淡を装うて、ちょっと頭を下げたきりだった。

彼はその村の呉服屋の息子だった。彼は病気のために中学校を途中で止して、こんな田舎に引籠って、講義録などをたよりに独学していた。そうして彼よりずっと年下の私に、私の学校の様子などを、何かと聞きたがった。

その青年がお前の兄たちよりも私に好意を寄せているらしいことは、私はすぐ見てとったが、私の方では、どうも彼があんまり好きになれなかった。もし彼が私の競争者として現われたのでなかったならば、私は彼には見向きもしなかっただろう。が、彼がお前の気に入っているらしいことに、誰よりも早く気がついたのも、この私であった。

その青年の出現が、薬品のように私を若返らせた。この頃すこし悲しそうにばかりしていた私は、再び元のような快活そうな少年になって、お前の兄たちと泳いだり、キャッチボオルをし出した。実はそうすることが、自分の苦痛を忘れさせるためであるのを、自分でもよく理解しながら。今年九つになったお前の小さな弟も、この頃は私達の仲間入りをし出した。そして彼までが私達に見習って、お前をボイコットした。それが一本の大きな松の木の下に、お前を置いてきぼりにさせた。その青年といつも二人っきりに！

私は、その大きな松の木かげに、お前たちを、ポオルとヴィルジニイのように残したまんま、或る日、ひとり先きに、その村を立ち去った。

私は出発の二三日前は、一人で特別にはしゃぎ廻った。私が居なくなったあとは、お前たちの田舎暮らしはどんなに寂しいものになるかを、出来るだけお前たちに知らせたいと云う愚かな考えから。……そうしてそのために私はへとへとに疲れて、こっそりと泣きながら、出発した。

秋になってから、その青年が突然、私に長い手紙をよこした。私はその手紙を読みながら、膨れっ面をした。その手紙の終りの方には、お前が出発するとき、俥《くるま》の上から、彼の方を見つめながら、今にも泣き出しそうな顔をしたことが、まるで田園小説のエピローグのように書かれてあったから。しかし、私はその小説の感傷的な主人公たちをこっそり羨しがった。だが、何んだって彼は私になんかお前への恋を打明けたんだろう？　それともそれは私への挑戦状のつもりだったのかしら？　そうとすれば、その手紙は確かに効果的だった。

その手紙が私に最後の打撃を与えた。私は苦しがった。が、その苦しみが私をたまらなく魅したほど、その時分はまだ私も子供だった。私は好んでお前を諦めた。

私はその時分から、空腹者のようにがつがつと、詩や小説を読み出した。私はあらゆるスポオツから遠ざかった。私は見ちがえるようにメランコリックな少年になった。私の母が漸《ようや》くそれを心配しだした。彼女は私の心の中をそれとなく捜る。そしてそこに二人の少女の影響を見つける。が、ああ、母の来るのは何時もあんまり遅すぎる！

私は或る日、突然、私のはいることになっている医科を止めて、文科にはいりたいことを母に訴えた。母はそれを聞きながら、ただ、呆気にとられていた。

それがその秋の最後の日かと思われるような、或る日のことだった。私は或る友人と学校の裏の細い坂道を上って行った、その時、私は坂の上から、秋の日を浴びながら、二人づれの女学生が下りてくるのを認めた。私たちは空気のようにすれちがった。その一人はどうもお前らしかった。すれちがいざま、私はふとその少女の無雑作に編んだ髪に目をやった。それが秋の日にかすかに匂った。私はそのかすかな日の匂いに、いつかの麦藁帽子の匂いを思い出した。私はひどく息をはずませた。

「どうしたんだい？」

「何、ちょっと知っている人のような気がしたものだから……しかし、矢張り、ちがっていた」

⁂

次ぎの夏休みには、私は、そのすこし前から知合になった、一人の有名な詩人に連れられて、或る高原へ行った。

その高原へ夏ごとに集まってくる避暑客の大部分は、外国人か、上流社会の人達ばかりだった。ホテルのテラスにはいつも外国人たちが英字新聞を読んだり、チェスをしていた。落葉松《からまつ》の林の中を歩いていると、突然背後から馬の足音がしたりした。テニスコートの附近は、毎日賑やかで、まるで戸外舞踏会が催されているようだった。そのすぐ裏の教会からはピアノの音が絶えず聞えて……

毎年の夏をその高原で暮らすその詩人は、そこで多くの少女たちとも知合らしかった。私はその詩人に通りすがりにお時宜をしてゆく、幾たりかの少女のうちの一人が、いつか私の恋人になるであろうことを、ひそかに夢みた。そしてその夢を実現させるためには、私も早く有名な詩人になるより他はないと思ったりした。

或る日のことだった。私はいつものようにその詩人と並んで、その町の本通り《メエン・ストリイト》を散歩していた。そのとき向うから、或いはラケットを持ったり、或いは自転車を両手で押しながら、半ダースばかりの少女たちががやがや話しながら、私たちの方へやってくるのに出会った。それらの少女たちはちょっと立ち止まって、私たちのために道を開けてくれながら、そうしてそのうちの幾たりかは私と一緒にいる詩人にお時宜をした。彼は何か彼女たちとしばらく立ち話をしていた。……私はその時はもう、われにもなく其処から数歩離れたところにまで行っていた。そうしてそこに立ち止まったまま、今にもその詩人が私の名を呼んで、その少女たちに紹介してくれやしないかという期待に胸をはずませながら、しかし何食わぬ顔をして、鶏肉屋の店先きに飼われている七面鳥を見つめていた……

しかし少女たちは私の方なんぞは振り向きもしないで、再びがやがやと話しながら、その詩人から離れて行った。私も出来るだけその方から、そっぽを向いていた。

それからまた、私はその詩人と並んで歩き出しながら、いま会ったばかりの少女たちの名前を、それからそれへと、熱心に、しかし、何気なさそうに、聞いていた。今まで私によそよそしかった野生の花が、その名前を私が知っただけで、急に向うから私に懐《なつ》いてくるように、その少女たちも、その名前を私が知りさえすれば、向うから進んで、私に近づいて来たがりでもするかのように。

そんなことのうちに三週間ばかり滞在した後、私は一人だけ先きに、その高原を立ち去った。

私が家に帰ると、私の母ははじめて彼女の本当の息子が帰って来たかのように幸福そうだった。私がすっかり昔のような元気のいい息子になっていたから。しかし私の元気がよかったのは、その高原で私の会ってきた多くの少女たちを魅するために、そしてそのためにのみ、早く有名な詩人になりたいという、子供らしい野心に燃えていたからだった。母はそんな私の野心なんかに気づかずに、ただ私の中に蘇った子供らしさの故に、夢中になって私を愛した。

その高原から帰ると間もなく、私はT村からお前の兄たちの打った一通の電報を受取った。それは一種の暗号電報だった。――「ボンボンオクレ」

私は今度はなんの希望も抱かずに、ただ気弱さから、お前の兄たちの招待をことわり切れずに、T村を三たび訪れた。もうこれっきり恐らく一生見ることがないかも知れぬ、私の少年時の思い出に充ちた、その村の海や、小さな流れや、牧場や、麦畑や、古い教会を、ちょっと一目でもいいから、もう一度見ておきたいような気もしたから。それに矢張り、何んといっても、その後のお前の様子が知りたかったから。

私がいままではあんなにも美しく、まるで一つの大きな貝殻のように思いなしていた、その海べの村が、いまは私の目に何んと見すぼらしく、狭苦しく見えることよ！　嘗《かつ》てはあんなにもあどけなく思っていた私の昔の恋人の、いまは何んと私の目には、一箇の、よそよそしい、偏屈な娘としてのみ映ることよ！……それから去年よりずっと顔色も悪くなり、痩せこけている私の競争者を見た時は、私はなんだか気の毒な気さえしだした。そうして私はますます彼を避けるようにした。彼は時々悲しげな目つきで私の方を見つめた。……私はそのもの云いたげな、しかし去年とはまるっきり異った眼ざしの中に、彼の苦痛を見抜いたように思った。しかし私自身はと云えば、もうこれらの日が私の少年時の最後の日であるかのように思いなしていたせいか、至極快活に、お前の兄弟たちと遊び戯れることが出来た。

その呉服屋の息子は今年建てたばかりの小さな別荘に一人で暮らしていた。彼はその新しい別荘を、その夏お前たちの一家を迎えるために建てさせたらしかった。しかし彼の病気がそれを許さなかった。お前たちは、去年の農家の離れに、女ばかりで暮らしていた。お前の兄たちと私だけが、その青年の家に泊りに行った。

或る早朝だった。私は厠《かわや》にはいっていた。その小さな窓からは、井戸端の光景がまる見えになった。誰かが顔を洗いにきた。私が何気なくその窓から覗いていると、青年が悪い顔色をして歯を磨いていた。彼の口のまわりには血がすこし滲んでいた。彼はそれに気がつかないらしかった。私もそれが歯茎から出たものとばかり思っていた。突然、彼がむせびながら、俯向きになった。そしてその流し場に、一塊《ひとかたま》りの血を吐いていた……

その日の午後、誰にもそのことを知らせずに、私は突然T村を立ち去った。

## エピロオグ

地震！　それは愛の秩序まで引っくり返すものと見える。

私は寄宿舎から、帽子もかぶらずに、草履《ぞうり》のまんま、私の家へ駈けつけた。私の家はもう焼けていた。私は私の両親の行方を知りようがなかった。ことによると其処に立退いているかも知れないと思って、父方の親類のある郊外のY村を指して、避難者の群れにまじりながら、私はいつか裸足になって、歩いて行った。

私はその避難者の群れの中に、はからずもお前たちの一家のものを見出した。私たちは昂奮して、痛いほど肩を叩きあった。お前たちはすっかり歩き疲れていた。私はすぐ近くのY村まで行けば、一晩位はどうにかなるだろうと云って、お前たちを無理に引張って行った。

Y村では、野原のまん中に、大きな天幕が張られていた。焚火がたかれていた。そうして夜更けから、炊き出しがはじまった。その時分になっても、私の両親はそこへ姿を見せなかった。しかし私は、そんな周囲の生き生きとした光景のおかげで、まるでお前たちとキャンプ生活でもしているかのように、ひとりでに心が浮き立った。

私はお前たちと、その天幕の片隅に、一塊りに重なり合いながら、横になった。寝返りを打つと、私の頭はかならず誰かの頭にぶつかった。そうして私たちは、いつまでも寝つかれなかった。ときおり、かなり大きな余震があった。そうかと思うと、誰かが急に笑い出したような泣き方をした。……

すこしうとうとと眠ってから、ふと目をさますと、誰だか知らない、寝みだれた女の髪の毛が、私の頬に触っているのに気がついた。私はゆめうつつに、そのうっすらした香りをかいだ。その香りは、私の鼻先きの髪の毛からというよりも、私の記憶の中から、うっすら浮んでくるように見えた。それは匂いのしないお前の匂いだ。太陽のにおいだ。麦藁帽子のにおいだ。……私は眠ったふりをして、その髪の毛のなかに私の頬を埋めていた。お前はじっと動かずにいた。お前も眠ったふりをしていたのか？

早朝、私の父の到着の知らせが私たちを目覚ませた。私の母は私の父からはぐれていた。そうしていまだにその行方が分らなかった。私の家の近くの土手へ避難した者は、一人残らず川へ飛び込んだから、ことによるとその川に溺れているのかも知れない。……

そういう父の悲しい物語を聞いているうち、私は漸くはっきり目をさましながら、いつのまにか、こっそり涙を流している自分に気がついた。しかしそれは私の母の死を悲しんでいるのではなかった。その悲しみだったなら、それは私がそのためにすぐこうして泣けるには、あまりに大き過ぎる！　私はただ、目をさまして、ふと昨夜の、自分がもう愛していないと思っていたお前、お前の方でももう私を愛してはいまいと思っていたお前、そのお前との思いがけない、不思議な愛撫を思い出して、そのためにのみ私は泣いていたのだ……

その日の正午頃、お前たちは二台の荷馬車を借りて、みんなでその上に家畜のように乗り合って、がたがた揺られながら、何処だか私の知らない田舎へ向って、出発した。

私は村はずれまで、お前たちを見送りに行った。荷馬車はひどい埃《ほこ》りを上げた。それが私の目にはいりそうになった。私は目をつぶりながら、

「ああ、お前が私の方をふり向いているかどうか、誰か教えてくれないかなあ……」

と、口の中でつぶやいていた。しかし自分自身でそれを確かめることはなんだか恐ろしそうに、もうとっくにその埃りが消えてしまってからも、いつまでも、私は、そのまま目をつぶっていた。

# 路傍

川崎長太郎《かわさきちょうたろう》

脳出血の場合、発病後数時間で絶命したり、意識を失ったまま、二、三日うなりづめの揚句《あげく》息ひきとってしまったら、いっそ始末がいい。

いのちは、とりとめたものの、後遺症により、半身不随となって、腰が立たず、箸も握れず、出尿にも気づかれないたれ流し状態に陥り、天井を眺めて暮らすような有様となったら、文字通り半殺しの憂き目をみることになる。

小川《おがわ》も、六十五歳の二月、脳出血に見舞われたが、比較的軽症であった。意識不明となった体を、病院へ担ぎこまれ、二箇月いて、退院する時分には、ステッキついて歩ける迄に漕ぎつけ、言語障害ものこらず、頭のてっぺんから足の指先まで、半身電気をかけられたような鈍い疼《うず》きを覚えるのみであった。当人始め、この分なら、元通りの体に回復するか、と愁眉《しゅうび》開く思いであったが、そうは行かなかった。

発病後、五年たった今日、退院直後より容態は悪くなっている。半身の痺《しび》れ具合は進み、手脚の皮膚感覚も殆ど死んでしまって、右脚の足音は石のように固まり、足先がうち側へねじれ曲って、指は五本共折れたように縮んでいる。ステッキにつかまり、義足然と右脚引き摺《ず》り気味、どうにか歩くことは歩けるが、歩き出しは踵だけしか路面を踏まず、当人いくら力んでも片脚に手応がないみたいで、普通人の三分の一見当の速度も覚束《おぼつか》ない。

が、ぎごちない仕方ながら、依然として箸は右手で握れ、ボール・ペン使えばたどたどしくも文字が書けた。便所へしゃがむことも、つかまり立ちすることも、人手を借りずに済んでいたし、自分用はなんとか間に合うのであった。

後遺症の進行を、少しでも喰い止めようと、小川も必死で、その為歩くことを願にかけている。毎日、欠かさず、一時間以上外を歩けば、脚腰の筋肉の衰えや硬化をそれだけ防げるだろうし、内臓の消化器にも活を入れる所以、と左様に心得、何分としで心身の脆弱化は是非もないとしたところ、不精してヒビの入った体をほうりぱなしにしては置けなかった。

恐れているのは、脳出血の再発である。小川の母親も、彼より十年若い、五十六歳の秋に、第一回目の発病をみ、腰が抜けてしまって、床に日夜起き伏しする身状と変り、五年後には第二回目に見舞われ、頭や口にさして異常はきたさなかったにせよ、床へ横たわったきりの、食欲は尋常でも、大小便の放出など一向にわきまえ得なくなっていた。

はたの者が、病人の世話に手を焼き、段々厄介者扱いにする仕打にたまりかね、毎日程小川が弟の家へ顔出しし、母親の尻へ当てがうオムツのとり替等、日課の如く始めてから三年後、病人は痰《たん》がのどに詰り、家人にも誰にも気づかれず、息ひきとった。

母親のような末路になったら、それこそ百年目、まず生きている空はない、と小川は重々肝に銘じている。寝返り一つ打てない、たれ流しの業病だけは真ッ平であった。が、既に中風《ちゅうぶ》患者である小川に、間違ってもそうならないという保証など、どこにもあろう筈はなかった。

歩いて、脚腰の硬化を防ぎ、内臓の衰えを喰い止め、曲りなりにも健康を保持するしか、彼に格別の思案もない。又、神経をささくらせ、血圧をたかめるような、立ち入った人との接触は、かまえて避けようと心掛けてもいる。多年、世間を狭くして、甲羅に似せた穴にとじこもりがちに生きてきた彼に、その点はいっそ誂《あつら》え向きであるらしい。

十年連れ添い、途中から雄の機能も失った小川より、三十とし下の細君も、彼が歩行によって二回目の脳出血を防止出来るつもりでいるように、電気療治やマッサージ等より、食餌《しょくじ》療法が一番と合点していた。日夜、彼の口へ入れるものに気を使い、おさおさおこたりない。

牛肉、豚肉を廃し、もっぱら魚の、それもなるべく生きのいいのを喰わせるようにしている。食卓へ野菜類も絶やすことなく、八百屋の店先では宝探しでもするかのような眼色光らせ、新鮮で格安なニンジン、ゴボウのたぐいを物色して、ハタ目をはばかる様子とてない。

小川の好物の煮豆類も、店売りはズルチン入りと忌避し、自ら現物を買ってき、長時間台所の隅で、アク出ししたり煮たきしたりしている。喰い物の吟味ばかりではなかった。子なしの彼女は、一々小川の箸の上げおろし、早めしの癖が抜けない彼のせっかちな喰い方等、二度三度口やかましく世話をやいてとどまるところを知らない。「わたしが出て行ってしまったら、あんたものの ひと月と生きていられまい」などと、高ッぴしゃな殺し文句をはく場合も、ないではなかった。聞く方は、一言もなく債務者のように毎度皺ッぽい首根ッこ、縮めるのみであった。

十月始めの、朝から雲一つない、秋晴れの上天気である。二、三日ぶり、行きつけの小田原《おだわら》図書館へと、小川は仮寓《かぐう》を出た。ピンク色のセーター着た小柄で円顔の細君が、玄関先から「早く帰っていらっしゃい」と言葉をかけていた。

ゴマ塩頭に、ベレー帽かぶり、贅肉で角力とり然と下ッ腹の突き出た、五尺少々の小さな体に、厚ぼったい褐色のシャツ、折目のなくなったグレーのズボン、白いズックの短靴はき、先のささくれた寒《かん》竹《ちく》のステッキを左手で突きながら、前かがみの屁ッぴり腰で、踵だけしか土を踏まない右脚をひきずり気味、よたよた歩き出した。腰のつけ根から足先まで、ずきずき痛む痺れに、下歯だけ五、六本抜けのこる口許を歪め、山坂でも登るみたいなきしんだ顰《しかめ》ッ面《つら》であった。

彼の仮寓の、家主である旅館の二階家と、新聞屋の間を通り抜け、舗装した県道へ出れば、ついそこの牛乳販売店の前に、鴨宮《かものみや》駅行のバス停の目じるしも出ているが、歩行を悲願とする小川は、めったにバスに乗ることがない。

ハイヤー、トラックの通行が相当ひんぱんな舗装道路の、白線ひいた外側づたい、歩いて行く。二間間口の八百屋、近頃改築した、緑色の屋根にブロック塀の農家、隣りも農家で、大きな藁屋根にマサキの青々とした生垣、角に一本ケヤキの巨木が聳《そび》え、黄ばみかけた葉のむれが、午前の陽ざしに明暗を織りなしている。

腰をのばして、立ちどまり、吸いつくような目つきして、ケヤキの木末など見上げてから、小川は体の向きを左に替え、出来たての舗装道路へかかった。痺れ具合は同じながら、右脚の足先もようやく路面を踏む勝手となり、歩度が少しずつ速くなるようである。

道路の片側は、溝を距てて、毛織物工場の長いコンクリート塀がつづき、反対側には、木造アパートや小さな住宅が飛び飛び並び、うしろは黄色くうれた稲田であり、その向うに上の方から赤らみかけた箱根《はこね》山塊が横たわり、頭の白くなった富士も指呼される。

新幹線のガードをくぐり、小学校と運動場の境をぬければ、車の往来のはげしい広い道路へ出、片側の歩行者専用とあるところを、背の低いポプラの並木づたい行って、再び新幹線のガードをくぐり、狭いひっそりした住宅街の通りへはいる。

両側へ、平家二階建の家々が、切れ目なく並んで、申し合せたように、とりどりの小さな門をかまえ、どこの家にも猫の額じみた庭がみえる。ススキの穂が、通りまでおいかぶさったり、金魚草が紅色に燃えていたりした。

店先に、シューカイドーの花をつけたひとかたまりが涼しい雑貨屋の角から、右に折れて、人影や車が急に多くなる道路へ出た。ショッピング・センターその他雑多な小売店がでこぼこに家並をつらねる道路のはしを、ステッキついて前かがみの小川は、追い立てられでもするように、気はせくが脚は却々《なかなか》彼のいうことをきかない。

バスも通る、やや広い舗装道路へいき、幾分ほっとして、今度は白線ひいた路面の外側、幅半メートルもないところを、商店の店先づたい、歩いて行く。歩き出しの当初に較べ、大分調子づいた脚運びながら、歩度は依然としてまだるっこい。うしろから襲いかかる警笛、前からせまるバス、トラックに神経を尖らせつつ、よちよちと歩く。ベレー帽かぶる、皺深い額《ひたい》は汗ばみ、歯ぎしりしたような口許から、無意識に涎《よだれ》が流れたりしている。

道路の突き当りに鴨宮駅が見えてきた。煤《すす》けた瓦屋根の平屋建で、水色のペンキもところどころはげた、みすぼらしい駅である。駅長以下職員は十人に足りない。が、朝晩は、東京《とうきょう》、横浜《よこはま》、平塚《ひらつか》や小田原市内の通勤者で、建物に似ず乗降客で混雑するのである。

仮寓を出てから、小一時間費やし、駅まで辿りついた小川は、閑散としている狭い待合所へはいり、傍の切符売場の窓口へ寄って行って、ステッキを左手からはなし、その手でズボンのポケットから、使い古したガマ口ひっぱり出して、三十円也を銅貨でひとつずつ窓の中へ送り込むと、入れ替り小田原行の切符が突き出された。

受取って、切符を握った左手で、寒竹のステッキも一緒につかんで、廻れ右する小川の鼻づらへ立ちはだかった、一人の女がいる。

多くも少なくもない黒髪を地味な洋髪に結い、エラのはり気味な角《かど》ばった顔を小麦色にあっさり化粧し、黒と茶色の細い縦縞のウールを、肉づきの薄い心もち肩口のいかった小造りな体にぴったり着こなし、目立ない色気の帯をしめ、白足袋に黒っぽいゴム草履はく、一見堅気風の女房然とした大年増である。

老若二つの頭が、まともに向い合ったところで、女はにっこり邪気のない、つくろわない笑顔みせ、

「お久し振りですわ。」

と、切れ長の二重瞼で、ぱっちりした黒眼がちの目許を、ひと際時めかした。

一年以上、ぶつかることもなかった相手に、日頃細君以外の者とは格別の人づき合なく暮しがちな小川も、まっ白い不精髭のばす皺ッ面崩して、

「しばらくだったね。」

と、しゃがれ声を弾ませている。

「小川さんもお変りなくって——。」

「ああ、おかげさんで。みたとおりの有様なんで。」

「お元気そうで結構ですわ。」

「時《とき》ちゃんはちっとも変らない。——若いなァ。」

「まあ。」

と、口ごもり、女は片手を上げ、小川の肩口あたりたたくまねをしてみせた。

前後して、改札口を出、ホームにかかると、女は遅々とした小川の脚運びに歩調を合わせ、肩すれすれに寄り添うようにしている。二人の上背にさして高低もない。

のぼりの線路をまたぐ、ブリッジの階段は急勾配であった。とばくちで、小川は毎度そうしている通り、利かない右手にステッキを持ちかえ、左手をしがみつくように丸太の手摺《てすり》につかまり、どっこいしょと、一歩一歩掛け声かけるようにしながら登って行く。

その彼の、手を引くようなふりはしなかったが、つき添うふうに階段をあがる女の面相に、段々重ッ苦しい翳《かげ》がさしてきた。

「うちもここの上り下りには毎日泣かされると言いますわ。」

と、呟くようなもの謂《いい》である。

彼女の夫は、平塚の某会社に鴨宮から通勤しており、その者と結婚する前、小田原駅前の食堂で働いていたこともある女であった。

○

大陸の戦火が拡大する、昭和十三年の七月、小川は東京本郷菊坂《ほんごうきくざか》の下宿を引き揚げ、いわゆる都落ちして、小田原の海岸へ帰ってきた。

父親が胃癌で歿後、長男の身替り同様、家督を相続した彼の弟は、中気《ちゅうき》の母親や妻子共々、魚市場に近い通りの二階家へ移転していた。ふた間しかない実家の建物は、弟の名義となっており、カマボコ職人一家に貸してあった。

その家の地続きに、小さな庭を距てて、屋根も外側も黒ペンキで塗った、トタン板ばりの物置小屋がある。中には、宙吊りの棚みたいな仕掛けも出来ていて、そこにも下にも、魚屋の商売道具や、近所の漁師から預かった網や縄が、一杯詰め込まれていた。

夏場は避暑気取り、又東京を喰い詰ると再三舞い戻って、実家のただめし喰った覚えのある小川には、かねて馴染の物置小屋であった。宙吊りの棚の一部分には、古畳が二枚敷いてあり、雨戸をはめた押入れもしつらえてある。トタン板の観音びらきをあければ、防波堤の向うに海面も一望された。

四十歳をまぢかにしても、ひとり者の身軽さ、この度もここに神輿を据える算段で、東京から持参の布団や行李《こうり》を押入れへしまい、僅かな書物など、二畳の隅へ積んだりして、ビール箱を前々通り机代りに、夜分は太目のローソクを電灯の代用とする手筈であった。

小川は永住を期していた。小田原から、月々三十枚、銀座《ぎんざ》の某通信社へ匿名の原稿を送れば、最低に近い生活は成り立つ訳で、そんな約束をとりつけてきたし、一枚看板の「小説」も、土地が変ったにしたところ、書いて書けないいわれはない、と承知している。三十代から、同人雑誌仲間に加わり、雑誌廃刊後、仲間のある者は芥川《あくたがわ》賞をとったりして、文壇的に派手な存在となっていた。彼のところは、とり残された如くあまり日の目をみず、年に二、三回、文芸雑誌や原稿料も低額な半商売雑誌から、執筆の依頼を受けるのみであり、いやでも己が才能の程を思い知らされるしかなかった。仲間と張合う意地もうせ勾配、段々自らを弔らう歌を綴るみたいな方角へ追いこくられて行った。とはいえ、彼にしてみれば、雀百《すずめひゃく》までの類《たぐ》いであった。

朝、目を醒ますと、かつて母親が東京へ持たしてやった、手製の木綿布団からはい出し、寝具を押入れへ畳み込み、先のちびった帚木で狭いところを掃いたあと、チリ紙を用意し、腰に手拭ぶら下げて、駒下駄突ッかけ、頑丈な梯子段を降りて、物置小屋の出入口の板戸をこじあけ外へ出る。

小屋の両側には、漁師の棟割長屋《むねわり》がたち並んでいるが、南側は防波堤まで十メートル近く砂地であり、くされかけた船板を曝《さら》す小さな漁船も揚げてある。その船の傍を通り抜け、防波堤のつけ根に設けられた、ペンキ塗り二穴の公衆便所へ忍び入る。

土地ッ子で、近所に顔見知りも多い小川は、流石《さすが》に気がさして、毎度便所のまわりの人目如何にと、きょろきょろしていた。用をたしたあと、入口の手洗水をひねり出し、ついでに洗顔のこともざっとすませ、海に背を向け公共施設をあとにして、腰のバンドへ手拭挟んだなり、一路町中の縄暖簾吊す小さな食堂を目ざして行く。その店では、魚の煮つけ、里イモの煮ッころがしから、ひと通り季節の惣菜を用意していて、値段も一食大体三十銭である。だが、盛られた丼めしは胃壁へ突き刺さるように硬い。

その裡《うち》、彼の姿が、表通りに面した、日本風な総二階で、女中の頭数は小田原一という、大きな料理店の階下へ、屢々現われる具合となっていた。二階は、芸者もはいって、宴会、結婚披露、或は小あがりの客が相手であり、下は椅子の六、七十脚並ぶ大衆食堂である。経営者が、定置網の網元を兼ねるところから、客に出す魚の新しいのが自慢であった。日本料理を主として、すし専門の職人も、二、三いたりした。

小粋な、紋所を白抜きにした柿色の暖簾が、食堂の入口に出るのを待ちかねたように、開店早々小川は這入って行く。そして、ハンで捺したみたい、ちらし丼を註文するきまりである。客のいない、がらんとした食堂で、ひとり朝昼兼帯用とする丼ものを、頰張っていた。ここは、正午から三時まで、夕方から看板まで、折からの軍需景気に潤う客が殺到し、広い食堂に腰の掛け場などなくなることも珍しくない。

小田原駅前の東洋軒は、外側を白く塗装した、西洋風の二階建で、地方都市としては人目につく食堂である。階上は椅子席と日本間半々になっており、階下はすべて履物をぬぐ手数もいらない。テーブルが二十近く並び、壁面に油絵の額もかけてあった。

建物にふさわしく、西洋料理が看板で、口の奢《おご》った土地の連中を上客としており、葉巻をくゆらしながら、赧《あか》ら顔の顔役が椅子にそり返っていたりする。申し訳みたいに、すしとちらし丼も、店頭の見本棚に陳列してあった。

海岸の方から遠路して、駅前の食堂までやってき、ルンペン然とした身なりにも臆することなく、小川がテーブルに座を占める運びともなった。午前中、現われるためしはないが、ここでも註文するものはちらし丼ときまっていた。どこで喰っても、そいつばかりは至極彼の口にあうものらしい。土台、粗食に育った者に、満足な味覚の発達などあろう筈もなかった。

東洋軒は、膝元の小田原の他、熱海《あたみ》、湯河原《ゆがわら》、国府津《こうづ》の駅弁を、一手に捌いていた。その方の売り上げ高は、食堂のそれと較べものにならない。食堂の裏に、木造二階建の工場風な駅弁製造場があり、二十人に近い男女が働いている。女は、殆ど少女といってよかった。近在の小学校を出て間なしに雇われてき、モンペはいて白い上ッ張りひっかけ、頭髪を手拭で包んだりして立ち働き、女工と変るところもない。

駅弁製造場で、二、三年働く裡、選ばれて彼女達の中から、表の食堂へ出る子もあった。ゴム長やモンペをぬぎ、上ッ張りの代りにエプロンかけ、顔に白粉《おしろい》を塗って、調理場から註文の料理を客のテーブルへ運んで行く。客の立ったあとは、ホーク、皿等を下げて、あとかたづけをする。東洋軒では、女中が日本酒の酌もせず、テーブルに近よって馴染の客ともなが話することは、固く禁物であった。

お君《きみ》は、小田原の新市内早川《はやかわ》の大工の次女で、裏の製造場に三年いた。女工から食堂女中に変った頃は、十六の娘ざかりである。みるから健康そうな、骨組もしっかりした、上背のあるひき緊った体に、四肢の均整もよくとれており、腰まわり逞しく、浅黒い地肌をしていた。心持ちしもぶくれした面ながの顔立ちで、鼻すじすっきりと高く、幾分受け口の口許も蕾のように結ばれ、切れの深い眼尻がやや吊り気味ながら、糸をひいたような細い目で、顔全体博多《はかた》人形の首を連想させる趣きがあり、体と顔つきとは、一寸《ちょっと》別人みたいであった。

五人いる女中達と較べようもない美貌で、時に髪を桃割れに結いなどして出てくる姿は、客の眼を十分惹きつけ、特に小川などは嘆声を発せんばかりである。それでいて、当のお君は、己の器量を鼻にかけるようなところが少しもない。乙にとりすまして様子ぶった振舞いもみせない。食堂の片側に、仲間と肩を並べて立ちながら、客の挙動に目を配る間も、へだてのない口を利き合ったり、くすっと真ッ白い歯並びの揃った口許をほころばせたりして、駅弁製造場当時と大して変るところがない。

美貌で、健康で、気立てもよさそうな娘に、みるみる年甲斐もなく心をとられ、小川の脚は日に一度東洋軒へ向う寸法である。ちらし丼でなければ、コーヒー一杯でお君をはりにくるのであった。が、なん日食堂の客となったにしろ、彼はお君にからきし手も脚も出ない。テーブルをへだて、ただもじもじと、彼女の動静に視線をこらし、遠く彼女の立ち姿を舐めるように見やったり、笑顔をぬすみみしたりするしか能もない。食堂のきめで、お君も運ぶものを運べば、さっさとテーブルからはなれ行ってしまうし、自分を好いて毎日程現われる小川と察しがつく頃でも、さだかに好意の反応を示さない。彼女が特別な感情をよせる相手もいる訳でなく、体こそ立派に大人となりながら、そうした方面は至って奥手のようであり、生得水商売に不向きな、身持ちの堅い肌合いに出来上っている者らしい。

二十もちがう彼我の年齢や、定収入としては匿名原稿による月額三十円しかない身の程も、よくよくわきまえているかして、おお根《もと》は内気で引込思案の小川には、いつまで時を稼いでも、お君にそれと言い寄る芸当など思いもよらない。遠目にみているだけで、満足しようと自ら慰めてみるが、やはり納得しがたいオリが残る。あまり飲みつけない、日本酒など註文して手酌に及び、四十面まっかに染まったところで「お君、ここへ来い」と、はた迷惑な大声張り上げ、呶鳴《どな》り出す時もないではない。彼女の方は鼻白《はなじろ》ませ、ぷいと帳場のかげに身を隠すのみである。

東洋軒を出て、まっすぐ住居としている、物置小屋へ帰るのも心許なく、駅前から東の方へ向かって歩き出し、明るいスズラン灯の並ぶ商店街や、裏通りを行って、寺の大きな屋根が黒々と幻のように続く一画も過ぎ、短いセメントの橋を渡って「抹香町《まっこうちょう》」へ這入り、ドブ川沿いの娼家へ、出たとこ勝負上り込んでいたりした。ふた月に一度位、思い出しては脚を向ける巷で、東京でも久しくそうだったように、小田原へきてからも一回一円五十銭の娼婦の腹が、小川に唯一のものであった。

時子《ときこ》は、近在の農家の長女で、彼女も亦《また》駅弁製造場で働き、その後食堂の女中となった。としはお君より一つ上だが、彼女よりひとまわり以上小さな体は、一見骨細のようで、肉づきもうすく、両肩の怒り具合など娘盛りに似ず痛々しい。エラの出た、面ながな顔にふくらみもなく色艶も冴えず、口許もしまりなく大きい。取り柄としては、睫毛の長い、二重瞼のぱっちりした眼許で、黒目がちにうるみ澄んでいる。が、痩せ細った体つきと一緒に、その目の色始めなんか病弱な翳が拭えず、実際のとしより二つ三つ老けてみえる。裏の製造場で働いていたのが不思議な位であった。

時子は、相手の美貌にのまれ手も出せずにいる小川に、そんな男と知りつつ好意をみせ始めた。東洋軒では、すし、ちらし丼の場合、茶をついだ大きな湯呑を出すきまりだが、彼女はそれと一緒に必ずきゅうすを添えて、小川のテーブルへ運んで行く。としに似ず茶好きの彼は、その為よくそうしていた、お茶のお代りを女中にたのむ手間がいらなくなった。調理場への出入り口から、二重瞼の大きな眼を光らせ、小川の方をじっと瞶《みつ》めていたりもする。石炭をくべるストーヴの前に陣どり、腰が抜けたみたいいつまでも立上る気配なく、小さな眼ばかりきょろきょろさせ、姿のみえないお君の現われるのを心待ちしているらしい小川が、かける椅子へ近づいて行き、片手で椅子につかまり、首すじのばし角ばった顔をうつむけ、彼にもたれかかるような恰好ともなった。右隣りにかける中年の背広が、そのさまみてとり、いぶかし気に時子のうなだれた顔のあたりへ視線をのばす仕方に、小川も猪首ひねって彼女と気がついた。が、口にふたをされた如く、しこったような思い入れとなるばかりである。軈《やが》て、彼女も、足音盗んだ裾《すそ》捌《さば》きでストーヴのそばから離れて行った。

お君と同じ、早川の出身で、満州《まんしゅう》の某商社に働いている青年と、お君との間に縁談がまとまり、彼女は東洋軒をやめた。

結婚式を済まし、新婚の夫婦が渡満の日もせまったので、彼等はお揃いで東洋軒へ別れの挨拶にきていた。偶然、小川は食堂にあり、例の丼ものを喰い、丁度箸を置いたばかりである。

二人は、前後して帳場の前から出てき、食堂を通り抜け、これから調理場へ廻るところであった。草色の国民服に黒い短靴光らせる青年は、肩幅もたっぷりした、上背五尺七、八寸ある堂々たる体格の持ち主で、五分刈りの坊主頭も若々しく、日やけした顔に鼻すじが高く、口許もひきしまり、凛とした面相である。小川は圧倒され加減、嫉妬を覚えるどころではない。

お君は、両腕だけ白くした、上から下まで紺一色の野暮《やぼ》ッたい服を、胸部の厚い大々とした体に、アッパッパみたい着ていた。彼女の洋服姿など、みるは始めての小川には、体のわりに小さい、博多人形然とした端麗な顔が前々より精彩ないものにうつり、切れの長い糸目もなんかしぼんだ感じである。が、男知っての面変りと気づく由もない。

食堂のまん中から、こっちを注視している、小柄なズボンに下駄ばきの四十男など、始めから眼中にないように、お君は自分より背の高い国民服の先に立ち、調理場の方へ急ぎ脚である。二人がみえなくなると「――似合いの夫婦だ」と彼は心のうちで幾度か反芻し、半端な片恋に終った身の周りがうつろな手応えのないものに変って行く。

その後も、時折彼は東洋軒へやってき、ちらし丼やコーヒーを註文していた。われ先に、彼のテーブルへ、食いものや飲みものを運ぶ時子に、まんざら悪い気もしないらしく、彼も彼女と話の調子を合わせる雲行きである。時子が、公休日にどこかへ遊びにと持ち掛けるや、小川は乗り気な返事してみせた。

東洋軒の合宿所から、まっすぐ小田原駅へ行き、下りホームの一番南側の端に立ち、時子は小川を待っていた。痩せた体に、一張羅の仕立下ろしと覚しい、銘仙の柄の大きいついの羽織着物を着、派手な鼻緒のゴム草履に白足袋はいて、ひっ詰め風な洋髪も結いたてらしい。念入りに白粉塗っても、地顔のくろさがすけているが、眉も描いて長くみせたりして、睫毛の濃い心持ちくぼんだ大きな眼にも、日頃の陰気な翳が漂っていない。駅弁二箇に、蜜柑《みかん》五つ六つ、人絹の真新しい風呂敷に包んでかかえながら、ホームのまん中へんをしきりに背のびしたりして、うかがっている。空一面、灰を流したような曇り日でも、どこかに薄日もさしているらしく、雨になる心配はなかった。十二月上旬の生暖かい風もない午前であった。

待つこと十分ばかり、小川の姿が乗客の間にみえてきた。白毛のまじり始めた蓬髪《ほうはつ》に、幾度か洗濯して白茶けた登山帽かぶり、丸首の黒い分厚なセーターを着、自分の手で膝のあたり繕ったあともみえる、だぶだぶした埃っぽいグレーのズボン、素足に杉の安下駄を突っかけている。それでも、銭湯で当ったばかりの不精髭は大して目障りにならない。彼は手ぶらであった。

打ち合わせた通り、伊東《いとう》行に乗り、すいた座席に二人は差し向いとなっていた。時子は、道行なんか初めてみたい、ぱっちりした眼許を時めかすが、余り口数を利こうとせず、うつ向きがちである。小川も、窓の外へ目をやって間をもたせるようにした。

お君の生家のある早川を過ぎ、電車が断崖《がけ》の海ぞいにかかると、急に短なトンネルが多くなる。小田原から三つ目の真鶴《まなづる》駅で下車し、二人は駅前広場を突っ切り、両側に商家が低い屋根をつなぐ狭い通りを行って、小さな映画館の角から、右に曲り坂路へかかった。やにっこい青緑の葉影に、黄金色の実を鈴なりにする、蜜柑畑を越えた向うの丘に、王宮然とあたりの黒いトタン屋根を圧する、ペンキのはげた二階建の小学校もみえてきた。

路が平になり、片側は太い桜並木の紅葉した葉が枝々を染め、片側は真下に港を見下ろせた。みじかな岬に抱かれる入り海の岩壁に、四、五艘の木造汽船も行儀よくもやっており、船へ切り石を担ぎ込む人数が、歩み板の上に点々と動いている。

人通りの稀な、河原を行くような石ころ路が、蜜柑畑の間をくだり、間もなく岬の背へかかって、忽《たちま》ち扇子を開いたように展望が大きくなる。

南に、手前から、熱海、網代《あじろ》、伊東とのびる半島の屈折が、遠く川奈《かわな》の鼻まで、いぶし銀に似た海面へ浮び、北に屏風《びょうぶ》の如く立ちはだかる丹沢《たんざわ》連峯のつけ根あたり、小田原、早川の建物が砂金の如く遥かに明滅しており、その先は雲に消えていた。

道も広くなり、車の轍《わだち》が二本抉られたりして、岬の突端まで、黒松の生い繁る急斜面の腹部を、上下しながら通っている。人影も殆どなく、車もたまにしか姿をみせず、岩を噛む波の音が、下の方から忍び寄ったりした。ゆっくり、少し間を置き並んで歩く二人は、どちらも背筋あたり汗ばんでくるようである。

黒松の斜面から、立木もろくすっぽ生えていない、なだらかな坊主山の黄ばみかけた芝生の中を、道はだらだら登りになり、くだって少し行けば断崖で行き止りである。断崖の下には、でこぼこした岩棚が広がり、そこから百メートルばかり細長く海中へ突き出した砂洲へ、両側から小波が寄せて、もつれ合い泡立っていた。砂洲の先端に飛石然と、頭へ小松をのぞかせる大中小三個の、赤茶けた岩肌も削りとられ、ボロボロに風化したピラミッド型の熔岩が、ひとかたまりになっている。向うは円味をつけた長い水平線で、ところどころ白い汐目をひく銀灰色の海面には、小船の影も二、三遠く近くみえたりした。

「三つ石」と呼ばれる風景を、始めて眺め、時子も薄い胸許ふくらませ加減、感嘆の声を惜しまない。知らず小川の肩へ寄り添うようである。彼も、久し振りの展望に、ヌケガラみたい突立ったなり身じろぎもしない。

芝生には、四本の脚を地中にさしこみ、その上へ厚い板をのせた粗末な台が、四つ五つ設けてあり、近くに新聞紙や折箱のカラ等も散らばっていた。二人は海の方を向き、一番断崖に近い場所へ、並んで腰かけた。素足も白足袋も大分土埃にまみれている。

時子は、指先が紫色に染まりそうな、人絹の風呂敷包を解き、駅弁を小川に持たせた。一箇三十銭のところを、二十銭に割り引きされ、東洋軒の従業員は誰でも手にはいる代物である。

時子も、つづいて割箸をとり、折箱の中身を、つつましやかなおちょぼ口となった、口許へ運び始めた。

早めしの小川は、弁当を平げると同じ手間で、大きな蜜柑の皮をむき出していた。相州《そうしゅう》蜜柑は皮ばかり厚くて甘くない。それでも二箇目を手にとると、次第に彼の口がとりとめもなく軽くなり、おどけたような空笑いさえ洩らしたりもする。すっぱい蜜柑の汁を吸いながら、時子も相手の無駄口につとめて調子合わすふうだが、本当には笑えもしない。みのある話はそらして置いて、彼女の目先だけ引き立てようと、道化じみたまねまでする小川が不足で、彼女の胸はふさがりがちである。

折箱のカラや、蜜柑の皮をひとまとめにし、時子が断崖っぷちへ捨ててきたところで、二人は芝生の中の道を歩き出した。坊主山の頭から、だらだらのくだりになり、黒松の密生する斜面へつき当り、右へ折れてから、細路をおりて行けば、間もなく岩場の海岸で、波の音がひと際高くなり、潮の匂いも生暖く重くなる。

時子の脚運びに弾みがつき、大小の青黒い岩の間を、器用な裾捌きで、身軽に飛びこえたりしている。二十歳もとし上の小川の方は遅れがちで、下駄をぬいで両手にぶら下げ、素足となっていながら、岩角にけつまずくこと再三である。時子は、振り返り、彼の名を声高に呼んだりした。

行く手を、きり立った断崖がさえぎり、岩場とその間は十メートルばかりの砂地である。ひたひたと、小皺のような波が、青っぽい砂浜へ、寄せては返していた。キ、キッと遠くから鋭い小鳥の啼き声も聞えてくる。

小川は、鈍く灰色に光る海の方へ両脚投げ出し、バットをふかし始めた。時子も、海面と小川を半々にみる、横ッ尻の楽な坐り方で、片手に砂をすくい上げたり、節々のかたい指の間からこぼしてみたりしている。二人共口数少ないが、彼女はながし目づかい、時々小川の鼻筋太く野卑《やひ》に口許の出ばった横顔あたり、うかがうふうでもある。

煙草を喫ってから、一時すると、彼は砂の上にあお向けひっくり返って長くなり、両手を頭の下に組んで枕代りとし、彼女にもそうしてみろと命じていた。お君などの場合には想像も出来ない強引さである。

時子は、ためらっていたが、小川の言い分にさからえず、たもとから白いハンカチとり出して頭髪の下に敷き、あお向けとなって両脚を海の方へのばし、しきりに着物の裾を気にしていた。「こうしているといい気持だろ。砂がひんやりして——」と、そんな文句をさり気なく言い出し、暫《しばら》くすると彼の四肢が彼女の体にまつわりついてくる。時子は、途端に、着物の袖でぴったり顔を隠し、股間突っぱらせて、全身ブロンズの如く堅くなってしまっていた。

手数のかからない、娼婦の肌に馴れている小川には、処女を犯すのが、さも面倒臭いらしい。たってという程の興味も情欲も湧かない。憮然とした面持ちとなり砂のついた両手をはたいたりしながら、横たわる女の傍へもそもそ立ち上り「君は無疵《むきず》でお嫁に行けるよ」と、人を喰った逃げ口上《こうじょう》である。

時子は、顔色を失っており、せき立てられて、ようやくのこと砂浜に起き上っていた。

帰りは、道を換え、バスで真鶴駅へきたが、上りの湘南《しょうなん》電車の中で、日頃から消化器の丈夫でない時子は、発車後間もなく、吐気催し、座席に突ッ伏して、背中を波打たせたりして、苦しんだ。小川は、なす術もなく、おろおろしていた。

その後、彼は、二、三日置きに東洋軒へやってき、例のちらし丼註文し、時子もきゅうすを添えて運んでいたが、テーブルわきで短な立ち話することもなくなり、遠くの方から彼を大きな目の裏側で睨んでいたり、二人の視線が合うのを故意に避けもするふうである。

小川の姿が、ぱったり東洋軒にみえなくなった。河岸をかえ、紋所を白抜きにした、柿色の暖簾下げる大きな食堂へ、午前中日参して、朝昼兼帯の食事みたいな、ちらし丼喰っている模様である。エプロンの代り、とりどりの前掛けをし、襷《たすき》かけた娘達が、ここの食堂でも客扱いに当っており、次第に小川は彼女等と馴染んで行き、時子のことは忘れるともなく忘れて、程なく世は太平洋戦争であった。

○

終戦のとしの十一月末、海軍の海軍人足として徴用され、小笠原父島《おがさわらちちじま》へ連れて行かれた小川は、無事な体で米、乾パン、作業服、ゴム長等詰めたズックの大袋を背負い、島から小田原へ帰還した。海岸町は、盛り場の一部が焼夷弾に見舞われただけで、大方助かっており、彼の物置小屋も一年以上留守した前と同じように、防波堤近くに残っていた。釘づけにした、出入口の戸をこじあけ、梯子段を上ってみると、古畳二枚敷いてある場所には、埃ともチリともつかないものが、うず高く積っていたりした。

小川の弟の家では、終戦のまえのとし、八年ごし中気をわずらっていた母親が死亡し、大陸方面に出征して久しく消息も絶えた弟はまだ帰らず、奉公人の手で商売を続けており、弟の女房も魚市場へリヤカーひっぱって往復したりしている。翌年三月、マラリヤを土産《みやげ》に、広東から弟は帰還してきた。

匿名原稿を買って、小川の生活を支えていた、銀座の通信社は既に解散したし、「小説」その他の署名原稿により、一人口を塞いで行く自信も彼にない。といって、背負屋やブローカーに早変りして、急場を凌ぐ才覚とて柄にない彼は、ペンにかじりついて生きるしか仕方なかった。幸い、当座困らないだけの金を、父島で受取っており、雑誌社から「小説」の依頼も、一つ二つ届いたりしている。戦後、焼け跡の東京に、センカ紙の新雑誌など、あとをついで創刊され、時ならぬ文芸復興振りでもある。案ずるより産むが易いみたい、小川の筆でもなんとかたつきの代にありつけそうであった。

曇り日の午さがり、小川は早川のコンクリート橋を、西の方向いて歩いていた。白茶けた登山帽をかぶり、草色のだぶだぶした作業服を着、平べったい杉の安下駄はいて、どことといって別に行きどころもなさそうな歩き振りである。橋から、ゴロタ石をコンクリートで固めた土手へ降り、山の方を向いて歩き出した。大小の石がごろごろしている河原には、ひと筋水のきれいな流れが光っており、土手下には掘立小屋じみたトタン屋根の粗末な家が侘しく並んでいた。その中の一軒から出てきた、洗い曝《ざら》しの着物を着る、痩せて小柄な女に小川の目がとまると、時子である。彼女も土手の男に気がつき、白粉気もない角ばった顔を上げ、特徴のある眼を細くした。突然のことで、二人はけろりと既往も忘れた如く、五、六年振りにみるお互の健在を喜び、五分とたたない裡に別れて行った。

同じ年の暮近く、小川は例によって、早川の昔玩具のような軽便鉄道が通っていた、車の通行も少なくない往来を、膝頭のバネがゆるんだみたいな歩きつきで、西向きにぶらぶら歩いていた。蜜柑景気に潤う部落には、屋根を瓦でふき外側を洋風に仕立てた新しい大きな二階家が、朽ちかけた藁屋根と隣合せたりしている。道路が黒松の生い繁った山際に遮られる部落はずれとなり、青い屋根の二階家の玄関先で、リヤカーに蜜柑の空箱を積んでいる、セーターに紺ズボンをはき、上から白い割烹着ひっかける、肩のあたり円く盛り上った大柄な若い女を、小川がみるともなしみやると、お君である。先方も立ち止った足音に、上体をくねらせ、それと知って廻右しながら、彼女は人なつこそうに、糸目を余計細くし、蕾《つぼみ》のような口許から並びのいい白い歯をみせたりした。七、八年振りにみる彼女の端正な細面《ほそおもて》は、頬のあたりかえって肉づきもよくなっていながら、としをとり外地で苦労してきた翳影は、争う余地がない。「満州なんかへ行かなければ――」と、彼女もひとことこぼしてみせた。お君の夫は、シベリヤの抑留先から、便りをその実家へ届けているが、何時帰還するやらさっぱり見当もつかないらしい。路端の立ち話で二人は別れていた。

長らく片隅の存在でしかなかった小川も、下手の鉄砲数打てば当るで、作品がようやく世に迎えられる運びとなり、五十前後からひとりでちらし丼など喰って、余る程の稼ぎをみていた。依然として、物置小屋に蹲《かが》んで、ビール箱の机の隅へ太いローソクをおっ立て「小説」など書きつぎ、六十の坂をこえた七月、多年にわたる娼婦その他の、取材を兼ねた異性遍歴を切り上げ、三十もとし下の若後家と一緒になり、鴨宮駅から二キロ近く北になる旅館のはなれふた間を借り受け、随分遅蒔《おそま》きな新世帯を持った。人間の一生はよかれ悪かれ当人の思惑を超えがちのものらしい。

その頃、鴨宮駅近くで、かれこれ十数年振り、小川と時子はぱったりぶつかっていた。やせぎすで肩の怒った小柄な体に、小ざっぱりした銘仙の外出着を堅気風に着こなし、大きな眼許に爽やかな生気あり、口の利き方も東洋軒にいた娘時分よりいっそ若々しくはきはきしており、いつぞや早川の土手下でみかけた時の、面やつれした侘しげな影など、どこにもさしていない。半分、問わず語り、時子は駅の近くに住まい、夫は平塚の方へ通勤している土木関係のサラリーマンであり、一男一女あって、息子は横浜の某大学へ通学、娘も小田原の私立高校の女学生の由、述べたりした。尋常な家庭婦人として、恙《つつが》なく暮しているらしい彼女の話を、彼も気安く聞きながら歩いていたが、ついそこだからと誘われても、訪問は辞退していた。

行きずりに、駅への途中、小川は又彼女と一緒になっている。なつかしそうに寄り添って、人通りの少ない裏通りを歩きながら、時子は近頃読んだ彼の「小説」に控え目な読後感を洩らしたりするが、相手の私生活に立ち入るような口は一向にきこうとしない。小川が新婚の女とどんなに暮しているか、そのへんの消息はてんで知らぬが仏のようにしていた。

彼が中気になり、作家としても落目をみてから五年、その間彼女との出逢いは今回が三度目であった。

鴨宮駅のブリッジを、くだりかけると、小川は先のささくれた寒竹のステッキを、利く方の左手に持ちかえ、つけ根から片脚同様指先まで痺れている右手で、片側しかない水色のペンキもはげた丸太の手摺につかまりながら、きしんだような顔つきしいしい、のろ臭い足送りで一段一段下りて行く。乗客が何人も彼を追い越し、母親に手をひかれた幼児より遅れてしまう。時子は、顔色曇らせながら、小川と並んで歩調合せていた。

陽当りのいい下りホームの、屋根のあるベンチへ近づき、小川が先に腰をおろし、老婆との間を広くとり、そこへ時子を促した。彼女は、一寸会釈《えしゃく》してから平たい腰を下げた。

上天気で、箱根のけわしい休火山塊が目のあたりにせまり、南へのびる半島は真鶴岬の鼻までくっきりと見渡され、かつて二人がそば近く眺めた三つ石も、粟粒の如くはるか海上に指呼される。

「今日はどちらへ。」

「あんまり天気がいいから出てきたが、外に行くところもなし、図書館へでもと思ってね。――時ちゃんは?」

「市立病院へ行くんです。」

「どこか具合でも悪いの?」

「お医者さんが胃癌のうたがいがあると言うんです。」

「エッ。」

と、小川は、口のうちで呻き、咄嗟に白毛もみえる薄い眉をひきつらせ気味、

「人間はいつか死ぬんだ。」

と、藪から棒に、彼は突拍子もない言葉づかいとなり、生身の体をかかえる者に一般の宿命を不服とし、且つ呪うような絶望的な顰ッ面となるのである。

時子は、ぴったり受け止めて、

「わたしも結婚して三十年になりますから。」

と、おさえた重いもの謂《いい》である。彼には彼女の胸の底を吹き抜ける木枯しも聞えてくる思いがした。

「でも市立病院にしっかりした専門の医者がいるの？　東京へ行ってみてもらった方が間違いないな。」

「ええ、わたしもそう思っています。」

「そうした方がいいね。」

小川は、聞き手に気安めととられるかもしれない文句を並べた。その彼も、脳出血の再発を「死」よりも恐れ、日夜細君共々、なんとか二回目を喰い止めようと歩行、食餌、人との接触その他、細かく気をくばったりしている、老残の身の上であった。

伊東行が停っていた。

電車が動き出すと、南側の窓ガラスは、黄色い稲田を出水の如く埋めて行く小住宅の群の、キラキラ光る屋根もみえてくる。

軈、酒匂川《さかわがわ》の鉄橋へかかった。広い河原に雑草のみどりが枯れかけ、流れも細くなっていた。

「あの君ちゃん、ね。」

と、言って、時子はちくり、並んでかける小川の眼の中を刺す目つきしてから、

「一昨日、近所まできたついでだと言って、うちへ寄って行きましたよ。」

「ほう——。」

彼は、戦後一度、早川の部落はずれで出遇ったきり、お君の姿をみていない。時子の口は幾分軽くなった。

「君ちゃん、お角力《すもう》さんみたい肥っちゃって、見違える位でしたよ。お角力さんみたい——。」

「そうかね。」

「自動車を運転して山仕事なんかもしているんですって。」

「蜜柑の方ね。」

と、小川は、あまり気のなさそうな受こたえである。お君の映像も、七十歳の年寄りにさだかなものでなくなっていた。

電車が小田原駅に停り、乗客の一番あとからホームへ降り、小川は寒竹のステッキついて、ぎくしゃくした脚運びで歩き出し、地下鉄に下る階段の、真鍮の手摺につかまりながら、たいらなところへき、ひと息ついて振返ったが、黒ッぽいウールの外出着きた時子がみえない。地下道を出、明るい改札口の方へ行く途中、小川がもう一度立ち止り振り返ると、あとからゆっくり、人目を憚るように内股気味にやってくる彼女を認めた。陽のさしこまない場所では、目ばかり大きい角ばった顔が、白粉のかわり煤でも塗ったように、消化器に異状のある病人らしく、うすいねずみ色している。

# 時雨《しぐれ》の朝

田村俊子《たむらとしこ》

「何《ど》うしてそんな顔をしているの。」

春枝《はるえ》は然《そ》う云いながら、自分の膝の上にのせている道男《みちお》の手を取ってその顔をのぞいて見た。男が顔を上げた時、春枝はすこし自分の頬から瞼《まぶた》のまわりがちらちらと縮んでゆくような眩しさを感じたけれども我慢して、その眼にじっと力を入れて、睫毛《まつげ》のおののきに微《かすか》な羞《は》じらいをあつめながら、男の顔を見詰めていると、道男は直ぐに真っ赤になって下を向いた。そうして、取られた手を引き込ませようとして、春枝の華奢《きゃしゃ》な白い手の先きの中で、自分の細い指をもがかせていた。

「泣きそうな顔をしている。」

春枝は笑っていて、なかなかその手をはなさなかった。

然う云った言葉の下から、ほんとうに、道男の眼から涙がにじんできた。

「ばかね。」

春枝は二三度男の手を振ってから、それをぐいと向うの方へ持って行ってぽんと放した。そうして、長襦袢《ながじゅばん》の上に羽織を引っかけて欄干《らんかん》のところへ出て見た。

春枝は悪《わ》るい顔の色をしていた。そうして、眉毛《まゆげ》ばかり濃いのが目に立って瞼や口尻《くちじり》に、荒《すさ》んだ夜のなごりが、撓《たわ》んで皺《しわ》になって醜い影を残していたけれども、眼だけは、一《ひ》と晩じゅう恋の思いにやるせなく動いていたような情味《じょうみ》のしたたりを瞳の底に残していて、その色っぽさがこっくりと潤《うるお》っていた。春枝は小さな力のない欠伸《あくび》をしてから、上唇だけで笑ったような、倦《だ》るい、抜けていきそうな表情を見せながらぼんやりと空の模様を眺めていた。

空のまんなかの一点が、ほっつりとほぐれて、其所《そこ》がだんだん赤味を帯びて明るくなってきた。その明るさに追われるように、時雨《しぐれ》の数が軒のところに数えられるほど少なくなってきて、ぱらりぱらりと小さな雨の足を掠《かす》らしていたけれども、それも、いつまでも見守っているうちに、いつともなく途切れて立ち消えていった。そうして、ほんのりと目にもとまらないような日射しが、向うの塀から見える松の枝に斜に色をこぼしていた。春枝はじりじりと雲の薄れてゆく空を眺めていると、なんとなく、自分の大事なものを秘めこんだ美しい世界が、それといっしょに、少しずつ端《はじ》からめくられて行くような興ざめさを覚えて、気になった。

「降ればいいのにね。」

春枝は呟きながら欄干から下を見た。此処《ここ》の娘のお千満《ちま》が、雑巾《ぞうきん》がけのあとの水を、バケツからぞんざいに撒いている姿が、目の下に見える。起きてからまだ櫛《くし》も入れてないお千満の髪は、前髪も、鬢《びん》も、たぼも、銀杏《いちょう》返しの輪も、柔らかい素直な毛の靡《なび》き癖のまんまに、細長く、ずうと髪の形がだれていて、それで手を動かす度に、ゆらゆらと媚《なま》めかしく揺れている。お千満は好い加減に水を撒いてしまうと、そこいらの木戸口から、馴染みの誰れかの顔が出るかと思って、しばらく然うして立った儘彼方此方《ままあちこち》と見廻していたが、二階の欄干に春枝の立っているのには気が付かないで、その儘家内《うち》へ入っていった。お向うの煙草屋の店も、ぴったりと硝子《ガラス》障子がしまっていて、店にはいつもの娘の影も見えなかった。隣家《となり》も斜向《すじむこ》うの家も、門燈の艶消しがらすの白い球にしずかさが潜み込んでいた。その静かさが家の構えを守ってでもいるように、どこも呆気《あっけ》なく森閑《しんかん》としていた。

春枝は、階下《した》へ下りようとして、障子のところから、奥の座敷をのぞいて見た。間《あい》の襖《ふすま》の一枚開いてるところから、夜着の赤い縞が見える。刎《は》ねかえしておいた夜着が旧《もと》の通りになってるのは、道男がもう一度その中に入ったのかも知れないと思いながら、春枝はそのまま声もかけずに階子《はしご》を下りていった。

「お目覚めだよ。」

直ぐ下の座敷で、おたかの然ういう声がしたけれども、春枝は椽側伝いに便所《はばかり》の方へ通り抜けていった。

「お嬢さん。お湯を取りましょうか。」

春枝の出てくるのを、某所に佇《たたず》んで待っていたお千満が、春枝と顔を見合わせると、直《す》ぐに斯《こ》う云って声をかけた。

　お千満は象牙《ぞうげ》のような艶々《つやつや》した生地をもった色白で、いい加減眼を開いていても睫毛が長過ぎるので、眼の恰好がはっきりしないでいる。鼻は低いけれども、眉毛が薄くて、可愛らしい口許をしている。黒と鼠《ねずみ》の荒い牛蒡《ごぼう》縞の双子《ふたご》の着物に半襟をかけて、下から赤い襦袢の襟をすこし出している。そうして知ってる人から貰いあつめた緋鹿《ひが》の子の古るくなった手柄のきれを、ていねいにきはつで洗って、それをはぎ合わせて、くけて、お千満は襷《たすき》にしている。黒繻子の半巾帯をちょっきりと結んだ端が、恰好よく両方に垂れているので、春枝はお千満のその姿が、可愛らしくて堪らなかった。

「好きな服装《なり》。」

　春枝は、さも好いたらしく微笑しながらお千満の顔を見た。

「さくばんは御厄介でしたことね。」

「いいえ。何ういたしまして。」

　お千満は頭を下げながら、どうしたのか顔を赤くした。それを紛らせるように友禅《ゆうぜん》の前垂れで口許をかくしたけれども、見る見る額際《ひたいぎわ》まで赤くなった。

「お湯を取りましょうか。」

　又、こう云ってお千満が聞くと、春枝がうなずいたので、お千満は急いで台所の方へ引っ返していった。

春枝は袖を重ね合わせて柱のところに寄っかかっていた。小さい石地蔵を据えた後に、木賊《とくさ》が青々とのびている。その青い色にじっと意識を凭《もた》れ込ませていると、昨夜からの心の疲れがだんだんと遠のいてゆくような、煩《わずら》いのないはっきりした心持にかえってゆく。恋も男も何所《どこ》かへ消えてしまって、ただ自分だけがふうわりと心の底に残っているような、静な気安さがよみがえってきて春枝はしばらくの間、うっとりとしていた。

「お寒かございませんか。」

おたかが、椽側に座蒲団《ざぶとん》を持ってきて、春枝にあいさつをした。

おたかは、若い時、春枝の父の妾《めかけ》をしていたことがあった。それから後に小さな葉茶屋《はぢゃや》に嫁付《かたづ》いて、その亭主が僅《わず》かの小金の貯えを残して死んでから、おたかは、その小金を貸し付けて、殖えた利足の財産で、今では楽に母娘《おやこ》二人が何も為《し》ずに暮らしている。お千満は葉茶屋のあるじの先妻の娘であった。

こうした因縁で、春枝の父が死亡《なくな》ってからも、おたかは時々春枝の家に訪ねて行ったりして、縁をつないでいた。こういう女のところへ、自分のいたずらの為につい宿を借りたりしたことが、春枝には今朝になって見ると面伏せで、はっきりした言葉もその口からはちょいと出なかったけれども、おたかは極《きま》りを悪るがらせずに、ちょこちょこと世話を焼いて取り廻していた。

春枝は、ちっとも、おたかを真実のある頼母《たのも》しい女だとは思わなかった。その顔も春枝は嫌いだった。

もう六十を越しているけれども、まだやっと五十そこそこにしきゃ見えなかった。普通の男の背丈《せい》ならおたかの方が立ち越えるほど大きな女で、顔もいったいに大きかった。鼻がつんと高くって、人を馬鹿にしたような顔をする時はきっとその大きな小鼻が動いて、鼻の穴がちっと拡がるのが癖だった。としよりの唇《くちびる》にしては赤過ぎるほど、いい色を持っていた。その薄い赤い唇がいつも乾いていて、そうして、態《わざ》とへの字形に下唇を突き出して結んでいた。皺はその顔一面だけれども、道具が揃って大きいので、その立派な目鼻立ちまでが皺の中に埋まっているようには見えなかった。

そうして皮膚がつやつやと奇麗だった。眼は大きくって、この老婆《としより》の生涯がどれほど悪辣《あくらつ》なものだったかを思わせるように、鋭い光りを含んでいるけれども、おたかは、大概は、その瞼をわざとしおしおと萎《しぼ》ませて、よく近眼の人がその眼をしぼめるように、ちろちろした眼付をして人に対するのがお極りだった。それでも、何か自分の腑に落ちないことがあったり、相手を邪推しようとする時などは、その眼がぎろっと回転して、大きく光った。

おたかの髪は、相当にまだきれいだった。白髪染《しらが》めで黒くしたその毛を、ちゃんと総髪《そうがみ》の丸髷《まるまげ》にしているのを、後からなど見ると、鬢《びん》たぼの毛の彩などはいい頃の年増《としま》女のようにふっくりしていた。おたかは今朝も、その髪をきれいに撫で付けて、耳掻きのかんざしを一本後に挿していた。そうして、黒縮緬《くろちりめん》の襦袢の半襟と黒襦子のきものの半襟とが隙もなしに揃った襟を抜衣紋《ぬきえもん》にして、半手拭をその襟にきちんと当てていた。

おたかは、春枝の身の落着きのいいように、優しく柔らかに物を云って、あんまり悪るでいねいには纏繞《まつわ》ってゆかないような、自然なとりなしをつくろっていた。昨夜《ゆうべ》、初めて春枝が此家《ここ》を訪ねあてきた時に、おたかはもう聞かないうちから春枝のこころを知っていた。

「どうせ二階が明いてるんですから、ほんとに御遠慮なんぞはなさらないで、お気やすくいらしって下さいましよ、わたくしは斯うして打ち明けていただくと、どんなに嬉しいか知れませんもの。よく、でもね、此家をあてにして来て下さいましたことね。」

おたかは斯う云ってよろこんだ。そうして霜夜の夜更けを、さんざん歩き疲れた二人を二階に上げて、いろいろな心尽しで気兼ねもさせずにあたためて呉れた。

春枝はそれに馴れようとはしなかったけれども、今の自分の気儘さを、それなりに眼をふさいで受けてくれた、おたかの待遇《もてなし》で春枝は安心ができた。然うして、ついいい気に甘えるような心持にもなって、おたかの手の中にそっくりと、自分の優しい秘密を含んだ心の底を托《あず》けようとしていた。――

お千満が縁側に花蓙《はなござ》を敷いて、自分の鏡台を持って来て据えた。そうして自分の使うお化粧道具などをそこに並べ立てた。

「何か召し上るものを見つくろっておきましょうね。」

おたかが然う云って、お千満を招きながら奥へ行った。

春枝はそのあとで、二階の人を思いながら、髪を掻いたり、手水《ちょうず》をつかったりした。昨夜自分が無理に引きとめて、両親の前へ帰りにくくなって心配している若い男の心持を、何う慰めたらいいものかと思うと、春枝はこうして落着いてはいられなかった。

寝床《とこ》の中で、泣いてるかも知れない。あの厳しい親たちの目をかすめて、初めて家をあけたという心配が、どれほどあの初心なしおらしい胸を痛めているのか知れないのだと思うと、

「ばかね。」

と云いっ放しにして、階下《した》へ来てしまったのが、可哀想でたまらなくなった。それで湯にでも行ってくるように、お千満に言伝《ことづ》てをして貰おうと思って、春枝は濡れ手拭で顔を拭きながら障子を明けてお千満を呼んだ。

お千満が二階に行ってしまうと、春枝はおしろいを手にといて、お粧《つく》りをした。けれども、それが今朝は億劫《おっくう》で、春枝はちっとも気がのらなかった。こんな事は何うでも、道男の心を、もう一度ゆうべ逢った最初のように、自分に優しく可愛らしいものにしておいてこなければ、気がすまなかった。さっきから道男は自分に怒っている。何か済まない顔をして口もきかないのである。それは、昨夜の、あの時から――

春枝はいい加減にしておいて、まだ下りてこないお千満を何をしているのかしらと疑いながら、自分もそっと二階にあがって行った。お千満は唐紙《からかみ》の此方《こっち》に困った顔をして立っていた。

「どうして。」

「なんとも仰有《おっしゃ》らないもんですから。」

「じゃあ、よござんすわ。」

春枝は目で笑いながらお千満の顔を見て、彼方《あっち》へ行ってもいいというように顔をしゃくらした。春枝が入ってゆくと、道男は起きて、ちゃんと仕度《したく》をして坐っていた。

「お湯にでもいってらっしゃらない。」

然うは云いながら、春枝の胸はどっきりとした。いま直《す》ぐ、この儘で道男に別れるのは春枝はいやであった。

「帰ろうかと思って。」

道男は下を向いた儘で、指先で火鉢の炭の灰をはじいていた。うつむいた濃い美しい眉に、しずかな悲しみが満ちている。そうして、新奇な心持で打ち向う朝の女の前に、羞恥《しゅうち》の情がその頬から眼尻《まなじり》をふるわせているのを、春枝はなつかしいような悲しいような、切ない心持で見守っていた。

「帰りたいの。」

春枝は立った儘、そっとその肩に手をかけて、男を軽くゆすぶった。小さい口をしっかりと結んだおとなしそうな男の頬から、薄鼠いろの羽二重の襦袢の襟をきっちりと重ねた頸付《くびつき》をじっと見ているうちに、春枝の眼から涙があふれてきた。

「え？　帰る？」

道男はそれなり黙っていた。

いったん、晴れそうになった空が又時雨《しぐ》れて、こまかな雨がバラバラと落ちては止み、落ちては止みしていた。今日いちにち、此家で遊ぶことにあきらめて、道男はぶらりと入湯《ゆ》に出て行った。それも、おたかに逢うのを厭がって、裏の木戸からそっと抜け出てゆく傘をさした道男の後姿を、春枝は縁に立って見送ってから、ひとりで二階の座敷に戻ってきた。

お千満が奇麗に片付けた座敷の隅に、道男の持ちものや縮緬の帛紗《ふくさ》に包んだ書物などが、畳んだ羽織の上にのせたまま、ちゃんとしているのを、春枝は物を云いかけたいような恋いしい心でしばらくの間眺めていた。然ういう男の品々が、さっき、自分の云う通りにした時の男の柔順《すなお》な態度《ようす》を型取って、さも、どことなく可憐《しお》らしく優しい姿を見せているのが、春枝には可愛らしかった。

春枝はその傍に坐って、衣桁《いこう》のところに軽く脊を凭《もた》せながら、さまざまに思い縺《もつ》れていた。この道男の為めに、一度嫁入った先きも我が儘で出てきた春枝は、それから半年余りも然うした心の恋のままで思い合ってきた。年から云っても姉になる筈《はず》の自分が、こんな恋を男に無理に強いようとは思わなかったのについ、ここまで落ちてしまった二人の仲は、この先き何うなってゆくのかと思うと、春枝の胸は、さっきの男の奇麗な眼の戦《おのの》きのように、かすかに波を打ってふるえていた。その中を、時々昨夜の夢が、重たく重たく春枝の心に浮んでは消える。春枝はその夢を追いながら、強いても男の口許から微笑みを吸おうとしてあせりあせりしているうちに、ついうとうととした。

「お嬢さん。」

お千満が唐紙の外から二三度呼んだのも、春枝は知らなかった。

「お仕度が出来てますから、いつでもお呼び下さいましって。」

お千満はそっと唐紙を開けて斯う云った。その声で春枝ははっきりと目が覚めた。

「ありがとう。」

春枝はお千満の顔を見て笑った。

「こっちへお入んなさいな。」

春枝はふところから片手を出して、その手でお千満を招いた。そうして、自分の片手に嵌《は》めていた真珠とルビーの玉のはいった指環をぬいて、それを紙に包んで、お千満の襟の間からふところの中にそっと挿し入れてやった。

「いいんですよ。大切《だいじ》に取っておきなさいな。いいのではないけれどもね。」

春枝はお千満が辞退しようとするのを斯う云ってとめながら、道男の巻莨《まきたばこ》入れの中から、たばこを一本抜いて目覚ましに吸いつけた。

今までとは、すっかりと気分が変って、春枝の心は浮々とはしゃいでいた。そうして、お千満が可愛らしくなつかしくなって、お千満の喜ぶことをもっとなんでも為てやり度いような気になった。

「おっかさんは何をしていて？」

「お膳ごしらえをして。」

「時々、遊びにこようと思うけれども、いいかしら。」

「ええ、どうぞ。」

お千満は、ちらと春枝を見てから、その眼を伏せた。

「二人ぎりでこんな広い家にいるのは勿体ないようですね。」

「ええ。二階は始終間貸しをしていますの。今丁度明いていたもんですから。」

「然うですか。」

春枝は煙草の煙の隙から、恋の紀念《かたみ》を残した六畳の座敷を眺めていた。

「じゃ当分私が借りておこうかしら。」

春枝は、戯談《じょうだん》らしく云ってお千満の顔を見ながら笑った。何故ということもなく、これから先き、この部屋が二人の恋の棲家になるような気がした。そうして、昨夜の匂いに満ちた部屋の隅々を、春枝はなよやかな袖屏風で囲ってでもおき度いような媚《なまめ》いた心地で、いつまでもうっとりと見守っていた。

「然うなさればおっかさんはきっと悦びますでしょう。」

お千満は斯う云って、つい半月ほど前まで、柳橋《やなぎばし》の小《こ》つたという芸妓《げいぎ》が此室《ここ》を借りていたことなど話した。やっぱり女は、時々此家《ここ》でその情人《おとこ》に逢っていたのだった。

情人は女房子があって、それにすっかり身上が落目になっていたし、女の方は抱え主がやかましいので、二人はずいぶん逆上《のぼ》せ合っていた。

「おっかさんがね、ひょっと心中でもするような事があるといけないからってそれはね、ずいぶん気を付けていたんですよ。私はほんとに一時は恐いようでしたわ。二日も三日もとまりつづけて、ただ寝てばかしいた時もあったんですから。」

「二人は別れたの。」

「ええ。とうとう別れることにしたんでしょう。女も美《よ》い女でしたけれど、男もよござんしたよ。どうしても別れられないって、小つたさんはよくおっかさんと話しちゃ泣いていましたけれど。」

春枝はそれを聞くといやな心持になった。さんざん泣き合った二人の魂《たましい》が、その儘ここに潜んでいるということが、春枝の折角浮いた気をおもく鬱陶《うっとう》しくおしつけた。

「おっかさんだって、ずいぶん心配したんですよ。だから二階を人になんか貸すのはおよしなさいっていうんですけれど、おっかさんは慾張りだから。」

この慾張りということで、お千満はもっと春枝に聞いてもらい度いことがあるのだけれ共、まだ其処までは云われなかった。それはお千満に、この間からおたかが旦那取りを勧めていることなのだった。お千満はそれがいやさに、一人で家を出て奉公でもしようかなどと、考えていた。——

春枝はしばらく、じっと黙っていた。雨がさっきよりは少し強くなって、軒の雫《しずく》の音が響いている。その人たちはこんな雨の音を聞きながら、離れがたい恋の深みのうちに心と心を縺れ合わせて、おののいていたある朝もあったに違いなかった。——女の眼——男の眼——それが、自分の眼と、道男の眼のような気がして、春枝の胸は果敢《はか》ないもだえにしおれていた。

「小つたさんはやっぱり旧《もと》の家にいるんですよ。よくお座敷に行く途中なんかで逢うことがありますけれど、もう先きじゃ知らん顔をして。」

お千満はそんな事を云ってるうちに、いま、春枝から高価なものを思いがけず貰ったことを、はっきりと心に思いしみじみしていた。然うして、どうして今朝に限ってこんな嬉しい事が、自分の上に湧いてきたのかと思うと、お千満の胸は今更らしくどきどきと鳴って頬がほてってきた。お千満はそれを早く階下《した》へ持って行って、おたかに見せながら自分の指に嵌めて見たくって、その座を立ちたそうにもじもじした。

春枝はこうしているのが、たまらなく淋しくなって、早く道男が帰ってくればいいと思った。そうして、このあとの二人の恋を、口にだしてしっかりと約束し合わなければ、心がおちつかなかった。春枝は欄干のところに出て、往来の方を眺めていた。

「お帰りになりましたよ。」

暫時《しばらく》してお千満があとから欄干に出て来たが、真っ直ぐ向うに見える小路から傘をかしげて歩いてくる男の姿を見付けると、そっちを指でさしながら春枝に教えた。

「ええ、あんな方から。」

春枝もさっきからそれを見付けて、歩いてくる人の方を見詰めていたのだった。お千満は、

「いただいたものを、おっかさんに見せて参りますから。」

と云って、それをいい機《しお》に階下へおりていった。

「あの人はどんな事を考えながら歩いているのだろう。」

と春枝は思いながら、じっと男の姿を見ていた。男の傘がだんだんに拡がるように大きくなって、直ぐ目の上にちかぢかと近よってきた時、春枝は、ふと、突き動かされたように、恋慕《れんぼ》の思情《おもい》が高まって、その胸が一時に燃えた。

春枝はその胸をおさえながら、じっとして道男の上がってくるのを待っていた。道男はじきに階子《はしご》段をそっくりと上ってきた。そうして、欄干のところで振り返った春枝と顔を見合わせると、晴れやかに微笑して座敷の方へはいって行った。

春枝はその男の微笑した顔を見た瞬間に、男がもう何うでも自分の思うままになるという事を意識しながら、これから先き自分の執着を、どうその男の心にからませて行こうかとうっとりと考えていた。

# 竜潭譚《りゅうたんだん》

泉鏡花《いずみきょうか》

## 躑躅《つつじ》か丘

日は午《ご》なり。あらら木《ぎ》のたらたら坂に樹の蔭もなし。寺の門、植木屋の庭、花屋の店など、坂下を挟《さしはさ》みて町の入口にはあたれど、のぼるに従ひて、ただ畑《はた》ばかりとなれり。番小屋めきたるもの小だかき処《ところ》に見ゆ。谷には菜の花残りたり。路《みち》の右左、躑躅《つつじ》の花の紅《くれない》なるが、見渡す方《かた》、見返る方、いまを盛《さかり》なりき。ありくにつれて汗《あせ》少しいでぬ。

空よく晴れて一点の雲もなく、風あたたかに野面《のづら》を吹けり。

一人にては行くことなかれと、優しき姉上のいひたりしを、肯《き》かで、しのびて来つ。おもしろきながめかな。山の上の方より一束の薪《たきぎ》をかつぎたる漢《おのこ》おり来《きた》れり。眉《まゆ》太く、眼の細きが、向《むこう》ざまに顱巻《はちまき》したる、額《ひたい》のあたり汗になりて、のしのしと近づきつつ、細き道をかたよけてわれを通せしが、ふりかへり、

「危ないぞ危ないぞ。」

といひずてに眦《まなじり》に皺《しわ》を寄せてさつさつと行過ぎぬ。

見返ればハヤたらたらさがりに、その肩躑躅《つつじ》の花にかくれて、髪結ひたる天窓《あたま》のみ、やがて山陰に見えずなりぬ。草がくれの径《こみち》遠く、小川流るる谷間《たにあい》の畦道《あぜみち》を、菅笠《すげがさ》冠《かむ》りたる婦人《おんな》の、跣足《はだし》にて鋤《すき》をば肩にし、小さき女《むすめ》の児《こ》の手をひきて彼方《あなた》にゆく背姿《うしろすがた》ありしが、それも杉の樹立《こだち》に入りたり。

行く方も躑躅《つつじ》なり。来し方も躑躅《つつじ》なり。山土《やまつち》のいろもあかく見えたる。あまりうつくしさに恐しくなりて、家路に帰らむと思ふ時、わがゐたる一株の躑躅《つつじ》のなかより、羽音《はおと》たかく、虫のつと立ちて頬を掠《かす》めしが、かなたに飛びて、およそ五、六尺隔てたる処に礫《つぶて》のありたるそのわきにとどまりぬ。羽をふるふさまも見えたり。手をあげて走りかかれば、ぱつとまた立ちあがりて、おなじ距離五、六尺ばかりのところにとまりたり。そのまま小石を拾ひあげて狙ひうちし、石はそれぬ。虫はくるりと一ツまはりて、また旧《もと》のやうにぞをる。追ひかくれば迅《はや》くもまた遁《に》げぬ。遁ぐるが遠くには去らず、いつもおなじほどのあはひを置きてはキラキラとささやかなる羽ばたきして、鷹揚《おうよう》にその二すぢの細き髯《ひげ》を上下にわづくりておし動かすぞいと憎さげなりける。

われは足踏《あしぶみ》して心いらてり。そのゐたるあとを踏みにじりて、

「畜生、畜生。」

と呟《つぶや》きざま、躍《おど》りかかりてハタと打ちし、拳《こぶし》はいたづらに土によごれぬ。

渠《かれ》は一足先なる方に悠々と羽づくろひす。憎しと思ふ心を籠《こ》めて瞻《みま》りたれば、虫は動かずなりたり。つくづく見れば羽蟻《はあり》の形して、それよりもやや大なる、身はただ五彩《ごさい》の色を帯びて青みがちにかがやきたる、うつくしさいはむ方なし。

色彩あり光沢ある虫は毒なりと、姉上の教へたるをふと思ひ出でたれば、打置《うちお》きてすごすご引返せしが、足許にさきの石の二ツに砕けて落ちたるより俄《にわか》に心動き、拾ひあげて取つて返し、きと毒虫をねらひたり。

このたびはあやまたず、したたかうつて殺しぬ。嬉しく走りつきて石をあはせ、ひたと打ひしぎて蹴飛ばしたる、石は躑躅《つつじ》のなかをくぐりて小砂利《こじゃり》をさそひ、ばらばらと谷深くおちゆく音しき。袂《たもと》のちり打はらひて空を仰げば、日脚《ひあし》やや斜《なな》めになりぬ。ほかほかとかほあつき日向《ひなた》に唇《くちびる》かわきて、眼のふちより頬のあたりむず痒《がゆ》きこと限りなかりき。

心着《こころづ》けば旧来《もとき》し方にはあらじと思ふ坂道の異なる方にわれはいつかおりかけゐたり。丘ひとつ越えたりけむ、戻る路はまたさきとおなじのぼりになりぬ。見渡せば、見まはせば、赤土の道幅せまく、うねりうねり果しなきに、両側つづきの躑躅《つつじ》の花、遠き方は前後を塞《ふさ》ぎて、日かげあかく咲込《さきこ》めたる空のいろの真蒼《まさお》き下に、彳《たたず》むはわれのみなり。

## 鎮守の社《やしろ》

坂は急ならず長くもあらねど、一つ尽《つく》ればまたあらたに顕《あらわ》る。起伏あたかも大波の如く打続《うちつづ》きて、いつ坦《たん》ならむとも見えざりき。

あまり倦《う》みたれば、一ツおりてのぼる坂の窪《くぼみ》に踞《つくば》ひし、手のあきたるまま何ならむ指もて土にかきはじめぬ。さといふ字も出来たり。くといふ字も書きたり。曲りたるもの、直《すぐ》なるもの、心の趣くままに落書したり。しかなせるあひだにも、頬のあたり先刻《さき》に毒虫の触れたらむと覚ゆるが、しきりにかゆければ、袖《そで》もてひまなく擦《こす》りぬ。擦りてはまたもの書きなどせる、なかにむつかしき字のひとつ形よく出来たるを、姉に見せばやと思ふに、俄にその顔の見たうぞなりたる。

立あがりてゆくてを見れば、左右より小枝を組みてあはひも透《す》かで躑躅《つつじ》咲きたり。日影ひとしほ赤《あこ》うなりまさりたるに、手を見たれば掌《たなそこ》に照りそひぬ。

一文字にかけのぼりて、唯《と》見ればおなじ躑躅《つつじ》のだらだらおりなり。走りおりて走りのぼりつ。いつまでかかくてあらむ、こたびこそと思ふに違《たが》ひて、道はまた蜿《うね》れる坂なり。踏心地《ふみごこち》柔《やわら》かく小石ひとつあらずなりぬ。

いまだ家には遠しとみゆるに、忍びがたくも姉の顔なつかしく、しばらくも得堪《えた》へずなりたり。

再びかけのぼり、またかけりおりたる時、われしらず泣きてゐつ。泣きながらひたばしりに走りたれど、なほ家ある処に至らず、坂も躑躅《つつじ》も少しもさきに異らずして、日の傾くぞ心細き。肩、背のあたり寒うなりぬ。ゆふ日あざやかにぱつと茜《あかね》さして、眼もあやに躑躅《つつじ》の花、ただ紅の雪の降積《ふりつ》めるかと疑はる。

われは涙の声たかく、あるほど声を絞りて姉をもとめぬ。一たび二たび三たびして、こたへやすると耳を澄せば、遥《はるか》に滝の音聞えたり。どうどうと響くなかに、いと高く冴えたる声の幽《かすか》に、

「もういいよ、もういいよ。」

と呼びたる聞えき。こはいとけなき我がなかまの隠れ遊びといふものするあひ図なることを認め得たる、一声くりかへすと、ハヤきこえずなりしが、やうやう心たしかにその声したる方にたどりて、また坂ひとつおりて一つのぼり、こだかき所に立ちて瞰《み》おろせば、あまり雑作《ぞうさ》なしや、堂の瓦屋根《かわらやね》、杉の樹立のなかより見えぬ。かくてわれ踏迷ひたる紅の雪のなかをばのがれつ。背後《うしろ》には躑躅《つつじ》の花飛び飛びに咲きて、青き草まばらに、やがて堂のうらに達せし時は一株《ひとかぶ》も花のあかきはなくて、たそがれの色、境内《けいだい》の手洗水《みたらし》のあたりを籠《こ》めたり。柵結《さくゆ》ひたる井戸ひとつ、銀杏《いちょう》の古《ふ》りたる樹あり、そがうしろに人の家の土塀《どべい》あり。こなたは裏木戸のあき地にて、むかひに小さき稲荷《いなり》の堂あり。石の鳥居《とりい》あり。木の鳥居あり。この木の鳥居の左の柱には割れめありて太き鉄の輪を嵌《は》めたるさへ、心たしかに覚えある、ここよりはハヤ家に近しと思ふに、さきの恐しさは全く忘れ果てつ。ただひとへにゆふ日照りそひたるつつじの花の、わが丈《たけ》よりも高き処、前後左右を咲埋《さきうず》めたるあかき色のあかきがなかに、

緑と、紅と、紫と、青白《せいはく》の光を羽色に帯びたる毒虫のキラキラと飛びたるさまの広き景色のみぞ、画《え》の如く小さき胸にゑがかれける。

## かくれあそび

さきにわれ泣きいだして救《すくい》を姉にもとめしを、渠に認められしぞ幸《さいわい》なる。いふことを肯《き》かで一人いで来しを、弱りて泣きたりと知られむには、さもこそとて笑はれなむ。優しき人のなつかしけれど、顔をあはせていひまけむは口惜《くちお》しきに。

嬉しく喜ばしき思ひ胸にみちては、また急に家に帰らむとはおもはず。ひとり境内に彳みしに、わツといふ声、笑ふ声、木の蔭、井戸の裏、堂の奥、廻廊の下よりして、五ツより八《や》ツまでなる児の五、六人前後《あとさき》に走り出でたり、こはかくれ遊びの一人が見いだされたるものぞとよ。二人三人《ふたりみたり》走り来て、わが其処《そこ》に立てるを見つ。皆瞳《ひとみ》を集めしが、

「お遊びな、一所《いっしょ》にお遊びな。」とせまりて勧めぬ。小家《こいえ》あちこち、このあたりに住むは、かたゐといふものなりとぞ。風俗少しく異なれり。児どもが親たちの家富《と》みたるも好《よ》き衣着《きぬ》たるはあらず、大抵跣足なり。三味線《しゃみせん》弾きて折々わが門《かど》に来るもの、溝川《みぞかわ》に鰌《どじょう》を捕ふるもの、附木《つけぎ》、草履《ぞうり》など鬻《ひさ》ぎに来るものだちは、皆この児どもが母なり、父なり、祖母などなり。さるものとはともに遊ぶな、とわが

友は常に戒《いまし》めつ。さるに町方《まちかた》の者としいへば、かたゐなる児ども尊《とうと》び敬ひて、頃刻《しばらく》もともに遊ばんことを希《こいねが》ふや、親しく、優しく勉めてすなれど、不断はこなたより遠ざかりしが、その時は先にあまり淋しくて、友欲しき念の堪へがたかりしその心のまだ失せざると、恐しかりしあとの楽しきとに、われは拒《こば》まずして頷《うなず》きぬ。

児どもはさざめき喜びたりき。さてまたかくれあそびを繰返すとて、拳《けん》してさがすものを定めしに、われその任にあたりたり。面《おもて》を蔽《おお》へといふままにしつ。ひツそとなりて、堂の裏崖《うらがけ》をさかさに落つる滝の音どうどうと松杉《まつすぎ》の梢《こずえ》ゆふ風に鳴り渡る。かすかに、

「もう可《い》いよ、もう可いよ。」

と呼ぶ声、谺《こだま》に響けり。眼をあくればあたり静まり返りて、たそがれの色また一際《ひときわ》襲ひ来れり。大《おお》なる樹のすくすくとならべるが朦朧《もうろう》としてうすぐらきなかに隠れむとす。

声したる方をと思ふ処には誰《たれ》もをらず。ここかしこさがしたれど人らしきものあらざりき。また旧の境内の中央に立ちて、もの淋しく瞶《みまわ》しぬ。山の奥にも響くべく凄《すさま》じき音して堂の扉を鎖《とざ》す音しつ、闃《げき》としてものも聞えずなりぬ。

親しき友にはあらず。常にうとましき児どもなれば、かかる機会《おり》を得てわれをば苦めむとや企《たく》みけむ。身を隠したるまま密《ひそか》に遁《に》げ去りたらむには、探せばとて獲らるべき。益《やく》もなきことをとふと思ひうかぶに、うちすてて踵《くびす》をかへしつ。さるにても万一《もし》わがみいだすを待ちてあらばいつまでも出でく

ることを得ざるべし、それもまたはかりがたしと、心迷ひて、とつ、おいつ、徒《いたずら》に立ちて困《こう》ずる折しも、何処《いずく》より来りしとも見えず、暗うなりたる境内の、うつくしく掃《は》いたる土のひろびろと灰色なせるに際立《きわだ》ちて、顔の色白く、うつくしき人、いつかわが傍《かたわら》にゐて、うつむきざまにわれをば見き。極めて丈高《たけたか》き女なりし、その手を懐《ふところ》にして肩を垂れたり。優しきこゑにて、

「こちらへおいで。こちら。」

といひて前に立ちて導きたり。見知りたる女《ひと》にあらねど、うつくしき顔の笑《えみ》をば含みたる、よき人と思ひたれば、怪しまで、隠れたる児のありかを教ふるとさとりたれば、いそいそと従ひぬ。

## あふ魔《ま》が時《とき》

わが思ふ処に違《たが》はず、堂の前を左にめぐりて少しゆきたる突あたりに小さき稲荷の社《やしろ》あり。青き旗、白き旗、二、三本その前に立ちて、うしろはただちに山の裾《すそ》なる雑樹《ぞうき》斜めに生《お》ひて、社の上を蔽《おお》ひたる、その下のをぐらき処、孔《あな》の如き空地《くうち》なるをソとめくばせしき。瞳《ひとみ》は水のしたたるばかり斜《なな》めにわが顔を見て動けるほどに、あきらかにその心ぞ読まれたる。

さればいささかもためらはで、つかつかと社の裏をのぞき込む、鼻うつばかり冷たき風あり。落葉、朽葉《くちば》堆《うずたか》く水くさき土のにほひしたるのみ、人の気勢《けはい》もせで、頸《えり》もとの冷かなるに、と胸をつきて見

返りたる、またたくまと思ふ彼《か》の女はハヤ見えざりき。何方《いずかた》にか去りけむ、暗くなりたり。

身の毛よだちて、思はず啊呀《あなや》と叫びぬ。

人顔のさだかならぬ時、暗き隅に行くべからず、たそがれの片隅には、怪しきものゐて人を惑《まど》はすと、姉上の教へしことあり。

われは茫然として眼《まなこ》を睜《みは》りぬ。足ふるひたれば動きもならず、固くなりて立ちすくみたる、左手《ゆんで》に坂あり。穴の如く、その底よりは風の吹き出《い》づると思ふ黒闇々《こくあんあん》たる坂下より、もののぼるやうなれば、ここにあらば捕へられむと恐しく、とかうの思慮もなさで社の裏の狭きなかににげ入りつ。眼を塞《ふさ》ぎ、呼吸《いき》をころしてひそみたるに、四足《よつあし》のものの歩むけはひして、社の前を横ぎりたり。

われは人心地《ひとごこち》もあらで見られじとのみひたすら手足を縮めつ。さるにてもさきの女のうつくしかりし顔、優かりし眼を忘れず。ここをわれに教へしを、今にして思へばかくれたる児どものありかにあらで、何らか恐しきもののわれを捕へむとするを、ここに潜《ひそ》め、助かるべしとて、導きしにはあらずやなど、はかなきことを考へぬ。しばらくして小提灯《こぢょうちん》の火影《ほかげ》あかきが坂下より急ぎのぼりて彼方に走るを見つ。ほどなく引返してわがひそみたる社の前に近づきし時は、一人ならず二人三人連立《つれだ》ちて来《きた》りし感あり。

あたかもその立留《たちどま》りし折から、別なる跫音《あしおと》、また坂をのぼりてさきのものと落合《おちあ》ひたり。

「おいおい分らないか。」

「ふしぎだな、なんでもこの辺で見たといふものがあるんだが。」

とあとよりいひたるはわが家につかひたる下男の声に似たるに、あはや出《い》でむとせしが、恐しきものの然《さ》はたばかりて、おびき出《いだ》すにやあらむと恐しさは一《ひと》しほ増しぬ。

「もう一度念のためだ、田圃《たんぼ》の方《ほう》でも廻つて見よう、お前も頼む。」

「それでは。」といひて上下《うえした》にばらばらと分れて行く。

再び寂《せき》としたれば、ソと身うごきして、足をのべ、板めに手をかけて眼ばかりと思ふ顔少し差出《さしい》だして、外《と》の方《かた》をうかがふに、何ごともあらざりければ、やや落着きたり。怪しきものども、何とてやはわれをみいだし得む、愚《おろか》なる、と冷かに笑ひしに、思ひがけず、誰ならむたまぎる声して、あわてふためき遁《に》ぐるがありき。驚きてまたひそみぬ。

「ちさとや、ちさとや。」と坂下あたり、かなしげにわれを呼ぶは、姉上の声なりき。

## 大沼《おおぬま》

「ゐないツて私《わたし》あどうしよう、爺《じい》や。」

「根ツからゐさつしやらぬことはござりますまいが、日は暮れまする。何せい、御心配なこんでござります。お前様《まえさま》遊びに出します時、帯の結《むすび》めを丁《とん》とたたいてやらつしやれば好いに。」

「ああ、いつもはさうして出してやるのだけれど、けふはお前私にかくれてそツと出て行つたろうではないかねえ。」

「それはハヤ不念《ぶねん》なこんだ。帯の結めさへ叩いときや、何がそれで姉様なり、母様《おふくろさま》なりの魂《たましい》が入るもんだで魔《エテ》めはどうすることもしえないでごす。」

「さうねえ。」とものかなしげに語らひつつ、社の前をよこぎりたまへり。

走りいでしが、あまりおそかりき。

いかなればわれ姉上をまで怪《あやし》みたる。

悔《く》ゆれど及ばず、かなたなる境内の鳥居のあたりまで追ひかけたれど、早やその姿は見えざりき。

涙ぐみて彳む時、ふと見る銀杏の木のくらき夜の空に、大《おおい》なる円《まる》き影して茂れる下に、女の後姿《うしろすがた》ありてわが眼を遮《さえぎ》りたり。

あまりよく似たれば、姉上と呼ばむとせしが、よしなきものに声かけて、なまじひにわが此処《ここ》にあるを知られむは、拙《つたな》きわざなればと思ひてやみぬ。

とばかりありて、その姿またかくれ去りつ。見えずなればなほなつかしく、たとへ恐しきものなればとて、かりにもわが優しき姉上の姿に化《け》したる上は、われを捕へてむごからむや。さきなるはさもなくて、いま幻に見えたるがまことその人なりけむもわかざるを、何とて言《ことば》はかけざりしと、打泣《うちな》きしが、かひもあらず。

あはれさまざまのものの怪しきは、すべてわが眼のいかにかせし作用なるべし、さらずば涙にくもりしや、術《すべ》こそありけれ、かなたなる御手洗《みたらし》にて清めてみばやと寄りぬ。

煤《すす》けたる行燈《あんどう》の横長きが一つ上にかかりて、ほととぎすの画《え》と句など書いたり。灯《ひ》をともしたるに、水はよく澄みて、青き苔《こけ》むしたる石鉢《いしばち》の底もあきらかなり。手に掬《むす》ばむとしてうつむく時、思ひかけず見たるわが顔はそもそもいかなるものぞ。覚えず叫びしが心を籠《こ》めて、気を鎮めて、両の眼を拭《ぬぐ》ひ拭ひ、水に臨《のぞ》む。

われにもあらでまたとは見るに忍びぬを、いかでわれかかるべき、必ず心の迷へるならむ、今こそ、今こそとわななきながら見直したる、肩をとらへて声ふるはし、

「お、お、千里《ちさと》。ええも、お前は。」と姉上ののたまふに、縋《すが》りつかまくみかへりたる、わが顔を見たまひしが、

「あれ！」

といひて一足すさりて、

「違つてたよ、坊や。」とのみいひずてに衝《つ》と馳《は》せ去りたまへり。

怪しき神のさまざまのことしてなぶるわと、あまりのことに腹立たしく、あしずりして泣きに泣きつつ、ひたばしりに追いかけぬ。捕へて何をかなさむとせし、そはわれ知らず。ひたすらものの口惜《くちお》しければ、とにかくもならばとてなむ。

坂もおりたり、のぼりたり、大路《おおみち》と覚しき町にも出《い》でたり、暗き径《こみち》も辿《たど》りたり、野もよこぎりぬ。畦《あぜ》も越えぬ。あとをも見ずて駈けたりし。

道いかばかりなりけむ、漫々たる水面やみのなかに銀河の如く横《よこた》はりて、黒き、恐しき森四方をかこめる、大沼とも覚しきが、前途《ゆくて》を塞《ふさ》ぐと覚ゆる蘆《あし》の葉の繁きがなかにわが身体倒れたる、あとは知らず。

## 五位鷺《ごいさぎ》

眼のふち清々《すがすが》しく、涼しき薫《かおり》つよく薫ると心着《こころづ》く、身は柔《やわら》かき蒲団《ふとん》の上に臥したり。やや枕をもたげて見る、竹縁《ちくえん》の障子《しょうじ》あけ放して、庭つづきに向ひなる山懐《やまふところ》に、緑の草の、ぬれ色青く生茂《おいしげ》りつ。その半腹《はんぷく》にかかりある巌角《いわかど》の苔のなめらかなるに、一挺《いっちょう》はだか蠟《ろう》に灯《ひ》ともしたる灯影《ほかげ》すずしく、筧《かけい》の水むくむくと湧きて玉《たま》ちるあたりに盥《たらい》を据ゑて、うつくしく髪結《かみゆ》うたる女の、身に一糸もかけで、むかうざまにひたりてゐたり。

筧の水はそのたらひに落ちて、溢れにあふれて、地の窪《くぼ》みに流るる音しつ。

蠟の灯は吹くとなき山おろしにあかくなり、くらうなりて、ちらちらと眼に映ずる雪なす膚《はだえ》白かりき。

わが寝返《ねがえ》る音に、ふとこなたを見返り、それと頷《うなず》く状《さま》にて、片手をふちにかけつつ片足を立てて盥《たらい》のそとにいだせる時、颯《さ》と音して、烏《からす》よりは小さき鳥の真白《ましろ》きがひらひらと舞ひおりて、うつくしき人の脛《はぎ》のあたりをかすめつ。そのままおそれげもなう翼を休めたるに、ざぶりと水をあびせざま莞爾《にっこ》とあでやかに笑うてたちぬ。手早く衣《きぬ》もてその胸をば蔽《おお》へり。鳥はおどろきてはたはたと飛去りぬ。

夜の色は極めてくらし、蠟を取りたるうつくしき人の姿さやかに、庭下駄《にわげた》重く引く音しつ。ゆるやかに縁《えん》の端に腰をおろすとともに、手をつきそらして捩向《ねじむ》きざま、わがかほをば見つ。

「気分は癒《なお》つたかい、坊や。」

といひて頭《こうべ》を傾けぬ。ちかまさりせる面《おもて》けだかく、眉あざやかに、瞳すずしく、鼻やや高く、唇の紅なる、額《ひたい》つき頬のあたり﨟《ろう》たけたり。こは予《かね》てわがよしと思ひ詰《つめ》たる雛《ひな》のおもかげによく似たれば貴《とうと》き人ぞと見き。年は姉上よりたけたまへり。知人《しりびと》にはあらざれど、はじめて逢ひし方《かた》とは思はず、さりや、誰にかあるらむとつくづくみまもりぬ。

またほほゑみたまひて、

「お前あれは斑猫《はんみょう》といつて大変な毒虫なの。もう可《い》いね、まるでかはつたやうにうつくしくなつた、あれでは姉様が見違へるのも無理はないのだもの。」

われもさあらむと思はざりしにもあらざりき。いまはたしかにそれよと疑はずなりて、のたまふままに頷きつ。あたりのめづらしければ起きむとする夜着《よぎ》の肩、ながく柔かにおさへたまへり。

「ぢつとしておいで、あんばいがわるいのだから、落着いて、ね、気をしづめるのだよ、可いかい。」

われはさからはで、ただ眼《め》をもて答へぬ。

「どれ。」といひて立つたる折、のしのしと道芝《みちしば》を踏む音して、つづれをまとうたる老夫《おやじ》の、顔の色いと赤きが縁近《えんちこ》う入《はい》り来つ。

「はい、これはお児さまがござらつせえたの、可愛いお児じや、お前様も嬉しかろ。ははは、どりや、またいつものを頂きましよか。」

腰をななめにうつむきて、ひつたりとかの筧に顔をあて、口をおしつけてごつごつごつとたてつづけにのみたるが、ふツといきを吹きて空を仰ぎぬ。

「やれやれ甘いことかな。はい、参ります。」

と踵《くびす》を返すを、こなたより呼びたまひぬ。

「ぢいや、御苦労だが。また来ておくれ、この児を返さねばならぬから。」

「あいあい。」

と答へて去る。山風颯《やまかぜさつ》とおろして、彼《か》の白き鳥また翔《た》ちおりつ。黒き盥《たらい》のふちに乗りて羽づくろひして静まりぬ。

「もう、風邪を引かないやうに寝させてあげよう、どれそんなら私も。」とて静《しずか》に雨戸をひきたまひき。

## 九《ここの》ツ谺《こだま》

やがて添臥《そいぶし》したまひし、さきに水を浴びたまひし故にや、わが膚《はだ》をりをり慄然《りつぜん》たりしが何の心もなうひしと取縋《とりすが》りまゐらせぬ。あとをあとをといふに、をさな物語二ツ三ツ聞かせ給ひつ。やがて、

「一《ひと》ツ谺《こだま》、坊や、二《ふた》ツ谺《こだま》といへるかい。」

「二ツ谺《こだま》。」

「三《み》ツ谺《こだま》、四《よ》ツ谺《こだま》といつて御覧。」

「四ツ谺《こだま》。」

「五《いつ》ツ谺《こだま》。そのあとは。」

「六《む》ツ谺《こだま》。」

「さうさう七《なな》ツ谺《こだま》。」

「八《や》ツ谺《こだま》。」

「九《ここの》ツ谺《こだま》——ここはね、九ツ谺《こだま》といふ処なの。さあもうおとなにして寝るんです。」

背に手をかけ引寄せて、玉の如きその乳房《ちぶさ》をふくませたまひぬ。露《あらわ》に白き襟、肩のあたり鬢《びん》のおくれ毛はらはらとぞみだれたる、かかるさまは、わが姉上とは太《いた》く違へり。乳をのまむといふを姉上は

許したまはず。

ふところをかいさぐれば常に叱りたまふなり。母上みまかりたまひてよりこのかた三年《みとせ》を経《へ》つ。乳の味は忘れざりしかど、いまふくめられたるはそれには似ざりき。垂玉《すいぎょく》の乳房ただ淡雪《あわゆき》の如く含むと舌にきえて触るるものなく、すずしき唾《つば》のみぞあふれいでたる。

軽く背《せな》をさすられて、われ現《うつつ》になる時、屋《や》の棟《むね》、天井の上と覚《おぼ》し、凄まじき音してしばらくは鳴りも止まず。ここにつむじ風吹くと柱《はしら》動く恐しさに、わななき取《とり》つくを抱きしめつつ、

「あれ、お客があるんだから、もう今夜は堪忍《かんにん》しておくれよ、いけません。」

とキとのたまへば、やがてぞ静まりける。

「恐くはないよ。鼠《ねずみ》だもの。」

とある、さりげなきも、われはなほその響《ひびき》のうちにものの叫びたる声せしが耳に残りてふるへたり。

うつくしき人はなかばのりいでたまひて、とある蒔絵《まきえ》もののの手箱のなかより、一口《ひとふり》の守刀《まもりがたな》を取出しつつ鞘《さや》ながら引《ひき》そばめ、雄々《おお》しき声にて、

「何が来てももう恐くはない。安心してお寝よ。」とのたまふ、たのもしき状《さま》よと思ひてひたとその胸にわが顔をつけたるが、ふと眼をさましぬ。残燈《ありあけ》暗く床柱《とこばしら》の黒うつややかにひかるあたり薄き紫の色籠《いろこ》めて、香《こう》の薫《かおり》残りたり。枕をはづして顔をあげつ。顔に顔をもたせてゆるく閉《とじ》たまひたる眼の睫《まつ》毛《げ》かぞふるばかり、すやすやと寝入りてゐたまひぬ。ものいはむとおもふ心おくれて、しばし瞻《みま》もりし

が、淋しさにたへねばひそかにその唇に指さきをふれて見ぬ。指はそれて唇には届かでなむ、あまりよくねむりたまへり。鼻をやつままむ眼をやおさむとまたつくづくと打《うち》まもりぬ。ふとその鼻頭《はなさき》をねらひて手をふれしに空《くう》を捻《ひね》りて、うつくしき人は雛《ひな》の如く顔の筋《すじ》ひとつゆるみもせざりき。またその眼のふちをおしたれど水晶のなかなるものの形を取らむとするやう、わが顔はそのおくれげのはしに頬をなでらるるまで近々《ちかぢか》とありながら、いかにしても指さきはその顔に届かざるに、はては心いれて、乳《ち》の下に面《おもて》をふせて、強く額《ひたい》もて圧《お》したるに、顔にはただあたたかき霞《かすみ》のまとふとばかり、のどかにふはふはとさはりしが、薄葉一重《うすようひとえ》の支《ささ》ふるなく着けたる額《ひたい》はつと下に落ち沈むを、心着けば、うつくしき人の胸は、もとの如く傍《かたわら》にあをむきゐて、わが鼻は、いたづらにおのが膚《はだ》にぬくまりたる、柔《やわらか》き蒲団《ふとん》に埋《うも》れて、をかし。

## 渡船《わたしぶね》

夢幻《ゆめまぼろし》ともわかぬに、心をしづめ、眼をさだめて見たる、片手はわれに枕させたまひし元のまま柔《やわら》かに力なげに蒲団《ふとん》のうへに垂れたまへり。

片手をば胸にあてて、いと白くたをやかなる五指《ごし》をひらきて黄金《おうごん》の目貫《めぬき》キラキラとうつくしき鞘《さや》の塗《ぬり》の輝きたる小さき守刀《まもりがたな》をしかと持つともなく乳《ち》のあたりに落して据《す》ゑたる、鼻たかき顔のあをむきたる、唇のものいふ如き、閉ぢたる眼のほほ笑む如き、髪のさらさらしたる、枕にみだれかかりたる、それも違《たが》はぬに、胸に剣《つるぎ》をさへのせたまひたれば、亡《な》き母上のその時のさまに紛《まが》ふべくも見えずなむ、コハこの君もみまかりしよとおもふいまはしさに、はや取除《とりの》けなむと、胸なるその守刀《まもりがたな》に手をかけて、つと引く、せつぱゆるみて、青き光眼《まなこ》を射《い》たるほどこそあれ、いかなるはずみにか血汐《ちしお》さとほとばしりぬ。眼もくれたり。したしたとながれにじむをあなやと両の拳《こぶし》もてしかとおさへたれど、留《と》まらで、たふたふと音するばかりぞ淋漓《りんり》としてながれつたへる、血汐《ちしお》のくれなゐ衣《きぬ》をそめつ。うつくしき人は寂《せき》として石像の如く静《しずか》なる鳩尾《みずおち》のしたよりしてやがて半身をひたし尽《つく》しぬ。おさへたるわが手には血の色つかぬに、燈《ともしび》にすかす指のなかの紅《くれない》なるは、人の血の染《そ》みたる色にはあらず、訝《いぶか》しく撫《な》で試《こころ》むる掌《たなそこ》のその血汐にはぬれもこそせね、こころづきて見定むれば、かいやりし夜のものあらはになりて、すずしの絹をすきて見ゆるその膚《はだ》にまとひたまひし紅《くれない》の色なりける。いまはわれにもあらで声《こわ》高《だか》に、母上、母上と呼びたれど、叫びたれど、ゆり動かし、おしうごかししたりしが、効《かい》なくてなむ、ひた泣きに泣くいつのまにか寝たりと覚《おぼ》し。顔あたたかに胸をおさるる心地に眼覚めぬ。空青く晴れて日影まばゆく、木も草もてらてらと暑きほどなり。

われはハヤゆうべ見し顔のあかき老夫《おじ》の背《せな》に負はれて、とある山路《やまじ》を行くなりけり。うしろよりは彼《か》のうつくしき人したがひ来ましぬ。

さてはあつらへたまひし如く家に送りたまふならむと推《おし》はかるのみ、わが胸の中《うち》はすべて見すかすばかり知りたまふやうなれば、わかれの惜《お》しきも、ことのいぶかしきも、取出《とりい》でていはむは益《やく》なし。教ふべきことならむには、彼方《かなた》より先んじてうちいでてこそしたまふべけれ。

家に帰るべきわが運《うん》ならば、強ひて止《とど》まらむと乞《こ》ひたりとて何かせん、さるべきいはれあればこそ、と大人《おとな》しう、ものもいはでぞ行く。

断崖の左右に聳《そび》えて、点滴声《てんてきこえ》する処《ところ》ありき。雑草高き径《こみち》ありき。松柏《まつかしわ》のなかを行く処もありき。きき知らぬ鳥うたへり。褐色なる獣《けもの》ありて、をりをり叢《くさむら》に躍《おど》り入りたり。ふみわくる道とにもあらざりしかど、去年の落葉《おちば》道を埋《うず》みて、人多く通《かよ》ふ所としも見えざりき。

をぢは一挺《いっちょう》の斧《おの》を腰にしたり。れいによりてのしのしとあゆみながら、茨《いばら》など生《お》ひしげりて、衣《きぬ》の袖《そで》をさへぎるにあへば、すかすかと切つて払ひて、うつくしき人を通し参らす。されば山路のなやみなく、高き塗下駄《ぬりげた》の見えがくれに長き裾《すそ》さばきながら来たまひつ。

かくて大沼《おおぬま》の岸に臨《のぞ》みたり。水は漫々として藍《らん》を湛《たた》へ、まばゆき日のかげも此処《ここ》の森にはささで、水面をわたる風寒く、颯々《さっさつ》として声あり。をぢはここに来てソとわれをおろしつ。はしり寄れば手を取りて立ちながら肩を抱きたまふ、衣《きぬ》の袖《そで》左右より長くわが肩にかかりぬ。

蘆間《あしま》の小舟《おぶね》の纜《ともづな》を解きて、老夫《おじ》はわれをかかへて乗せたり。一緒ならではと、しばしむづかりたれど、めまひのすればとて乗りたまはず、さらばとのたまふはしに棹《さお》を立てぬ。船は出《い》でつ。わツと泣きて立上《たちあ》りしがよろめきてしりゐに倒れぬ。舟といふものにははじめて乗りたり。水を切るごとに眼くるめくや、背後《うしろ》にゐたまへりとおもふ人の大《おおい》なる環《わ》にまはりて前途《ゆくて》なる汀《みぎわ》にゐたまひき。いかにして渡し越したまひつらむと思ふときハヤ左手《ゆんで》なる汀に見えき。見る見る右手《めて》なる汀にまはりて、やがて旧《もと》のうしろに立ちたまひつ。箕《み》の形したる大なる沼は、汀の蘆《あし》と、松の木と、建札《たてふだ》と、その傍《かたわら》なるうつくしき人ともろともに緩《ゆる》き環《わ》を描いて廻転し、はじめは徐《おもむ》ろにまはりしが、あとあと急になり、疾《はや》くなりつ、くるくるくると次第にこまかくまはるまはる、わが顔と一尺ばかりへだたりたる、まぢかき処《ところ》に松の木にすがりて見えたまへる、とばかりありて眼の前にうつくしき顔の臈《ろう》たけたるが莞爾《にっこ》とあでやかに笑みたまひしが、そののちは見えざりき。蘆は繁《しげ》く丈《たけ》よりも高き汀に、船はとんとつきあたりぬ。

## ふるさと

をぢはわれを扶《たす》けて船より出《い》だしつ。またその背《せな》を向けたり。

「泣くでねえ泣くでねえ。もうぢきに坊ツさまの家《うち》ぢや。」と慰めぬ。かなしさはそれにはあらねど、いふもかひなくてただ泣きたりしが、しだいに身のつかれを感じて、手も足も綿の如くうちかけらるるやう肩に負はれて、顔を垂れてぞともなはれし。見覚えある板塀《いたべい》のあたりに来て、日のややくれかかる時、老夫《おじ》はわれを抱《いだ》き下《おろ》して、溝のふちに立たせ、ほくほく打《うち》ゑみつゝ、慇懃《いんぎん》に会釈《えしゃく》したり。

「おとなにしさつしやりませ。はい。」

といひずてに何地《いずち》ゆくらむ。別れはそれにも惜しかりしが、あと追ふべき力もなくて見おくり果てつ。指す方《かた》もあらでありくともなく歩《ほ》をうつすに、頭《かしら》ふらふらと足の重たくて行悩《ゆきなや》む、前に行くも、後ろに帰るも皆見知越《みしりごし》のものなれど、誰も取りあはむとはせで往《ゆ》きつ来《きた》りつす。さるにてもなほものありげにわが顔をみつつ行《ゆ》くが、冷《ひや》やかに嘲《あざけ》るが如く憎《にく》さげなるぞ腹立《はらだた》しき。おもしろからぬ町ぞとばかり、足はわれ知らず向直《むきなお》りて、とぼとぼとまた山ある方にあるき出しぬ。

けたたましき跫音《あしおと》して鷲掴《わしづか》みに襟《えり》を掴《つか》むものあり。あなやと振返《ふりかえ》ればわが家《いえ》の後見《うしろみ》せる奈四郎《なしろう》といへる力逞《ちからたく》ましき叔父の、凄まじき気色《けしき》して、

「つままれめ、何処《どこ》をほツつく。」と喚《わめ》きざま、引立《ひった》てたり。また庭に引出《ひきいだ》して水をやあびせられむかと、泣叫《なきさけ》びてふりもぎるに、おさへたる手をゆるべず、

「しつかりしろ。やい。」

とめくるめくばかり背を拍《う》ちて宙につるしながら、走りて家に帰りつ。立騒《たちさわ》ぐ召《めし》つかひどもを叱《しか》りつも細引《ほそびき》を持て来さして、しかと両手をゆはへあへず奥まりたる三畳の暗き一室《ひとま》に引立《ひった》てゆきてそのまま柱に縛《いまし》めたり。近く寄れ、喰《くい》さきなむと思ふのみ、歯がみして睨《にら》まへたる、眼《め》の色こそ怪《あや》しくなりたれ、逆《さか》つりたる眦《まなじり》は憑《つ》きもののわざよとて、寄りたかりて口々にののしるぞ無念なりける。

おもての方《かた》さざめきて、何処《いずく》にか行きをれる姉上帰りましつと覚《おぼ》し、襖《ふすま》いくつかぱたぱたと音して

ハヤここに来たまひつ。叔父は室《しつ》の外にさへぎり迎へて、

「ま、やつと取返《とりかえ》したが、縄を解いてはならんぞ。もう眼が血走つてゐて、すきがあると駈け出すぢや。魔《エテ》どのがそれしよびくでの。」

と戒《いまし》めたり。いふことよくわが心を得たるよ、しかり、隙《ひま》だにあらむにはいかでかここにとどまるべき。

「あ。」とばかりにいらへて姉上はまろび入りて、ひしと取着《とりつ》きたまひぬ。ものはいはでさめざめとぞ泣きたまへる、おん情手《なさけて》にこもりて抱《いだ》かれたるわが胸絞《しぼ》らるるやうなりき。

姉上の膝に臥《ふ》したるあひだに、医師来《きた》りてわが脈をうかがひなどしつ。叔父は医師とともに彼方《あなた》に去りぬ。

「ちさや、どうぞ気をたしかにもつておくれ。もう姉様《ねえさん》はどうしようね。お前、私だよ。姉さんだよ。ね、わかるだらう、私だよ。」

といきつくづくぢつとわが顔をみまもりたまふ、涙痕《るいこん》したたるばかりなり。

その心の安んずるやう、強《し》ひて顔つくりてニツコと笑うて見せぬ。

「おお、薄気味《うすきみ》が悪いねえ。」

と傍《かたわら》にありたる奈四郎《なしろう》の妻なる人呟《つぶや》きて身ぶるひしき。

やがてまた人々われを取巻《とりま》きてありしことども責むるが如くに問ひぬ。くはしく語りて疑《うたがい》を解かむ

とおもふに、をさなき口の順序正しく語るを得むや、根問《ねど》ひ、葉問《はど》ひするに一々説明《いちいちとき》あかさむに、しかもわれあまりに疲れたり。うつつ心に何をかいひたる。

やうやくいましめはゆるされたれど、なほ心の狂ひたるものとしてわれをあしらひぬ。いふこと信ぜられず、すること皆人《みな》の疑《うたがい》を増すをいかにせむ。ひしと取籠《とりこ》めて庭にも出《いだ》さで日を過しぬ。血色わるくなりて痩《や》せもしつとて、姉上のきづかひたまひ、後見《うしろみ》の叔父夫婦にはいとせめて秘《かく》しつつ、そとゆふぐれを忍びて、おもての景色見せたまひしに、門辺《かどべ》にありたる多くの児ども我が姿を見ると、一斉に、アレさらはれものの、気狂《きちがい》の、狐つきを見よやといふいふ、砂利《じゃり》、小砂利《こじゃり》をつかみて投げつくるは不断《ふだん》親しかりし朋達《ともだち》なり。

姉上は袖《そで》もてわれを庇《かば》ひながら顔を赤うして遁《に》げ入りたまひつ。人目なき処《ところ》にわれを引据《ひきす》ゑつと見るまに取つて伏《ふ》せて、打ちたまひぬ。

悲しくなりて泣出《なきだ》せしに、あわただしく背《せな》をばさすりて、

「堪忍《かんにん》しておくれよ、よ、こんなかはいさうなものを。」

といひかけて、

「私《わたし》あもう気でも違ひたいよ。」としみじみと掻口説《かきくど》きたまひたり。いつのわれにはかはらじを、何とてさはあやまるや、世にただ一人なつかしき姉上までわが顔を見るごとに、気を確《たしか》に、心を鎮《しず》めよ、と涙ながらいはるるにぞ、さてはいかにしてか、心の狂ひしにはあらずやとわれとわが身を危《あや》ぶむや

うそのたびになりまさりて、果はまことにものくるはしくもなりもてゆくなる。

たとへば怪《あや》しき糸の十重二十重《とえはたえ》にわが身をまとふ心地《ここち》しつ。しだいしだいに暗きなかに奥深くおちいりてゆく思《おもい》あり。それをば刈払《かりはら》ひ、遁出《のがれい》でむとするにその術《すべ》なく、すること、なすこと、人見て必ず、眉《まゆ》を顰《ひそ》め、嘲《あざけ》り、笑ひ、卑《いやし》め、罵《ののし》り、はた悲《かなし》み憂《うれ》ひなどするにぞ、気あがり、心激《こころげき》し、ただじれにじれて、すべてのもの皆われをはらだたしむ。

口惜《くちお》しく腹立たしきまま身の周囲《まわり》はことごとく敵《かたき》ぞと思わるる。町も、家も、樹も、鳥籠《とりかご》も、はたそれ何らのものぞ、姉とてまことの姉なりや、さきには一《ひと》たびわれを見てその弟を忘れしことあり。塵《ちり》一つとしてわが眼に入るは、すべてものの化《け》したるにて、恐しきあやしき神のわれを悩まさむとて現《げん》じたるものならむ。さればぞ姉がわが快復《かいふく》を祈る言《ことば》もわれに心を狂はすやう、わざとさはいふならむと、一たびおもひては堪《た》ふべからず、力あらば恣《ほしいまま》にともかくもせばやせよかし、近づかば喰ひさきくれむ、蹴飛《けと》ばしやらむ、掻《かき》むしらむ、透《すき》あらばとびいでて、九《ここの》ツ谺《こだま》とをしへたる、たうときうつくしきかのひとの許《もと》に遁《に》げ去らむと、胸の湧《わ》きたつほどこそあれ、ふたたび暗室にいましめられぬ。

## 千《せん》呪《じゅ》陀《だ》羅《ら》尼《に》

毒ありと疑へばものも食はず、薬もいかでか飲まむ、うつくしき顔したりとて、優しきことをいひたりとて、いつはりの姉にはわれことばもかけじ。眼にふれて見ゆるものとしいへば、たけりくるひ、罵《ののし》り叫びてあれたりしが、つひには声も出《い》でず、身も動かず、われ人をわきまへず心地《ここち》死ぬべくなりしを、うつらうつら舁《か》きあげられて高き石壇をのぼり、大《おお》いなる門を入りて、赤土《あかつち》の色きれいに掃《は》きたる一条《ひとすじ》の道長き、右左、石燈籠《いしどうろう》と石榴《ざくろ》の樹の小さきと、おなじほどの距離にかはるがはる続きたるを行《ゆ》きて、香《こう》の薫《かおり》しみつきたる太き円柱《まるばしら》の際《きわ》に寺の本堂に据《す》ゑられつ、ト思ふ耳のはたに竹を破《わ》る響《ひびき》きこえて、僧ども五三人《ごさんにん》一斉に声を揃《そろ》へ、高らかに誦《じゅ》する声耳を聾《ろう》するばかり喧《かし》ましさ堪《た》ふべからず、禿顱《とくろ》ならびゐる木のはしの法師ばら、何をかするると、拳《こぶし》をあげて一人《にん》の天窓《あたま》をうたむとせしに、一幅《ひとはば》の青き光颯《さつ》と窓を射て、水晶の念珠瞳《ねんじゅひとみ》をかすめ、ハツシと胸をうちたるに、ひるみて踞《うずく》まる時、若僧《じゃくそう》円柱《えんちゅう》をいざり出《い》でつつ、ついゐて、サラサラと金襴《きんらん》の帳《とばり》を絞《しぼ》る、燦爛《さんらん》たる御厨子《みずし》のなかに尊《とうと》き像《すがた》こそ拝まれたれ。一段高まる経の声、トタンにはたたがみ天地《てんち》に鳴りぬ。

端厳微妙《たんげんみみょう》のおんかほばせ、雲の袖《そで》、霞《かすみ》の袴《はかま》ちらちらと瓔珞《ようらく》をかけたまひたる、玉《たま》なす胸に繊手《せんしゅ》を添へて、ひたと、をさなごを抱《いだ》きたまへるが、仰《あお》ぐ仰ぐ瞳《ひとみ》うごきて、ほほゑみたまふと、見たる時、やさしき手のさき肩にかかりて、姉上は念じたまへり。

滝やこの堂にかかるかと、折しも雨の降りしきりつ。渦《うずま》いて寄する風の音、遠き方《かた》より呻《うな》り来て、どつと満山《まんざん》に打《うち》あたる。

本堂青光《あおびかり》して、はたたがみ堂の空をまろびゆくに、たまぎりつつ、今は姉上を頼までやは、あなやと膝《ひざ》にはひあがりて、ひしとその胸を抱《いだ》きたれば、かかるものをふりすてむとはしたまはで、あたたかき腕《かいな》はわが背《せな》にて組合《くみあ》はされたり。さるにや気も心もよわよわとなりもてゆく、ものを見る明《あきら》かに、耳の鳴るがやみて、恐しき吹降《ふきぶ》りのなかに陀羅尼《だらに》を呪《じゅ》する聖《ひじり》の声々《こえごえ》さわやかに聞きとられつ。あはれに心細くもの凄《すご》きに、身の置処《おきどころ》あらずなりぬ。からだひとつ消えよかしと両手を肩に縋《すが》りながら顔もてその胸を押しわけたれば、襟《えり》をば掻《か》きひらきたまひつつ、乳《ち》の下にわがつむり押入《おしい》れて、両袖《りょうそで》を打《うち》かさねて深くわが背《せな》を蔽《おお》ひ給《たま》へり。御仏《みほとけ》のそのをさなごを抱《いだ》きたまへるもかくこそと嬉しきに、おちゐて、心地《ここち》すがすがしく胸のうち安く平《たい》らになりぬ。やがてぞ呪《じゅ》もはてたる。雷《らい》の音も遠ざかる。わが背《せ》をしかと抱《いだ》きたまへる姉上の腕《かいな》もゆるみたれば、ソとその懐《ふところ》より顔をいだしてこはごはその顔をば見上げつ。うつくしさはそれにもかはらでなむ、いたくもやつれたまへりけり。雨風のなほはげしく外《おもて》をうかがふことだにならざる、静まるを待てば夜《よ》もすがら暴通《あれとお》しつ。家に帰るべくもあらねば姉上は通夜《つや》したまひぬ。その一夜の風雨にて、くるま山の山中、俗に九ツ谺《ここのこだま》といひたる谷、あけがたに杣《そま》のみいだしたるが、忽《たちま》ち淵《ふち》になりぬといふ。

里の者、町の人皆挙《みなこぞ》りて見にゆく。日を経《へ》てわれも姉上とともに来《きた》り見き。その日一天《いってん》うららかに空の色も水の色も青く澄みて、軟風《なんぷう》おもむろに小波《さざなみ》わたる淵の上には、塵一葉《ちりひとは》の浮べるあらで、白き鳥の翼《つばさ》広きがゆたかに藍碧《らんぺき》なる水面を横ぎりて舞へり。

すさまじき暴風雨《あらし》なりしかな。この谷もと薬研《やげん》の如き形したりきとぞ。

幾株《いくかぶ》となき松柏《まつかしわ》の根こそぎになりて谷間に吹倒《ふきだお》されしに山腹の土《つち》落ちたまりて、底をながるる谷川をせきとめたる、おのづからなる堤防をなして、凄まじき水をば湛《たた》へつ。一《ひと》たびこのところ決潰《けっかい》せむか、城《じょう》の端《はな》の町は水底《みなそこ》の都となるべしと、人々の恐れまどひて、怠《おこた》らず土を装り石を伏《ふ》せて堅き堤防を築きしが、あたかも今の関屋《せきや》少将の夫人姉上十七の時なれば、年つもりて、嫩《ふたば》なりし常磐木《ときわぎ》もハヤ丈《たけ》のびつ。草生《お》ひ、苔《こけ》むして、いにしへよりかかりけむと思ひ紛《まが》ふばかりなり。

あはれ礫《つぶて》を投ずる事なかれ、うつくしき人の夢や驚かさむと、血気なる友のいたづらを叱《しか》り留《とど》めつ。

年若く面清《おもてきよ》き海軍の少尉候補生は、薄暮暗碧《はくぼあんぺき》を湛《たた》へたる淵《ふち》に臨みて粛然《しゃくぜん》とせり。

# 春子

三島《みしま》由紀夫《ゆきお》

メリッタ　これこの薔薇でございますね
サフォー　その花はさだめしお前の唇に燃えていることだろうね
グリルパルツァー「サフォー」

## Ⅰ

佐々木《ささき》春子という名を人は憶えていはすまいか。どこかできいた名だとおもうであろう。定かにはおもい出さないが何か華やかさといたましさの入りまじったもの、閉《は》ねたあとの劇場前のどよめき、と謂《い》った印象をうけるにちがいない。そうだ、一時代前の女の名前というものはみんなそういう印象をあたえるものだ。

私はあの事件のとき九つか十だった。家の者は新聞をかくして私に読ませないようにした。だから私もとうに行方をくらました若い叔母の名前としておぼろげに記憶しているだけであったが、四五年のちある機会に事件のゆくたてを知ってから、私の少年時代にとって、春子という名はいわば象徴的な、たとえばむかし理科教室の洋書の図版で見て、いつも思い出してはわすれてしまうくせに、うるさい蛾のように記憶の上をとびまわることをやめない一つの華麗な花の名のようになった。しだいにその名は私のなかで凝結してきた。そして彫金の薔薇のように、しっかりと金属の中に彫り込まれていて、あとはただ彩色を待つだけになっていた。

しかもその名は私のあらゆる恥かしい記憶と好んでむすびつく傾きがあった。狂おしい好奇心や、色欲へのいわれのない尊敬の念とも。かくしてその名は私にとって何かしら、タブウか呪文かのようなものになった。

春子の事件というのは、その当時ありふれた駈落《かけおち》事件にすぎなかった。仁丹《じんたん》や化粧品の広告が一頁を占めていたころの新聞に、「伯爵令嬢、お抱え運転手と駆落ちす」という大見出しと、彼女の大きく引きのばされた卒業写真が載っていた筈《はず》である。その新聞を私は見たことがないが、それは当然事件より二年も前のおとなしい少女の写真なのだ。しかし写真の少女はどうしたわけか、眉を固くして不きげんな顔をしているそうである。校庭の芝生の反射をまぶしがっている表情にすぎないのかもしれない。ただ卒業写真がはからずも駈落の記事に使われたのに、妙な暗合を私は感じるだけだ。卒業式の夜、祝い酒を振舞われたお抱えの老運転手が脳溢血で死んでしまったのである。財産もないのに正月毎に書き更えていたその遺言で、彼の信頼がもっとも厚かった若い見習が主家へ推薦され、運転中に脳溢血なんか起されるより少しくらい乱暴でも若い方がいいと言うので、若者は佐々木家の運転手に昇格した。

春子は私の母の妹にあたるのだが、いわゆる異母妹であり、今の祖母——春子の母——は祖父の後妻である。祖母は粋筋《いきすじ》の出というのに、歳月と共に何もかも洗いながして美しい木目《もくめ》が浮き出たような洒落《しゃらく》な人柄だった。

春子は子供の時桃太郎のようにふとっていたので、モモちゃんとよばれた。少女になるとその肉がしまって、やせ形でありながら稔りのある輪郭の、快い量感をそなえた体になった。彼女は誰にも愛された。男の友達とも仲が好かった。それにもまして女の友達とも仲が好かった。もう誰とでも仲が好かった。彼女の前へ出ると誰でも彼女を愛さなければ済まないような気がするほどであった。彼女もまた、自分を愛さない人がいるなんて思ってもみないらしかった。

しかし女学校時代から春子は、市井《しせい》の男をふしぎにきらった。庭師とか商人とか街で見かける与太者とか労働者とか。そんな人たちばかりではない、友達が自分の若い家庭教師の自慢をしても眉をひそめた。街を友達とあるいていて、店員風の若者が自転車をよろめかせてまで振向いたりすると、春子の頬《ほほ》にはほとんど苦痛にちかい蔑《さげす》みの表情がうかんだ。いきおい彼女は同じ階級の上っすべりな貴公子面《づら》が好きなのだと思われていた。おかしなことに、その貴公子面とも一応の交際だけで、接吻さえゆるさないという噂だった。

その春子が突然運転手と駆落してしまったのである。級友たちは興奮して泣いたり笑ったりして二三日は自分が駈落したようにそわそわしていた。今は彼女の良人《おっと》である若い運転手の黒く光った帽子のひさしに青空が映り、ひさしのかげで白い歯が笑うのをよいとある級友に言われたときに、春子が唇《くちびる》のはしを心もち曲げて、気むずかしい顔をして返事もしなかったのが思いだされた。

――そんな話はどうでもよいのだが、ともかく彼女は運転手と同棲した。家族はまだ八つの運転手の末の妹だけだという話だった。こちらの一族との交際は絶えてしまったが、祖父はひそかに仕送りをつづけているということだった。

もとより私の夢みたものはそういうオペレッタじみた事件そのものではなかった。その後の彼女であり、彼女のながい謎めいた生活であった。自分の平板な生活に苦しみを感じるとき、いつも私は叔母の無軌道な、しかし女軽業師のような寂しい危険な生涯を夢みた。

「新聞種《だね》になった女」はどんな成行《なりゆき》に委《ゆだ》ねられるものであろうか。彼女はやがて忘れられる。すると自分が過去の自分から忘れ去られたような気がするのだ。なぜならあの時の自分は人々の記憶と共にうつろうてゆくが、今の自分は今なお執拗に新聞記事の記憶に追いかけられていて、自分が人前へ出ると、人は今の春子をでなく過去の春子を思いおこす。しかも今の彼女はこんなに過去の彼女を見つめているのに、過去の彼女はもう今の自分を見ようとしないのだ。

ひとたび彼女について囁《ささや》いた大ぜいの口、彼女にむかって傾けられた無数の耳、彼女の写真をむさぼり見た多くの目は、春子の生涯に何らかの暗示を投げかけずにはおかない。彼女はもはやかれらの望んだように生きるか、かれらの失望するように生きるかの他はない。彼女自身の生き方はなくなってしまった。

――しかし彼女にもう一つの他の生き方はできないだろうか。予想どおりでも意想外でもない生き方。何か別《べつ》誂《あつら》えのはげしい生き方。いわば私はそういうものを彼女に夢み、憧れたのだ。

すべては徒労であった。私の空想のうちなる春子は、もはや叔母の名の春子ではないと知りつつあった。春子がかえって来たのである。良人が戦死したので、彼の妹をつれて祖父の家へ。

昔から偏屈できこえ、電話ぎらいでいまだに頑として電話を引かせないような佐々木の祖父は、半身不随の何年かのあいだに、毎朝起きると一つずつ我儘《わがまま》を言い出す習慣がついていた。十年まえに暇をやった召使が呼びにやられたり、一九〇二年に伯林《ベルリン》で買ったマドロス・パイプが蔵から三日がかりで探し出されたり、十五年前に絶交した友達と仲直りしてヴラマンクの絵を惜しげもなく贈呈したり、あなごが喰べたいと言い出して配給店のほか何もない東京中を探しまわらせたり、まるで憑《つ》きものがしているようであった。ある朝、春子を呼び戻せ、と御託宣《ごたくせん》が下った。私の家を除いて多くの親戚は反対したが、祖父は昔から親戚が反対すると嬉しがって手がつけられなくなるのである。どこから聞き伝えたのか九州の大伯父から、「ハルコノケンゼッタイハンタイ」という電報が来たので、祖父は喜んで枕の下にはさんで、来る人ごとにそれを見せた。すっかりニコニコして、こんな時だけ好々爺《こうこうや》らしくみえるからおかしい、と祖母は笑っていた。

昭和十九年の夏のはじめに私たちは春子に会うために、大阪《おおさか》に定住している父を除いて母と私と弟とで佐々木家を訪れた。祖父は戦争がはじまって間もなく住居を郊外に移したのであった。――その前の晩、私はほとんど眠れなかった。ふしぎと空想をえがくのに馴れた春子の面影はうかんで来ず、曽祖父の寵愛《ちょうあい》する腰元の体じゅうにお灸をすえて半殺しにしたという残酷な曾祖母についての噂話や、震災で焼けた昔の佐々木家にあったというお仕置石という怪談などばかりが思いだされた。不義をした若侍がお仕置をうけてその血しぶきが庭石にかかって以来、夜毎にすすり泣いたというあやしい大石。……

門の前に春子は立っていた。革手袋をはめた右手で独逸《ドイツ》産の名犬の直仔《じかご》だというシャルク号というシェパードの鎖をもって。――幅びろのグレイの女ズボンに、派手なチェックのジャケットを着、木か何かを白く塗った玉をつらねたわざと粗い感じの首飾をかけていた。シェパードの黒い毛並がジャケットの派手なスコッチ縞と粋な対照を見せていた。そして彼女は卅《さんじゅう》にしては十分若かった。そしてそれだけだった。

「あら、おいであそばせ」――春子は私の母に言った。二人とも無感動だった。

「息子を紹介しようと思って来たのよ」

「ほんとに大きくなったこと。宏《ひろ》ちゃんはもう学習院御卒業？」

私は失望をかくすために、はにかんでいるようにみせかけた。

「いいえ、さ来年」

「この方《かた》わたしを他人のように見てるわ。そんな目をすると後で思い知らせてやるから。……じゃ、お姉さま中で待っていらしてね。一寸《ちょっと》この駄犬を散歩させて来ますから」

シャルク号が急に歩きだした。引かれた鎖に革手袋がきしんだ。私はなぜだか、ふと自分の心臓がきしむような気がした。春子はあッともあらとも言わないでそのまま犬に引かれて歩き出し、道の角でふりむいて笑ってみせた。親しげな笑い方というのではなかった。乾いた美しさで、光沢のないような無気力な笑い方だった。

「なぜ十年ぶりに会った僕や晃《あき》ちゃんにあんなに無関心なんでしょう」

「いくら妹だって女は化物だ」――私の問にはこたえずに、母はそんなはしたないことを口のなかで言いながら門をくぐった。


すべては失望であった。

家庭的な一事件を戦争のどさくさの中にうまく納め込んでしまおうとする祖母や母の、わざと何事もなげな顔付はそれでよかった。しかし私の考える春子はそうあってはならなかった。彼女は「事件」でなければならなかった。（私もまたしらずしらずあの新聞の読者の見方をまなんでいたのでもあろうか）。彼女は凶事であり凶変であり、私をおびやかししかも私を魅するような新らしい生き方でなければならなかった。春子が死んだ良人のことを口に出したこともないという噂も、私を失望させたものの一つだった。周囲の無感動なふりに巻きこまれて、無感動の勝負なら負けないぞと云うかのような叔母の身の処し方は、私が夢みた傷つきやすい生き方から程遠かった。

母は春子を家へ招きたがらず、それから夏の間、私は友達と旅行に出かけたりして、春子とは大した交渉がなくてすぎた。

実を言うと春子への失望とうらはらに夏のあいだ私が考えつづけていたのは、春子にはじめて会った日に識り合った路子《みちこ》という義理の妹の上なのであった。徴用のがれのために春子のたのみで私の父の会社に籍だけ入れてやった彼女だったが、運転手の妹だからというわけでもあるまいが、母は女中に対するように少女を扱った。私がそれを見ていて覚えた母へのはげしい憎しみを、私はおやと思った。

小ざっぱりとした装《なり》をしていたが、どこか野暮《やぼ》ったいところのあるのが却《かえ》って初々しかった。静かな眉をしていた。笑い声は静かな賑《にぎ》わいを帯びていた。彼女は別棟に住んでいる子供のない家職の夫妻のもとに預けられ、ゆくゆくは養女になるような噂だった。

なぜかしら私には忘れられなかった。稚《おさ》なげな顔立のわりに成熟している体を私は見抜いた。言葉つきにも態度にもどこか舌足らずの歯がゆい感じがあって、いったいに無口だったが、この歯がゆさが却って挑発的だと思われた。

識り合ったと言っても祖父の家に行くたびに会えるわけではなく、無口だし、二人きりで話す折もないままに夏がおわりかけた。

ある夜彼女が病気だという考えが私の目をさまさせた。夢なのか起きて考えていたのかよくわからなかった。私は莫迦《ばか》莫迦しいことだと思い、あくる日祖父の家へ行ってみることもしなかった。ところが、その日悪夢をたしかめに行かなかったということがいろんな蹉跌《さてつ》の形で私にあらわれてきた。茶碗を落して割り、山手線《やまのて》に乗るのをまちがえて京浜線《けいひん》に乗り、友達の家へ忘れ物をし、蟇口《がまぐち》を落し、鉛筆を削っても削っても芯がポキポキ折れた。とうとう我を折って路子を訪ねてみると、彼女は私のひそかな心労もしらぬげにせっせと働いていて他人行儀なお辞儀をしただけだった。私は怒った顔をしてせい一ぱい幸福に家へかえってきた。そしてふと鏡を見て、明かに誰かを恋している人間の莫迦面を見出だした。


やがて学校工場の勤労作業をぬけられぬ私をおいて、秋早々、臆病な母は弟と一緒にY県の山奥の知人の家へ疎開することになった。大層な疎開の荷物も共に向うへ引移る一週間前、母は弟と泊りがけで下検分に旅立った。

## Ⅱ

……夏は終った。しかし日ざしは夏の穏やかな幾日かよりももっとはげしかった。それと気づかぬあいだに、燕《つばめ》のめくるめくような飛翔は目にうつる折がすくなくなった。

私は学校の帰途、省線電車を待っているプラット・フォームから、今年の名残《なごり》に相違ない二羽の燕を見た。線路をへだて道をへだてた石屋の軒に、その燕は巣を営んでいるらしかった。二羽はときどき活発にすれちがいながら、サーカスのように危険で明快な道行《みちゆき》をえがいてみせた。ぱっちりと翼をひらいたりとざしたりしてかけまわっているかれらは、空にも地にも頓着しないようであった。燕の単純で明るい魂が私の胸にまでそのままくっきりと影をおとして来そうな気がした。

私は十九だ。彼女はまだ十八ではないか。年のことを考えると私は誰かに悪事を見られたようにきまりがわるくて顔をあからめるのが常だった。こんなみっともない年齢をぶらさげて歩くのが、まるで箒《ほうき》をお尻に結えつけられて街を歩かされているようでやりきれなかった。私が何を待っているのか、私自身かなりはっきりと気付いてもいた。しかしそれを私自身に与える手引の役をつとめるのがやはり同い年の私では自信がなかった。私は自分の尻尾を追っかける猫のように堂々めぐりばかりしていた。しかし燕がなにか軽快な教訓を与えてくれたらしかった。私はもし私に睫毛《まつげ》のながい少女の眼が賦《あ》与《た》えられていたとしたらそれでもう一度燕の行方を見戍《みまも》りたいと念《ねが》った。燕は私には教訓の半分だけをちらつかせてくれたにすぎないのであった。

家にはめずらしい来客があった。たまたま今日家中の留守に来て帰りを待っている叔母の春子だった。――しかし叔母の姿は婢《はしため》がいると言った場所にはみえなかった。外光の反射に明るむ縁先の籐椅《とうい》子《す》には、繊《こま》かな影を帯びたやりかけの青い編物が放り出されていた。

明日にもはこび出される疎開の荷物で、部屋という部屋はごったがえしていた。その荷物の暗い堆積のむこうに離れの明るい出窓が見える。ききなれぬ女の笑い声がそこから響いてきた。心なしか男の声もまじってひびいた。

私はおもわず離れに通ずる畳廊下を行きかけたが、煙草を片手に出窓によりかかっている幅びろのズボンをはいた女が鋭くこちらをふりむいたので立止ってしまった。戸外の緑の反映があるにしても、その青がべったりとなすりつけたようにみえるほど、輝くように塗り立てた鮮麗な女の顔である。それを叔母の春子だと気がつくまえに、私の連想はなぜか咄嗟《とっさ》に、きょう作業休みに友だちが言った、「船員の奥さんって必ず厚化粧をしているものだってね」という異様な言葉へ走って行った。その言葉をきいたとき、私は魚油《ぎょゆ》のようになまぐさい淫らな想像をうかべたのであった。――私はうろたえて今はじめて見るかのように春子の顔を目を細めてまじまじとながめた。そうして自分をおちつかせた。

「あら、おかえりなさい」と春子はいつもの上の空で言っているような言い方をした。

私はこの厚化粧の女をけっして春子だとおもうまい、ただの「叔母」として見ようと決心した。そうすれば私の子供っぽさを見破られるおそれもない。なぜなら「叔母さん」という人種は、文句なしに、いつも年相応に見てくれるものだからである。

母や弟が疎開先へ下検分に行っていて今日の夕刻には大丈夫かえるだろうと私がくどくど述べ立てていると、叔母は出窓に腰を下ろして、ずいぶん大きな防空壕ね、と別なことを言った。

「ああ、人の入る奴は別にあるんですよ。あれはいざと言うとき荷物をほうりこむ奴なんですって。あんなもの効果があるのかしら」

明るい外光のなかから私をみとめて会釈したのは父の会社の東京《とうきょう》支社の二人の給仕だった。離れに面した茶庭風の荒れた小庭を崩して、方形の大ざっぱな壕をつくる仕事なのだが、なまけ癖のついている給仕たちは飛石を一つ動かしては一時間休み雨がぱらついて来たと云ってはかえってしまうのだった。

私が前から好かないのは、ランニング・シャツ一枚で殊勝気にはたらいている十九のくせにいやに世故に長《た》けた背の高いほうの給仕であった。彼が婢に私のことを初心《うぶ》だと蔭口をきいたとわかってから、私はしつこく彼を憎んだ。私の年ごろで初心だと言われるくらいおそろしい侮辱はないからである。だからその男が出窓の櫺子《れんじ》へ近づいて来て、私には目もくれずに、「奥さん、五十センチ掘ったからもう一本ください」と馴れ馴れしく呼びかけるのをきくと、私は息がつまりそうな気持になった。しかし私をもっとおどろかしたのは叔母の仕打で、春子は出窓に膝をついて櫺子に片手でつかまりながら、

「よくって?　上げるけど今度は吸いかけで我慢するのよ。前とおんなじに、口で受けるんだよ」

「あ奥さんひどいや、火のついたままだなんて……」

給仕はそう言いつつ、なにか奇体な情欲で肉づきのよいくびれた胴をふるわせはじめ、降ってくる火のついた煙草を待って、犬のように一心不乱な表情になった。私は瞬間、なにかまばゆいものを見たとおもった。そう思いながらふしぎな厭《いと》わしさで目をそむけたが、「さあ、いい?　よくって」とあたり憚《はばか》らぬ春子の、くちなしの匂いを思わせるねっとりと練り上げた声からは、耳をふさいだってのがれられるものではなかった。

——私が自分の部屋へ逃げてゆき、卅分ほど考え込んでまた下りて来たときは、春子は前にそうしていたであろうように、縁先の籐椅子で気がなさそうに編物をいじくっていた。私が卅分間考え込んだことというのは、いわば又叔母に会いに階下へ下りてゆくための、自分自身への口実をみつけ出す

思案にすぎなかった。私の年頃は一体にそうなのだが、しじゅう自省に追っかけられているようでいて、その実自分をみつめるのが女の顔をみつめるぐらい生理的に怖いのである。自分のなかに「自省している自分」の後姿をみつけ出すと、ようやく安心して悩みはじめるという寸法だ。それはともかく徐々に私をしめつけてくるものはある快い苦痛であった。叔母のいかにも気のなさそうな身振口振の奥に、ふたたび私は何かを探しあぐねているのであった。それがふと探しあてられたような気がする。するとそれは、たとえば今しがた見た情景が私からさそい出す或る種の醜い共感のようなものになっているのだ。そうだ、もしかしたらあの事件の当時春子の級友たちの興奮の原因がそれであったように、私もまた春子の名において、ある「生粋の野卑《やひ》」と謂《い》ったもの、日ざかりの野を走る獣《けだもの》の、熱い舌のあえぎのような、ある未知の熱情を夢みていたのかもしれないのだ。

この考えがふと私に、自分の年齢を見すかされた時にも似て、持ち前の咎《とが》め立《だ》てするような目つきで叔母をぬすみ見させた。それと同時に、「そんな目つきをすると思い知らせてやる」と言ったあの時の春子の言葉がへんになまなましく思い出された。

「戦争がこの秋にすむという話がありますよ。小磯《こいそ》は和平内閣だなんて言っている友達もあるんです。降参でも何でも早くしちまった方がいいや」

「そう、あなた戦争おきらい?」

私は叔母が戦死した良人のことを今言い出すなと思った。自分の目がかがやき出すのを私は感じた。

しかしこんな空想的な期待に自分から気後れがして、私はなぜか春子が良人のことを言い出すのが怖くなって、少しどきどきしながらこんな風に急いで答えた。
「ええ、僕たちはもうみんなやけですからね」その実私はやけになっているわけでも何でもなかった。ただ春子の前へ出ると、なにか自分の堕落を見つけ出してそれを誇りたいという甘い衝動にかられるのだった。

こうして話していて私は一度も路子のことを叔母に訊かなかった。訊くことをいさぎよしとしなかった。どうしてだか叔母も一度も路子のことに触れなかった。
路子の名前一つ口に出して言えないのは恋の証拠だと私の中の別な私が私をからかった。しかし私は下手な詩をやっつけられるのが怖さに人に示さない少年のように、路子自身によりもむしろその他の凡《すべ》ての他人に自分の恋を知られるのが怖いのであった。この虚栄心が、路子の名前一つ言っただけで感付かれるかもしれないという迷信をあおるのであった。故《ことさ》らに路子のことに触れないのが却《かえ》って怪しまれる原因《もと》になるとは知らずに。

庭が暮れだした。母や弟はまだ帰らなかった。婢がお風呂が立ったとしらせて来た。春子がすすめられて先に入りに行った。

すると突然私は湯殿の方角が気になりだしてどうしていいかわからなくなった。湯気がしとどな露を結んでいる硝子戸《ガラス》の湿った重みまでがしきりに思われた。簀子《すのこ》はまだ乾いている。女の蹠《あしうら》は檜《ひのき》のなめらかな足ざわりから今日の秋を感じるであろう。湯殿の暗い灯の下に、女のからだは、まるで悲哀や物思いに満ちているかのように、影に満ちて立っている。湯槽《ゆぶね》の蓋《ふた》をあける音と、最初の湯を流す音がひびきわたる。ひざまずいて肩から湯を浴びたので、暗いかがやきがひっきりなしに彼女の肩や乳房のあいだからしたたりおち、いちばん影の濃いところへとなだれおちる。……

耳もとの蚊のうなりが私を我にかえらせた。坐っている籐椅子の肘掛《ひじか》けに、なにかぶるぶる震えている気配がする。見ると白い羽根に緑と朱の斑点がある巨《おお》きな蛾がとまっていた。くさった花のような病的な匂いがするような気がした。追い払おうとして叔母がおいて行った銀いろのピカピカ光った編棒へ手をのばすや否や、蛾はあわてふためいて私の顔にぶつかりながら飛び去った。私の手の中には銀いろの鋭い編棒が残された。

私は美しい女が編物をしているのを見、巧みにあやつられている美しい編物を見ると、いつも妙な感じを味わうのだった。なんだか間接にもやもやした念入りな愛撫をうけているような気がするのだった。

私の掌は編棒の冷たさを快く暗記した。そして今しがたそのやさしい兇器を手にとったのは、それで蛾の胴体をするりと刺してやろうとおもう隠された企図であったことに気づいた。

「まだお母さまがおかえりにならないの？」

廊下の角をまがって来ながら私によびかける、叔母の湯上りらしい潤いのある声がした。私はあわてて編棒を卓に置いて、ふりむいた。婢が揃えたままに着たのであろう、春子は母の浴衣《ゆかた》を着ていた。それを見たとたんに私はぞっとした。もう浴衣の季節ではない筈なのに、寝間着のつもりなら今夜は泊ることにしたのだろうが、ぞっとしたのは勿論そんな思惑からではなかった。ただ単に、母の浴衣を着ているということが、私の怖気《おぞけ》をふるわせたのだった。いわば道徳的な嘔気《はきけ》ともいうべきもの、子供が夢のなかで感じるようなあの途方もない生真面目な苦痛であった。

それと知らない春子は、花時《はなどき》の樹が午後の日ざしに蒸れて放つような湯上りの匂いであたりをいっぱいにして、前の椅子に腰を下ろすと、蚊いぶしの火口《ほくち》から煙草に火をうつしはじめたが、目のなかにゆらめくちいさな火影が長い睫毛の美しさをみせた。私は目《ま》ばたきもせずにそれを見つめた。——周囲を包んでいる深い闇が、すこしずつ今しがたまでのあの甘い幸福感をよみがえらした。そして突然、笑い出したいような急激な安堵が落ちて来た。

その安堵というのも、おかしなことに、数十秒まえにあんなにもはげしい苦痛をもたらした同じ浴衣のおかげなのであった。今度は浴衣が私の心の惑乱を救って、もう大丈夫、どんなことをしたって自分の感情が道をあやまる心配はないと思わせた。先程の苦痛が浴衣をとおして心のいちばん平常なゆるぎのない部分をめざめさせてくれたのだとすれば、それは今汽車に揺られているかもしれない母の無言の加護ではなかったろうか。

灯火管制の暗幕を下ろした食堂で二人きりで夜の食事をとるあいだも、食後の時間も、ふたたび私はこだわらない無邪気な気持で春子に対していられた。十時をすぎたというのに母と弟は帰らなかった。叔母は階下《した》の客間で寝《やす》んだ。

二階の自分の部屋へ上って来て、ベッドに張られた白い蚊帳《かや》をかかげて入ると、私はすぐには横にならずに、いつものくせでベッドに腰かけて蚊帳を透かして暗い室内をつまらなそうにしばらく眺めていた。丁度屋根の真上あたりで哨戒機《しょうかいき》の爆音がひびいている。そこらあたりがいかにも月の明るい空だという気がする。私は口の裂けそうな欠伸《あくび》に襲われた。

一日がはっきり完結せずに何かあり気なまま終りに近づくとき屡々《しばしば》私たちがわれからその中へ身を投げるあの動物めいたぬくぬくとした無気力のおかげで、その夜の私の眠りは深く、軽くまわすノッブの音くらいでさめる眠りではない筈だった。それにもかかわらず私は目をさました。まるで待っていたかのように。——月はすでに沈んでおり、部屋の中は大そう暗かった。

「誰?」——私は声をかけた。

返事はなかった。

枕許《まくらもと》の管制用電球をつけたスタンドを灯してみても、おぼろに白いものが扉口に見えるだけだった。

「誰？　お母さま？　どうしたの」

それは近づいたので、はっきり母の浴衣がみえた。

「お母様でしょう……、どうしたの」

思わぬ近くで笑いをこらえる咽《のど》の鳴りがきこえたかと思うと、蚊帳が強く引かれて、もうベッドとすれすれに蚊帳の内部に誰かが立っていた。私は辛うじてスタンドの明りをかかげた。すると船員の妻のあの輝くように塗り立てた顔があらわれた。

「臆病ね、お母さまお母さまなんて、宏ちゃんは幾つなの」

私はわかったと思った。わかったと思いながら一瞬他人事《ひとごと》のようにぼんやりしていた。すると突然体をつきぬけるような甘い戦慄が走った。

春子はもう半分ベッドに乗りかかっていた。ベッドの饐《す》えるような匂いと入りまじってなにか白粉《おしろい》を塗りたくった家畜の立てるような匂いがしてきた。じっとうかがうように薄明りのなかにうかんでいる唇《くちびる》からは、かすかにきらめく歯が洩れてみえた。一つ一つの歯のうっとりとしたあらわな表情が漂っていた。

私は又もや背筋をつたわってくる戦慄と動悸のためにほとんどスタンドを支えていることができなかった。おまけにスタンドを支えた手の小指だけが、ぴくぴくと地虫のようにふるえ出して、他の指にぶつかって音を立てはしまいかと思われた。

しかし私のそんな興奮も、叔母が着ている母の浴衣を見ると、同じ強さの嫌悪に代った。それがまた耐えられないような猛烈な嫌悪だった。――すると又あやしい興奮がかえって来た。――また嫌悪が胸をしめつけた。

ほとんど息を切らして、私は心弱りさえして来ていた。かすれた声でようやくそれを言ったのはおぼえていても、そう言うまでにどれだけ時間がたったかおぼえている由もない。

「いけない。お母様の浴衣じゃいけない。その浴衣じゃいけない……」

「ぬげばいいんでしょ、ね、ぬげばいいんでしょ」

と言いきかせる調子で、ふしぎに質実な声がこたえた。女の智恵の好もしさが潤うわすれがたい声であった。少しもみだりがわしさのない声だった。

言ったかと思うと（いつ帯は解かれていたのか）、体をゆすぶるようにして、春子がその円みを帯びた肩から母の浴衣をずりおとすのが見られた。

## Ⅲ

あくる朝、登校の道すがら見た街の印象を私は思い出す。それは何か空しい晴れがましさの印象であり、孤独の印象であった。街路樹は朝の日にかがやいていた。木立や建物の影の秋らしい清潔さは、強制疎開で半ば壊されたぶざまな家屋の影にさえ見られた。朝っぱらから防空演習をやっている駅のちかくで、笑いさざめいて、ゆたかな澄んだ水をこぼしながらバケツ送りをしている女たち。ラジオ屋の声高な朝のラジオ。――官能の翳《かげ》はどこにもなかった。小学校の教科書のように平明でのびやかな景色だった。そういえば子供のころは、よくこんな底抜けの明るいさわやかな頭で目をさましたものだった。学校へゆく道の印象は、毎朝まるでよく片づけられた明るい小部屋のような小学生の頭に、濁りなく映ったものだった。公園の樹々がやさしく風に枝葉を鳴らしていた。そして私は空気銃の店のきれいに磨かれた飾窓の前でいつも立止らずにはいられなかった。……

――冗《くど》くもいうように、それは孤独の印象であった。つまりまた、感謝をうける人のしたりげな謙遜の微笑なしに、気兼ねなく感謝することのできるのびやかさであった。感謝は、あくまで私自身へのそれであり、叔母へのそれではなかった。

こうは言っても、母たちが疎開した数日後ふたたび春子が訪れて泊って行った夜は、最初の夜よりも、もっと艶冶《えんや》だった。

しかし「路ちゃん」と遠くから呼ぶ声で私はよびさまされた。その声の暗示が私に、私自身を路子だと感じさせた。しかもそれが良人の名を――今は亡い恋しい人を呼ぶのではなくて、路子の名を呼んでいるということが、私におこさせた或る後ろめたい感情は何と説明したらよいのか。ともあれその気ぜわしい呼びかけに、路子である私は涙ぐましい思いで答えようとするのだった。それは何か寂しい夜の野を駈けぬけて来たような呼び声であった。古い本地物《ほんじもの》のお伽草子《とぎぞうし》に幽界から愛人の呼ぶ声をたびたび耳にする物語があったように思われた。なにかそんな風の動物めいた生の哀憐をさそう響があった。私は「げッ」という水鳥のような嗚咽《おえつ》が胸の奥からほとばしり出るのを感じた。それから又、路子の静かな賑わいを帯びた笑いが、幻のように私の口もとにただようのが感じられた。

私はまだ目をさましていなかったのだなと思った。それでもなお私がたしかに路子でないとは信じられなかった。しかし、路子である私がなぜそんなにまであの悲しい呼び声にこたえたがるのかもうわからなかった。――私は明りをかざした。

「路ちゃん、ああ、路ちゃん」

すすり泣くような声は叔母なのであった。明りは、見てはならないと思われるようなものを照らし出した。それは快楽にとって必要不可欠な『罪』という感じ、快楽のために決して見てはならぬものとして蔵《しま》ってあるものが露《あら》わになった感じの、春子の顔であった。歯をゆがめてくいしばり、女仏のような半眼になり、額にはめりめりと音のしそうな静脈が盛り上ってみえた。目のふちから涙が糸を引いて髪を濡《ぬ》らしていた。

「どうしたの」――それ以上見ていられなくなってゆすりおこすと、醜いものが流れおちたように美しい寝覚めの顔が強いて頬笑んでみせた。

「うなされたのよ。怖い夢を見たの」

それはもう、誰しも夢のことを話すときになるような、寂しい声の調子にすぎなかった――私は路子の名をよんだ彼女の寝言について何も言わなかった。しかし嫉妬しようとすれば路子になった私自身を嫉妬する他はないような、さりとて嫉妬しまいと思えば自分が路子を愛して春子をもはや愛していないと思われてくるような、ふしぎに錯雑した気持を味わった。


ゆうべの寝言がしばらく忘れていた路子のことを思い出させた。日曜だったので私は春子とゆっくり朝食を摂《と》った。ちょうど春子のほうへ朝陽があたっていた。私はその顔から、人目につかぬほどかすかな額のしわ、目尻のしわ、口もとのしわ、頸筋《くびすじ》のしわなどをしつこく探し出そうとしている自分を見出だした。自分が何か大へん大人びた残酷な目つきをしているということに快感があった。しわはどうしても目に映って来なかった。兇暴な怒りがわいて来た。一つでもしわが見つかったら私は春子を恕《ゆる》すだろうに、と思われた。何を恕すとも思いつかずに。

「どうしてそんなにわたくしの顔を見るの」と春子は蝿でも追い払うような手つきをした。

「ふふ、何でもないのさ」――私はこんな自嘲めいた薄笑いをうかべている自分がまだ十九なのだと考えた。すると自堕落なよろこびがむらむらとこみ上げた。

三度目の逢瀬《おうせ》はもうだめだった。「これではない、この体ではない」と私は娘の寝床に入るつもりをまちがえて母親の寝床へ入ったあのデカメロンの青年のように戸惑いした。いつも後《あと》に来るべき動物的な悲しみが先に来た。きっと私は慈善家のように蒼《あお》ざめた悲しげな顔をしていたにちがいない。

何かを予感したのであろう、春子は下品な調子で私をからかった。私はかっとして、この間の寝言のことを思わず言ってやるところだった。いつも約束する次の機会も私ははっきり告げずに帰した。一人で門を出てゆく叔母のうしろ姿をしみじみと見た。前庭には白湯《さゆ》のような秋の日が潤うていた。春子を愛していないのではない。ふたたび私はあの「春子」を愛しはじめたのではなかろうか。こうして私の門から追いやるようにして、あの女軽業師のような寂しい危険な生涯へと彼女を解き放ってやろうとしているのであろうか。――それとも、快楽が人に教えるあの船乗りのような眼差《まなざし》を得て、私は快楽という港に碇泊したことがわかるとすぐ、それからのがれ出たい誘惑でわくわくしはじめるのであったろうか。

――おのずと春子は頼む側になり、私は命令する側に立った。頼まれることよりも、命令することが私にとってどんなに耐えがたいことであるかが、春子にわからないのが歯がゆかった。十も年上の女に命令する立場に立つことが私にとってけっして誇りでも喜びでもなく、むしろ命令することによって私自身が侮辱されたような気持になっているのが、春子にはどうしてもわからないらしかった。

「ではどうすればいいの」――はじめて会ったときの彼女のように彼女は無気力な蔑《さげす》むような笑い方

をした。今ではそれが彼女のいちばん美しい表情に見えた。

路子に会わせてくれれば、と私は言った。

「会わせてあげるわ。何でもないわ」――春子の応じ方もあまりに虚心で、まるで予想していたことに応ずるような落ちつきがあった。「あさってあの人のお友だちの結婚祝の買物について行ってやる約束なのよ。その時一緒にいらしたらいいわ」

いわばそれは男の最初の夜を奪って行った女にだけゆるされるたぐいのやさしさであった。言いかえれば、どんな敵意や憎しみの代用をもつとめるやさしさであった。


その日は朝から初夏にでもありそうな明るい雨が降っていた。女の傘の軽い絹のときめきが思われるような朝だった。

美しい女と二人きりで歩いている男は頼もしげにみえるのだが、女二人にはさまれて歩いている男は道化じみる。むしろ二人が私の姉妹に見えることをのぞんだ私は、わざと制服制帽で出かけた。ゲートルを穿《は》かないでそとをあるくのがその頃の私のひそかな誇りであった。

S駅で待っていると間もなく郊外電車の乗場のほうから明るい杏子《あんず》いろの傘が近づいて来た。相合傘と言っても、(向うは片隅にいる私にまだ気づかぬらしく)、大した雨でもないのにほとんど頰も触れんばかりにくっつき合っているのだった。髪の毛がどちらの髪の毛だかわからないくらいだった。

嫉妬どころか、そんな情景はむしろ私が路子とのはじめてのあいびきを待っている身であることも忘れるまでに私を魅した。それは何か端的に快楽の印象に近かった。

そんなにくっついていながらやはり一つの傘では無理なので、近づくにつれて私は瑠璃色《るりいろ》の柄《え》を持っている春子の手が白くつややかに雨に濡れて、なにか冷たい媚《なま》めかしさを漂わせているのを見た。傘の下で、傘の明るい杏子いろに照らされて、二人の美しい女の顔があふれるようにひしめきあっているさまは、まるで豊かな果物籠のような感じであった。

私に気づくと二人は微笑をうかべた。二つの微笑の相似に私は愕《おど》かされた。しかし挨拶するとき内気な少女なら頬を染めるべきところを、いったいに貧血質の路子の頬には血の気がのぼらないのが、二つの微笑を見わける目じるしであろうか。今日の春子は船員の妻めく厚化粧もしていないのに、見ちがえるように若々しく美しかったが、路子は路子で冬薔薇ほどに目立たぬ化粧をしていて、それが貧血質のやや脆《もろ》い美を十分豊かに見せてはいた。しかしやはり春子の傍らにおくと、その美しさは春子の美におもねっていないでもない類《たぐ》いの美だった。

恋の証拠であるあの急《せ》かれるような寂しさで私は路子と並んで市内電車の座席に腰かけていた。指のあいだから砂のおちてゆくようなもどかしさだ。すると少女がのんびりと歯がゆい口調で話し出した。やはりその歯がゆい感じはなつかしかった。

「あの、お友達というのは、茅ヶ崎《ちがさき》に疎開していらっしゃるお金持のお嬢さんなんですの。その方、気がへんなくらい陽気な方なんですの。許婚《いいなずけ》が朝早く訪ねていらしたら、パジャマのまま一緒に浜へとび出して角力《すもう》をおとりになったんですって。そんなところがとても許婚に気に入られていらっしゃるんですって。もう一週間ほどで式をおあげになるの」

私は彼女の結婚式や許婚などというものに対するごくあたり前の少女らしい関心をよろこんだ。しかしどう考えても私への面当《つらあて》としかおもえないさっきの相合傘が気になったので、かえりは私の傘の方が大きいからこれに入らないかとたずねると、まあどこかへかえるんですのと少女は問いかえした。「僕のところへまだ遊びに来ないじゃありませんか。かえりにぜひいらしゃいよ」「お姉さまと一緒なら行きますわ」――それは決して切口上ではなく、当然のことを当然のこととしていう調子だった。――銀座《ぎんざ》へ下りてこの雨の日に物めずらしそうに買物をして歩いているのは、私たちのほかには、まず田舎《いなか》者らしい赤い頬をした兵隊さんたちぐらいのものだった。兵隊さんは相合傘の姉妹を、初年兵をいじめる時のような好色的な眼付でじろじろと見てとおった。

建物疎開が捗《はかど》りかけていた昭和十九年秋の銀座通りは、場所ふさげのつもりで飾窓にならべ出した豪華な花瓶にいつしか街全体が占領されて、ふしぎな非情の雰囲気をただよわせはじめていたのである。空襲を前にしたその空しい最後の豪奢は、高名な時計店や七宝店や古物商や陶器会社の出店や百貨店の売場などによってくりひろげられ、店という店の磨き立てた硝子棚のなかに、どのみち売れるあてのない巨大な花瓶が燦然《さんぜん》とかがやいていた。爆弾でも落ちたら一トたまりもない、こんな壊れやすい持ちはこびに不便な、こんな徒《いたず》らに華麗なものが、しかもこわれやすい硝子ケースや飾窓の奥に納まりかえっているありさまは、どうやら人間わざでない妖しい風情をかもしていた。どっしりしたはかなさ、ふてぶてしく華麗な虚無、わけても巨きい豪華な花瓶をめぐってそんな雰囲気が揺曳《ようえい》している。

雨が上って向うのビルディングの伊達《だて》な爆風よけの紙テープを貼りつめた窓がかがやきだした。私は二人の女が花瓶のむこうに立ったり、横をとおりすぎたり、花瓶を見上げたり、花瓶の方へうつむいたりしている姿に見飽かなかった。それもまた、なにか直截《ちょくせつ》な快楽の印象に近かったのだ。一人ではいけない。二人の女がよりそうて歩いていなければならなかった。少女の着ている空いろのジャケットや叔母の着ているくすんだ海老茶《えびちゃ》のジャケットが、硝子をとおして白く澄んだ陶器のおもてに映った。若い美しい女が二人寄るとなんとはなしに漂わすあのあからさまな無恥な甘さに、人もなげなというより神もおそれぬ過剰な優しさに、白磁の花瓶が魅せられてしまったようだ。

「丁度いいのが却々《なかなか》ないのね。もう少しあてずっぽうに歩いてみましょう」春子の言葉で私はよびさまされた。きょうは何をしに来たのだ。銀座へ下りてから私はまだ一ト言も路子に話しかけていないではないか。私は路子を見、彼女に近づき、彼女と話すのをあんなに待ちこがれていたのではなかったか。――夢の中の夢からよびさまされたあとで本当の夢からさめるように、姉妹が裏通りでうすいトキ色の何ともいえぬ少女趣味の花瓶を二つ買ったのを見たとき、私はもう一度よびさまされた。

「何だって同じものを二つ買うんです」

「でも対にするものよ」と春子がこたえた。

家へさそえばどうせあの坂道は私が荷物をもってやることになる。それならいっそ、私は豪華な手に負えないような重い花瓶を買ってくれることを空想していたのだ。私には路子から持たされる荷物が、少しでも豪華で少しでも重たい方がよかったのだ。

店を出ると又ぱらつきだした。雲の晴間が扇のようにとざされて行った。

二人は私の家へ遊びに来ることに同意した。花瓶を見てまわるうちに私の心境は変化して、（あるいはそれが春子の術策だったかもしれないのだが）、もはや春子なしに路子を見ることができないようになっているのだった。――しかし駅を下りると春子の女傘では女二人がびしょぬれになってしまうほどふりこめていたために、私はまんまと私の男傘に路子を入れてやることができたが、雨に難儀な家の前の急坂で、辷《すべ》り下りて来た自転車を避けた拍子に路子がつまずいてころんだ時、左手に花瓶の包み、右手に傘をもった私は、咄嗟《とっさ》に彼女を助けおこすことができかねた。いやむしろ、ふわっと坐ったような様子だったので、自転車が走りすぎたあとでは、一瞬何のことやらわからなかったが、そのまま立上って膝を押えて水鳥のようにうなだれて立っているのを見ると、おどろいた私は後から来る叔母を呼んだ。

――それからどんな風にして彼女を湯殿へつれて行ったか私にははっきりした記憶がない。ただ憶えているのはたのしい多忙な感情であり、なにか荒々しい歓びであった。

私は左手にかかえた荷物を咄嗟に叔母の手へ託《かず》けたであろう。それからわけもなく先きを越されまいという苛立《いらだ》たしさで、路子が跛《びっこ》を引くのにもかまわず、その腕をとって家の方へぐんぐん歩いた。彼女の泥だらけの下半身に目をやると、たしか、私を生き生きとさせた或る種の感情があったようだ。家へ着くなり追いすがった春子を、こんなことを言いながら応接間へとじこめてしまったのであろう。

「ここで待ってて下さい。薬も繃帯《ほうたい》も僕がよく知ってますから」

路子は湯殿の簀子に立っておどおどしていた。喧嘩をして泥だらけになって来た子供をそのままだった。私が薬や繃帯をとってかえって来るまで何もせずにそうしていたのだ。

「傷はどこなの？　早く洗わないと黴菌《ばいきん》が入ってしまうじゃないか」

すると路子は黙りこくったまま、なにか眠たくてたまらない動作で、顔も赤らめずにスカートをまくりあげた。男の穿《は》くような毛の半靴下を膝の下まではいているのが泥だらけになって、膝のあたりの泥のなかにかすり傷があるらしいのだが、そのためにまっ白な腿がまるで夢のような白さにみえた。水道の蛇口の下へ膝をあてがうと、きれいな水がはげしくぶつかって、見る見る薔薇いろの引きしまった膝がしらがあらわれた。そこはさもなくて、すぐ横のやわらかな皮膚にかなり大きなかすり傷が、水に洗われてはっきりして来た。水がぶつかっている間はかすかなういういしい桃いろをしていたのが、水の方向がわきへ外《そ》れると、目のさめるように美しい血がいちめんにしっとりと滲《にじ》み出た。

「きれいだ、――血が出てくる」

私は新鮮な感動で胸がふるえた。薬も繃帯もそこへほうり出してしまいたかった。春子を相手のあのもやもやした幾週間の澱《よど》んだ気分が、なにか新鮮なものでぴしりと叩かれて立直った気がする。その血の色から私は私の見失っていたものをふたたび見出だしたのだと考えた。

## Ⅳ

祖父の家では大声一つ立てられないというので、それからしばらくは私の家に集まったり外へ出掛けたりして逢った。あらわに言えば、私に求める代償として私に路子を引合わせた筈の春子が、ふしぎなことにその日以来私に求めなくなったのである。いつも路子と二人で来て、子供っぽく遊んだあげく、二人でかえってゆくだけであった。女中まかせの食事のおかげで痩せたようにみえる私を肥らせねばならぬと、姉妹がかわるがわる甘いお菓子や御馳走をはこんでくれたりする。私はなぜか十九という自分の年が好もしく感じられるほど、子供が寝床へ促される時刻が近づくのを予感して狂おしく遊ぶようにはしゃぎまわった。遊戯のルールは厳格に守られた。姉妹がけっして過去の生活について話さないのを強いて聞きたがらぬこともルールの一つだったが、事実春子にとって、あの駈落事件は彼女の生涯のなかで思ったよりわずかな意味をしか持っていないらしく、その他の意味ありげな過去は、手なずけやすい猫のようなものになっていて、いつも女主人の手の下でうつらうつらしているが、やることと云ったら、時々目をうっすらあけて女主人の掌をやわらかく舐《な》めたりするだけなのだ。

このあたりから私の記憶は俄《にわ》かに錯乱の色を帯びてくる。私がそれに陥っていると知るなりすぐそれから逃げ出さずにいられないあの「快楽」、私が第三者の立場で見ればそれほど私を魅するものとてないあの「快楽」、それが一番私に納得のゆく筋道で私を犯しはじめたのだ。私には気味のわるいほど納得のゆく筋道なのに、解きほごして伝えようと思うとわからなくなってしまう。

それはこんな風にしてはじめられたのであった。三人で麻雀《マージャン》をやっているうちに風呂が沸いたので、いつかのように私は春子に、お先にどうぞ、とすすめたのである。

「ええ……」――春子は何かためらっていた。

庭には夕日がさして枯れた菜園が鬱金《うこん》いろの花園のように照り映えていた。路子は麻雀の牌《パイ》を手でおもちゃにしながら顔だけその何もない庭へ向けていた。一度立上ったまま、春子は部屋を出てゆくこともしないで、違い棚の置物の雌雄の鹿を今さららしくめずらしそうにながめていた。

私にこの時実に奇体な感情が生れた。春子を風呂へやり、たしかに私は路子と二人きりになりたがっているのだが、それがおそろしく危険で不安定なものに思われる。しかもどうやらその不安が、誰かに見られていたいという異様な欲望から来ているらしいのだ。

私は手をのばして路子の肩をつっついた。むせるような弾力が私の指に応えた。瞬間、私はこの少女がはたして純潔なのだろうかと疑ったのだ。

「何をぼんやりしているのさ。入って来たまえよ。叔母さまと一緒に」――私はつとめて恬淡《てんたん》になろうとして、今まで自分のねがっていたことの反対を言った。

「そうしようかな」――少女はむこうを向いたまま歯がゆいだるそうな口調でこたえたが、その時何の気なしに叔母の方を見た私は、春子の目に放肆《ほうし》なかがやきがあり、その顔に歪んだような歓喜の表情がほとばしっているのを見て、『しまった』と思った。

――この時ほど、部屋を春子と共に出てゆく路子を引きとめたいと切に念《おも》ったことはない。しかも引きとめることを自分に禁ずる苦痛の甘さに、この時ほど心おきなく酔いしれたことはない。

私は卓によりかかって、麻雀のために敷きつめた毛氈《もうせん》に、低くさし入る夕日の影が、一本一本の繊《こま》かな毛を金いろに光らせ、一本一本にかわいらしい影を添えているのを、ぼんやりながめた。春子がはじめて家へ来たとき、私は純潔さがゆるすあのみだらな好奇の心で湯殿の春子を恣《ほしいまま》に空想したのであったが、今の私にはもはやあのみだらな清潔さは失われていた。姉妹を湯殿へ追いやった気持のなかに、ともすると私は再びかえらぬ純潔へのはげしい憧れを読みもしたのだ。しかし、私の空想力はもうかえって来ない。湯殿のなかで何が行われているかまるで想像もつかないのだ。湯殿はただまっ暗な、何もないところのような気がする。湯を切ってしずかに立上る白い肩もうかんでこない。

……

呆れるほど長い風呂だったが、その間に湯殿の前をとおったとき啜《すす》り泣《な》きのような含み笑いのような妙な物声が湯殿からきこえたのが気にかかっていると、廊下に突然乱れた足音がした。私はあわただしく立って襖《ふすま》をあけた。むっと湯上りの匂いが鼻を搏《う》った。春子はわけのわからない微笑で私に目じらせしたが、傍《そば》に立っている路子の腕に春子の腕がしっかりからみ合っているのを見ると私はどきりとした。それよりも、いたいたしく頬笑《ほほえ》んでいる路子の、麻のように血の気のない顔に気付いて戦慄した。

「脳貧血よ、軽い。一寸そこへ座蒲団をならべて頂戴。寝ている方がいいから」

——私が葡萄《ぶどう》酒をもってくると、春子は私にきいて離れへ毛布をとりに行った。

離れへ行った春子が押入をあけ、毛布をさがしてかえって来るまで永くはかかるまい。しかし今にも春子がかえって来るという惧《おそ》れが、この刻々に、今までわすれていたかのような路子への愛着をどぎつくかき立ててくるのである。春子に見られたいのだ。春子の来ないうちにという心逸《こころはや》りは、春子が早く来るようにというふしぎな願いを含んでいるのだ。私は路子の頬に頬を近寄せた。陶器のような冷たい頬の気配がした。死が魅するような仕方でそれが私を魅した。つまりそれに身を委《ゆだ》ねた途端に、私が私でなくなるような。

春子が毛布をかかえてそそくさと入って来た。

「もうお酒飲ましたの?」

「いいのよ、もう大丈夫よ」

興ざめのするほどはっきりした声で答えたのは路子だった。私はおどろいてその顔を見戍《みまも》った。嘘のように頬に紅味《あかみ》がさして、ひらかれた目が私の方へ笑いをふくんだ視線を辷《すべ》らせながら叔母を見上げて、

「わたし、もう起きるわ。ねえ、起して」

路子は毛布で包んだ肩を姉によりかからせて食卓についた。さすがに何も喰べなかったが、葡萄酒を少しずつ舐めていた。顔はふだんよりも明るんで、歯並びの美しい白さがはじめて目立った。ときどき春子の肩に顔をもたせかけてじっと目をつぶっていることがある。すると春子も酔うような顔つきになる。路子は又ふいに目をあけて、その栗のふくませを頂戴などと言った。

些細《ささい》な椿事《ちんじ》がゆるす異様なやさしさ、地震のあとで一家にただよう和やかさ、それがみんなを盲《めくら》にする。ただの友情が愛情にみえたり、愛情が友情にみえたりする。みんながもう一度一人一人の勿体《もったい》らしい仮面をとりかえすまでに、悪魔は仮面の肩や口もとを少しずつ誰にもわからないように描き直しておく。――私が目の前に危なっかしく箸にはさんだ栗のふくませを路子の口へと運ぶ春子の手を見ても、嫉妬などまるでおぼえずに、春子の酔うような表情を美しいと思ったりしているのは、やはり悪魔が描きなおした仮面のしわざでもあるのだろう。その美しいと思うのも、路子が酔わせている

から美しいので、他の男が酔わせている春子であったら私の目に美しく映る筈がないと思うのだが、その『他の男』が私だったら、とまで考えると又わからなくなる。

「さっきお風呂場の前をとおったら泣き声がきこえたよ。誰が泣いてたの」――私は唐突に切り出した。顔を寄せていた姉妹は、目をみひらいて、顔を寄せたまま私の方を見た。それがあの雨の日の相合傘を思い出させた。

「誰も泣きはしないわ」

「お姉さま白ぱっくれてもだめよ。宏さんね、お姉様はお風呂へ入るときっと死んだお兄様のことを思い出して泣くのよ。裸で泣いていらっしゃるの赤ん坊みたいよ」

路子が死んだ兄のことをもちだしたのはこれがはじめてだったが、嘘にしろ本当にしろ、あのルールを守るように馴致《じゅんち》されていた私はそれをつつくのが怖い気がして、いつかの路子の茅ヶ崎の友達の話から連想した冗談にまぎらして、

「なんだそうなのか。僕はまた二人が角力《すもう》でもとって、どこかをすりむいて泣いていたのかと思ったんだよ」

すると姉妹はぽっと灯《ひと》もしたように赤くなって顔を見合わせた。そして罪を犯した女にだけ似つかわしい実に艶冶なゆらぐような微笑を口もとにうかべた。

――その夜も十時すぎに春子と路子がかえったあと、いつにもまして甘い蒸れるような情緒が私を

乱した。その晩、私は彼女たちが角力をとる夢を見た。姉妹はやさしく四肢《しこ》をふみながら犬のように立上るのだった。二人とも女軽業師の衣裳をつけていた。

こうしてどこかにまやかしのひそんでいそうな、それでも結構たのしい秋の毎日がすぎて行った。私は出征する友達を東京駅へ送りに行った。肥って健康そうなよく笑う許婚が送りに来ていた。婚約者を載せた列車がうごき出すときも、くすくす笑ってばかりいた。私もよく笑う許婚をほしいと思った。二人で朝になったと言っては笑い、丸ビルから人がとび下りたといっては笑っていたかった。

あたかもその明る日、偶然が私の希望を叶えてくれそうな素振りを見せた。いつも必ず春子と一緒に来る路子が、その夕刻に限って一人で来たのである。庭づたいに入って来て、客間のテラスで本をよんでいる私を見ると、

「あら、お姉様は？」ときいた。

「知らないよ」「来ていらっしゃるんでしょう。あなたの顔でわかるわ」「家探しでもしてごらん」

「あら、どうしたんだろう。いつもすっぽかしたことなんかないんだのに」

その言い方がすこし変だった。いつもすっぽかさないということは、いつも待ち合わせて来ていたことだが、祖父の家にいる二人にその必要があるだろうか。私に不審がられて、いや駅で待ち合わせて来るのは今日だけでそれは春子がよそへ寄る用事があったからだが、路子も拠所《よんどころ》ない用で卅分ほど

おくれて着いたので、もう春子は先に来ているかと思ったと言うのだが、今日のことだけは本当らしかった。しかしだんだん問いつめられると、路子は今までも最後のどたん場で何度となく用いた妖精めく目ばたきをして、じゃあ本当のことを言うわと言った。

あの花瓶を買いに行った数日後から、路子はかねて窮屈さ、居辛《いづら》さをかこっていた佐々木家を出て、春子のさがしてくれたアパートの一室に引越していたのであった。春子はそのまま佐々木家にいるのだが、さびしがる路子のために週に四日はかならずアパートに泊ってくれる。ただ佐々木家の人たちが世間体《せけんてい》をかまって追究してくるとうるさいので、佐々木の一族である私はおろか、実母である私の祖母にさえアパートの在処《ありか》を教えていない春子だが、もう大丈夫となれば私にだけは、折を見て春子の口から知らせるだろう、と、いわば春子の全権にあやつられている口ぶりであった。

私もその住所については路子が一寸やそっとでは口を割るまいと見当をつけて、今にも後からあらわれる叔母のおかげでこの二人きりの機会が失われることの方を、もっと重大事だと考えだした。「二階へ来ない」というと、何度か本を借りに登った私の部屋へ路子は黙ってついて来た。春子が今にも来はしまいかという惧《おそ》れでそわそわしている間は、路子の体に不安定な漲《みなぎ》るような危機の媚めかしさが見られるのだが、話らしい話もせずに小一時間たってしまうと、今度は路子がそわそわしだすのに引代えて、私には路子の着ている見馴れたスーツが味気なく見えてくるばかりだった。春子に見られる気遣いがなくなると、きまって私の路子への欲望が衰えてくるのである。

開け放った窓にひろがる夕映えの只中を、ここの高台の麓《ふもと》の街のどよめきが、さびしい、暗い、愉しい無数の音の微粒子になって飛び交わしていた。その微粒子のなかには、近くの連隊の喇叭《らっぱ》の音《ね》の、やや大きい、滑らかな輝く粒子もまじっていた。……私は居たたまれなくなって書棚の前へ行って本を手あたり次第に引出しては頁をめくった。路子は私の机に向って何かいたずら書きをしているらしかった。こうしてお互の顔が見えないことが、いつか常のごとく私たちを快活にしているのだった。

「あら、鳩がぐるぐるまわって飛んでいるわ」「毎日夕方になると屋上で旗を振っている人がみえるんだよ」――路子の返事はなかった。軽いためいきと、紙を破く音がきこえた。それから独言めいて、

「早く来ないかなぁ。お姉さまは……」

即座に私を傷つけるべき嫉妬がなかったことで逆に傷つけられて、私は黙ってしまった。あるのはへんに感傷的な共感ばかりだ。いつか寝覚めによばれた「路子」という声にこたえようとした涙ぐましい共感に似て、今まで私と一緒に春子を待ちあぐねていたのは、路子ではなくて、私だったという気もしてくる。路子の気持があんまりありありと目に映りすぎる。こんな男の部屋にとじこめられて、薄暮のにじんだ空を見上げて、春子を心に呼びもとめている路子が、まるで他人事《ひとごと》でない気がする。しかもこれはけっして恋人の直感というような性《しょう》のしれたものでないことだけはたしかである。

――私はつとめてこの莫迦らしい感情を押し殺そうとねがったが、押し殺してどうなるものでもなかった。卒倒する時のような素速い暮色が来ていた。今夜の一人寝の寝床の、たまらない寂しさと暗

さをおもうと私はじっとしていられなかった。——うしろから来る足音に、路子は椅子に埋ったまま、柱時計を見上げるような無表情な顔で私を見上げた。目の白いところが水あさぎに見えた。私は肩に手をかけた。それでも肩がふるえているのが感じられた。唇をつけると唇はなにか可愛らしい力で応えた。

部屋の中はいつか夜だった。怯えたように帰り仕度をはじめる路子を私は引止めもせず駅まで送っても行かなかった。

——それにしてもそれは喜びのない接吻であった。それがただ今夜の一人寝の寂しさのためにのみ路子に与えられたものだからであろうか。「これではない、この唇の味ではない」私の唇は不満げにそう呟《つぶや》いていた。するとふいに、あの春子とのいたましい三度目の夜が思い出された。「これではない、この体ではない」こんないまわしい連想はどこから来るのか。今しがたの路子との最初の接吻に、路子の唇には春子の味がしたというのであろうか。これは正気の人間にはちょっと耐えられない考えであった。

あくる日路子と一緒にたずねて来た春子は路子がどこかへ立ったすきに、あの無気力なしかし典雅な微笑をうかべたまま、それとちぐはぐながさがさした調子で、「きいたわよ、宏ちゃん、昨日あなた路子にキッスしたでしょう」と正面から言った。私は真赤になって暫《しばら》くもじもじしていたが、その最初の狼狽《ろうばい》がすぎると、それにつづいた感情は全く予想を裏切って、(勿論私は嘔気《はきけ》のするような不快と怒りとがあとにつづくと思っていたのだが)、急になまなましくこみあげてくる昨日の接吻の追想であった。春子に見られていいた接吻としてそれが反芻《はんすう》されたのである。するとそれは忽《たちま》ちなやましい最初の接吻の、何日となくつづく酩酊の記憶になり、次の欲望へのみたされない苦しみになったのである。——それから私は路子の住居をかくしたことで春子を詰《なじ》った。今に教えてあげるわよ、路子がうんというまでお待ちなさいと春子は言った。

この時から、『路子のアパートの住所を教えろ。遊びに行くから』ということは、顔を赤らめる要求の同義語になったわけだった。その意外に早い成功を促したのは、いうまでもなく、秋のおわりの一番美しい日に鳴りひびいた最初の空襲警報のサイレンであった。「明日かならず教えてあげるわ、私のアパートを」と少女は言った。つまり路子は承諾したのだ。それもおそらく、何を考えているのかわからない春子の不可解な許しの下《もと》に。

私にとって学校工場へ出るということは一々意味がついているのだった。その日も午後まで家で待ちくらすことの耐えがたさに、工場へ出て莫迦々々しく精を出して働いた。できれば昨夜から徹夜で働いていたかったのだ。午後一時ごろ脱け出して家へかえってみると、さきほどおいでになりまして、あらどこへいらしたのか、と婢は言った。居間に地味な絹のモンペが脱いで畳んであった。きょうは奥さまはお召物で、モンペをお脱ぎになると目のさめるような古代紫の、などと婢は洒落《しゃれ》た言葉を知っていた。お庭の方でございましょうか。ああいいから、僕が探すから、と私はデッキ・シューズを穿いて庭へ下りた。

菜園の緑はもうあらかた失われていた。枯れた雑草におおわれながら、芝生はあのあたたかい雌黄《しおう》いろに枯れていた。すべてのものに秋のおわりの、絃《いと》を絶たれた琴のような静寂があった。落葉が鶏頭《けいとう》の黒ずんだ花にひっかかっていた。離れの前の防空壕のわきをとおり、厨《くりや》や湯殿にのぞむ裏庭の前で左へ下りてゆくと、その裏庭から木立に隔てられて、百坪ほどの小じんまりした一画があった。父が東京にいたころはここ一面が犬の飼育場になっていて、毎朝犬ボーイが洗面器に一ぱいの鶏の首を降る日も照る日もここへ運んで犬どもに喰わせたものだった。父が大阪へゆき、犬の檻《おり》が取り除かれて花壇になると糞で地が肥えているのか着きのわるい花もめきめきと育った。今は菜園になっていて裏の家作に住んでいる古い下男の夫婦の受持になっている。花園の名残は一隅にある大きな荒れはてた温室だけで、硝子はほとんど割れていないので、冬になると日なたぼっこに使われた。私はよくそこの壊れたなつかしい椅子で冒険譚に読みふけったものだった。何故か姉妹はそこに居そうに思われるのであった。おどかしてやろうと思って私は足音を忍ばせた。肥った蟋蟀《こおろぎ》が膝にとびかかった。戸口はぴったり閉められていたが、なお隙間《すきま》から気づかれずにのぞくことができる破れ戸だった。春子は硝子屋根の方を向いて藁《わら》のはみ出た椅子に腰かけて何か雑誌を読んでいるらしいのだが、小菊を散らした紫の着物にくすんだ織物の帯を〆《し》めていていつもの春子とは思えない姿だった。路子はいつものスーツで、椅子のうしろに立ち姉の肩に両手をまわしてよりかかって一緒に雑誌を読んでいる様子だが、隈《くま》ない日ざしのためでもあるまいが、何かぐったりして溺死人が負《おぶ》われているような恰好《かっこう》に見える。ふと路子は体をそらして、手はやはり姉の首にまわしたまま、すこし遠くから春子の白い豊かな衿足をじっとみつめた。そのみつめている間がずいぶん長かった。そのうちに頬から耳へながれるように紅潮して来たかと思うと、がくりと顔を姉の衿足の上へおとした。そして小犬が寝藁の中へもぐりこむように、頭を重たげに痙攣《けいれん》的にゆすぶりながら、額で春子の髪をこすり、白い衿足へ頬をすりつけたり頤《あご》をすりつけたりしていたが、いままでうすくあいていた睫毛の美しい眼の眼尻に幸福そうな微笑を刻んだかとおもうと、その眼をきゅっと閉じて唇をきつく衿もとの皮膚に押しつけた。春子はまるでそうされているのを知らないようにじっとしていた。そして同じような長い睫毛を伏せてうなだれていた。卅秒ほど二人はそのまま動かなかった。ただ少女の細い指がかるく爪を立てて、微妙にふるえながら春子の肩を撫ぜているだけであった。――こうして卅秒ほども経ったとき、春子はぐっと寝起きの時のように目をつぶったまま頭をのけぞらせて、あげた両手で路子の頸《くび》をさぐりあてると荒々しくその顔を自分の顔の前へもって来た。路子は体をねじまげて左手を春子の膝のあいだにつよく突いた。それからその左手がはげしい動きで姉の裾《すそ》をかき立てた。……

――そこまで見ると私は気違いのようになって、どこをどう駈けたか自分でもわからずに家の中へ馳せかえった。二階の書斎に入ると、何ヶ月も下ろさなかった鍵を下ろして、ベッドへうつむきにころげ込みながらしばらく息を弾ませていた。そして誰が戸を叩こうと明る朝まで、物も食べずに部屋にこもっていた。

姉妹はその間にかえって行ったようであったが、それから永く音沙汰がなかった。

V

しかしそれで私の気持に解決がついたわけではなかった。路子の体をまだ私は知らないのだ。「これではない、この体ではない」もう一度私をしてそう叫ばせるような体をば路子もまた持っているのではないかという不安と危惧は今もなお私の手に残されている。その不安と危惧への好奇心、むしろ破滅へのはげしい好奇心は依然として私のものである。それはそれとして、あの温室のなかの春子と路子はどんなに美しくやさしかったことだろう。何度も何度もそれは私の夜をおびやかした。

結論は決っていたのだ。三週間の無音《ぶいん》をほとんど死ぬばかりの忍耐で耐えたあげく、私は佐々木家を訪れた。朝から警報が二度も鳴って、どんよりと曇った肌寒い日であった。しかし郊外電車にゆられて祖父の家についたころは薄氷がとけるように日ざしが明るみ小春日和の名残のようなあたたかさになった。――春子は今犬の散歩からかえったところだということだった。彼女は縁先に坐って編物をしていた。シャルク号は散歩のあとの興奮がさめきれぬように、ひろって来た木片を噛んだり、それを放り出して遠くから唸ってそれに挑みかかったりして、運動選手のようなしなやかな腰で動きまわっていた。

「あら、めずらしい人が来た」――春子は顔を赤らめるでもなかった。そして編物のやりかけのところを二本の指で手早く編目をかぞえてしまうと、座蒲団をずって来て足を縁先からぶらつかせながら、私にも絞りの座蒲団をすすめた。シャルク号が春子の靴下の指をふざけてそっと噛んだりしている。幾月かの間に近づいたこのシェパードの心と春子の心が、この家の人々の間で一人の女と一匹の犬の歩いてきた時間の孤独さをまざまざとみせる。犬は孤独な人にしか本当になつかないものだ。――私は又もや感傷的な優柔な気持に陥った。春子に何かたのみそうな気がする。それればかりか春子に今夜泊りに来てくれと言いだしそうな気さえするのだ。

春子は何かを察したように思われた。そして彼女の眉のあいだに何かを耐えるときのような険しさがあらわれた。しかし忽ちそれも無気力な乾いた微笑に移って、「今晩あなた路子のところへ行ってやるといいわ。あたし八時にゆく約束なのよ。あたしの代りに行って頂戴」と事もなげに言った。私ははじめて彼女の目のなかに過去のあやしいかがやきを見たと思った。彼女の過去がまるで私の過去であるかのように私に命じているのだった。彼女はそうして、今こそ他ならぬ「新聞種の女」になろうとしているのではなかったか。彼女自身が果した一事件の意味を、もう一度なぞって彼女の生の意味にまで変えるのだ。——私の手帖を借りて春子が路子の住居の地図を書いているあいだ、私はぼんやりとそんな考えを追っていた。そして自分はほんとうに今夜路子のところへ行きたいのかと心に問うた。心は意地悪そうな眼付で私をみつめながら答えなかった。

暗い電車のなかに暗い顔がまばらに乗っていた。くねくねと二度ほど都電をのりかえて橋のほとりで下りると、初冬らしい鋭《とが》った水がながれているような川音がした。まだ夜間空襲というものはなかったから燦然《さんぜん》とした星空は他意なく美しく眺められた。しかし川ぞいの家並に沿うたせまい露地へ入ると、片側の神社らしい森影のために、所きらわず掘られた防空壕の盛土が、歩くのに覚束《おぼつか》なかった。やがて仄青《ほのあお》い大谷石《おおやいし》を市松に積んだそのアパートの塀がみえた。

それは川に面した二階の一室だった。建てつけのわるいベニヤ板のドアをノックするかせぬかに、ぱっととびつくような力がドアをあけるもどかしさが、おそろしい軋《きし》り音《ね》を立てた。入ると中にも厚い遮光幕が垂れていて、お互の顔は暗くてほとんど見えなかった。

「宏さんね」——闇のなかから意外に落着いた声がこたえた。「ええ」「お姉さまが行けと仰言《おっしゃ》ったの」「ええ」「そう、それならいいわ」今まで路子に「ええ」などという返事をしたことのない私だが、この応酬はあまりに神秘なものと思われたので、他の返事のしようがなかった。私は彼女のなすがままに任せた。路子はそっと私のうしろへまわって合外套《あいがいとう》を脱がせた。その手馴れた脱がせ方から、私はふと同じ手順で多くの知らない男たちがこの部屋で彼女から外套を脱がしてもらうのではないかと想像したのだ。

遮光幕をわけて入ると、よほど完全な遮光が施されているとみえて、六畳の室内は異様な明るさであった。彼女は虹のような不分明《ふぶんみょう》な模様の、やや丈の短かい銘仙の着物とおそろいの羽織を着て、鄙《ひな》びた黄いろいしごきを締めていた。

ふしぎな部屋であった。何もかも対でおそろいだった。箪笥《たんす》までが。そして色彩の均衡を破ったようなある厭《いと》わしさがあらゆる調度や装飾品や座蒲団の上にあった。意識しない悪趣味ならば無邪気さにおいて救われようが、ここにあるものは強いられた悪趣味、十分鑑賞眼のある人がわざと自分の好《こう》尚《しょう》にそむいたものばかりを集めたような偏執的な悪趣味に充ちていた。美でなくて何かを目ざしている。美ではない何か新らしい誘惑の基準に照らして選ばれたもののようだ。そして白粉の香とも厩《うまや》のそれともつかない、朱肉のような悪徳の匂いが立ちこめていた。路子は無感動に茶をわかしたり、干柿を出したりしながらしきりに小まめに働いていたが、動作は静かで何かの儀式のようであった。出てくる茶碗、皿、どれも安手なけばけばしい花模様で、五つ揃いものではなく対で買ったものとしか思えなかった。二人はまだほとんど対話らしい対話もしていないのだった。路子はあいかわらず声もなく働いていて、洗った食器の水を切る音がきこえたかと思うと、その次には押入をあけて蒲団をゆっくり一枚一枚出して私の傍らに敷きはじめた。掻巻《かいまき》はぞっとするような原色を使ったまがいの友禅であった。「なんだ、お床《とこ》は一つかい」「いつも、つよ。お姉様と一緒に寝るのよ」と彼女は小鳥のように厚顔だった。

寝巻をもって彼女が遮光幕の向うにかくれるとすぐその一枚を投げてよこした。「お着かえなさいよ」――それはへなへなしたガーゼの白い生地《きじ》に藤模様を染めぬいた女浴衣だ。手にとると手から逃げ出しそうな辷《すべ》っこい感触と、人肌めいた生温かさがこもっている。私は路子の前で着換えるのがいやだったので素速く裸になってそのぬめぬめしたものを身にまとった。遮光幕のかげから又出てきた路子もおそろいの藤模様の浴衣であった。それを着ると俄かに快活になった彼女は、ウイスキーを運んで来て茶袱台《ちゃぶだい》の上において両肱《りょうひじ》をついた。

「私何でも知っているのよ。あなたとお姉様のことだってみんな知っているわ。あの」と鴨居《かもい》にかけた死んだ兄の写真を指さして、「お兄さんのやったことだって何から何まで知っているわ。ただ私、お姉様の言うことを決してそむいたことはないのよ。お姉様がやれというなら何でもして来たわ。これからだってお姉様のやれということは何でもするわ。あなたのことだって、あなたを好きになれってお姉様が命令したのよ」私は返事のしようがなかった。「あ、窓の外でへんな音がするね」「川の音よ。川の中をいろんなものが流れてゆくのよ」

私は同じ模様の女浴衣を着て路子と向いあっているうちに、あの神もおそれぬ女の無恥な優しさが身内にこもって来るような気がした。――路子が姿見の鹿《か》の子《こ》絞りの覆いをあげた。その前に坐ってこまごましたいろんな壺や小罎《こびん》の蓋をあけながら、「私、夜寝る前にお化粧をするの大好き。電気の明りの方があたしきれいに見えるんだもの。いつも寝る前にお姉様と二人でお化粧ごっこをするのよ。あなた来ない。お化粧ごっこをしましょうよ」「よし行くよ」

私は立上った。裾がしなだれてつまずきそうになった。

姿見の前に一対の花瓶があった。それはいつぞや銀座で買ったトキ色の対の花瓶なのだが、鮮やかな緋のいろで春子の名が書き散らされているのは、つれづれに路子が口紅で書いたものにちがいなかった。しかし路子はそれについては何も言わず、ふと思いついたように、「紅《べに》つけてあげる」

「僕にかい？」

「あら、あなたの他に誰もいないじゃないの」――そうだ。私のほかに誰もいない。しかし果して誰もいないだろうか。

私は小姓のように膝まずいて、目をとじた顔を仰向けて待っていた。路子が坐り直す気配がした。そしてどこかでかぎなれた薫りのする熱い腕がしずかに私の首に巻きついて来た。両膝を立てている彼女の体の不安定な、かすかなかすかな揺れが感じられる。その右手が口紅をかざしているのがわかる。彼女の息づかいが私の息づかいと一つのものとなるほどに、燃えている顔が大きな見えない薔薇のように私の前に在った。

するとふいに痛いような気がした。痛いとおもったのは錯覚であろう。だるいような重みが唇に伝わったのだ。それがきつく、生温かく引かれている。私の唇のしわが片寄り、私の唇は麻痺しながら、険しい表情で、おそらく神も面《おもて》をそむけるだろう夢を見はじめた。

こうして何か別の唇が私の唇に乗り憑《うつ》ったのが感じられた。

# 闇桜《やみざくら》

平山瑞穂《ひらやまみずほ》

事変で都市部は軒並み壊滅した。インフラはことごとく機能不全に陥り、人々は文明に過度に依存してきたこれまでの暮らしぶりを悔いた。飛翔体によるさらなる追撃があるかもしれないという真偽不明の情報が飛び交っていたせいで、人口の多い繁栄した街ほど忌避されるようになり、人々の多くは田園地帯に殺到したが、頼れる親戚も知己《ちき》もいない都市住民はただ路頭に迷い、物資の慢性的な不足に殺気立っていた。

琴世《ことよ》にとっての不幸中の幸いは、こんなことになっても安否を気づかう対象が極小の範囲に留められていたことだった。夫とは三年前に離婚していた。二十九で一緒になって四年で崩壊した結婚生活だった。子どもを作らなかったのは夫の生活能力に疑問があったからだが、その判断に狂いがなかったことに今では自分で感謝していた。子どもがいたらまちがいなく自分が引き取ることになっていただろうし、今ごろはその子に食べさせるものを手に入れることで日々駆けずりまわらなければならなくなっていただろう。

ほかに近い身寄りといえば親くらいのものだが、琴世は両親とすらとうに疎遠な仲になっていた。十八のとき、家出同然の形で上京してきてからは、ほとんど連絡も取っていない。その後の両親について知っているのは、二人がほどなく離縁したことだけであり、事変発生時点でそれぞれがどこに住んでいたのかさえわからなかった。情愛に満ちたまっとうな家庭を築けないのもこの二人から受け継いだ呪われた資質のひとつだと琴世は考えていたが、こんな世の中でそのしがらみのなさがかえって強みになるのは皮肉としか言いようがなかった。

そうして琴世は事変以来誰の心配をするでもなく一人でどうにかやりくりしてきたが、それにも限界が近づいていた。インフラの復旧にはほど遠く、勤めていた図書館も再開の目処がまったく立っていない。闇の行商から一合の米を手に入れるのに一巻きのトイレットペーパーが必要とあっては、自分一人が食べていくのもおぼつかなかった。そんな中で思い出したのは、奇妙なことに父親のことだった。

頼りになる人物として、あるいは無事でいてほしい相手として思い出したわけではない。念頭にあったのは、二年ほど前の短い再会のときのことだ。

離婚後、一人で暮らしていたアパートに、ある晩遅く父親がふらりと現れたことがあった。手紙のやりとりさえしていないのに居所をどうやって嗅ぎつけたものか、仕事でたまたま近くまで来たから一夜だけ泊めてほしいという。なんのつもりか、大量の筍《たけのこ》を手みやげに携えていた。どんな仕事をしているのかは訊かなかったし、興味もなかった。年老いた見知らぬ男と同室で寝ているような落ち着かない気持ちを味わいながら朝を迎え、連絡先も訊ねないまま送り出した。

それきり父親とは会っていないし、会いたいとも思わないが、その晩寝しなに、琴世が使っているベッドの脇に敷いた蒲団の上で父親が低い声で説いていたことが今になって頭の中にこだましていた。

「震災のとき、俺は本当に後悔したんだ。たまたま被害の大きかった地域に住んでいたこともあるが、とにかく必要なものが手に入らなくて、しばらくは食うにも事欠いていた。こんなことなら平時にもっと万全の備えをしておくんだったたってな。震災直後には災害時向けの緊急キットなんかが飛ぶように売れたらしいが、人間というのは喉もとを過ぎた熱さのことはすぐに忘れる。俺はそれを忘れないことにしたんだ」

父親の言う「万全の備え」というのは、事実だとしたら念の入ったものだった。奥多摩《おくたま》の山中に、核兵器による攻撃にすら耐えられるような堅牢《けんろう》な地下シェルターを築き、数人が優に一ヶ月は不自由なく暮らせるだけの非常食や日用品の備蓄をすでに確保してあるというのだ。発電機や水の循環システムなどについてもなにやら熱心に語っていたはずだが、話半分に聞き流していたのでよく覚えてはいない。寝入りばなに前置きもなく始まったその話はどこか夢物語のようで、「こうしようと思っている」という話と区別がついていないような印象も伴っていた。

「もし今度なにかあったら、俺は迷わずそこを目指すつもりだ。おまえも生活に困ったら、頼ってくれてかまわないぞ。おまえ一人を受け入れるくらいの余裕は十分にある。たとえ連絡がつかなくても、そこに行けば俺がいるものと思ってくれていい」

シェルターの正確な位置まで聞いたわけではない。いざというときには、奥多摩駅の周辺でなんとかという喫茶店を経営しているオクイ・タマコなる女性に訊ねればわかるようになっているというような話だった。「奥多摩のオクイ・タマコ」なんて、できすぎもいいところだ。おかげで名前は一発で記憶に残ったものの、あらためて思い起こすとやはりあのシェルターの話そのものが手の込んだ作り話だったのではないかという気になってくる。

それでも、今あてにできるものはもはやそれ以外になかった。このまま東京二十三区内にいてもどのみち餓死を待つだけなら、たとえシェルターは実在しなくても、同じ都内ながら事実上は田舎の一地方といっていい奥多摩にでも向かったほうが、まだ生き延びられる確率が高まるのではないだろうか。そう思い定めて琴世は、ある朝、なけなしの食料と最小限の装備品を詰めたリュックサックを背負ってアパートをあとにしてきたのだった。

カレンダーの上ではすでに春になっていたものの、外気はまだ肌寒かった。そうかと思えば、日中はなにかのたがが外れたように蒸し暑くなる時間帯もあった。炸裂した飛翔体の影響なのかどうかは測り知れないものの、空は常に黒みを帯びた分厚い雲の層に覆われていて、突然襲ってくるゲリラ豪雨を避けるためにしばしば民家の軒先に逃げこむことを余儀なくされた。さいわい、主《あるじ》が打ち捨ていった住居、乗り捨てていった車がいたるところにあるので、寝場所には困らなかった。そうして三日がかりでどうにか奥多摩駅前に辿りついたときには、両脚は朽ち果てた棒切れのようにこわばっていた。

もう日も暮れかかっていて、歩きつづける中でうっすらと全身に滲《にじ》んでいた汗が急速に冷やされていくのを感じた。どこであれ屋外に長く留まることは危険だという風説が流れていたせいもあるのか通行人の姿は皆無に近く、やっと見つけても、闇商売の用向きで偶然ここを通りかかっただけの不案内な人物であったりした。民家の玄関ドアもいくつかあてずっぽうに叩いてみたが応答はなく、誰もいないのか居留守を使っているのかも判断がつかない。とある家のガレージの陰で人目を忍ぶようにこそこそと動いていた人影をようやく捉え、摑みかかるようにして案内を乞うと、ブルドッグのような顔をしたその中年女は、「ああ、だったらエボニーのオクイさんのことかしら」と答えた。

「事変のあと姿を見た覚えはないから、いらっしゃるのかどうかもわからないけど」

教えられた場所はそこから百メートルと離れてはいなかったが、少なくともオクイ・タマコは実在するらしいとわかった安堵感で全身から力が抜け、その場にへたりこみそうになった。最後の力を振りしぼって歩を進めると、街灯もともらずにすっかり暗くなった街路沿いに、それらしい看板が見つかった。木目の見える不定形の板材に、白字で"Ebony"と綴ってある。ガラス格子のドアの内側はまっ暗だが、それはどの建物も同じだ。奥まで進めば、どこからか淡いロウソクの光が漏れているかもしれない。道に面した店舗部分の一角以外は住居になっているようなので、ひとまず店の入口から中に入ってみることにした。

　ドアはぶら下げた鈴の音《ね》を鳴らしながらなんの抵抗もなく開いたが、施錠されていないというより、施錠することができなくなっているようだった。レバー自体がぐらぐらに緩んで力なく垂れ下がっていた。近くに人のいる気配はなく、暗闇に目を凝らしながら「ごめんください」と間を空けて三度呼びかけてみたものの、やはり反応はない。闇に慣れてきた視界の中に、デッキテーブル風の客席やアンティーク調の調度品などがおぼろに浮かびあがってくる。ストラップが肩に食いこむリュックサックをそろそろと手近なテーブルに下ろしたとき、奥のほうからかすかに床が軋《きし》むような音が伝わってきた。

「あの、私……」と勢いこんで言いかけながら気配に近づいていった琴世は、だしぬけに腕をねじりあげられて身をすくませた。背後から回されたもう一本の手にはどうやら兇器が握られているらしく、冷たい刃先がかすかに首筋に触れるのがわかった。かなり上背のある人物と思しく、荒い息遣いともに男くさいにおいが鼻先に押し寄せてくる。出てきたのはオクイ・タマコその人だと先入観から決めつけていた琴世は、思いもかけぬ展開に度を失っていた。

「あんた一人か。――外《そと》に仲間は？」

　押し殺した、しかし思いのほか若い響きのある声が耳元で詰問してくる。一人で来たことを琴世が告げ、父親の名を挙げながらオクイ・タマコに会いたい旨をしどろもどろに説明すると、男はようやく手の力を緩め、急に気弱になったように弁解を始めた。

「いや――強盗団みたいなのが徘徊してるって噂があって。女を先に一人で来させて油断させておいて、あとから男たちがなだれこんでくるって」

それだけ言うと男はいったん引っこみ、奥のほうから懐中電灯で琴世の足もとあたりを照らしてきた。スイングドアの向こうに小さな三和土《たたき》があり、廊下に続いているのが見える。

「荷物はそこにあるそれだけ？　歩いてきたの？　あ、靴はそこで脱いで。あんたはあの人の――娘ってこと？」

たてつづけに投げかけられた問いかけを、スイングドアの手前からひとつの質問で押しかえした。

「あの、オクイ・タマコさんって人は――？」

「ああ、おふくろだけど、事変のときたまたま用事で新宿に出かけてて、それきり戻ってない。――シェルターのことを聞いてきたんだろ、あの人から。でも今日はもう暗くなっちゃったし、とにかく上がったら？」

ぶっきらぼうな調子だが、父親のことを知っているなら話は早い。いやそれ以前に、シェルターの存在が否定されていないことに驚いてもよかったはずだが、疲労のあまり、頭がまともに働かなくなっていた。男に導かれるまま、ぼんやりとした灯りのともる奥の部屋に通された琴世は、崩れるように座りこみ、柱に背中を凭《もた》せかけた。男はすぐにどこかに姿を消してしまい、畳にじかに置かれた灯油ランプの小さな焔だけが、風もないのにちろちろと揺れて、壁に映る家具の影を怪しく聳《そび》やかしていた。

琴世はしばらくの間、ただ目だけを動かして部屋の中を眺めまわしていた。小ぶりだがきれいに拭き清められた座卓といい、片隅に畳んで積み上げられた衣類といい、ここにはまっとうな生活が今も営まれているというたしかな感触がある。それは事変以来、ほとんどの住居という住居から失われてしまったはずのものだ。不思議な思いに捉われていると、男が戻ってきて、手にしていたものを琴世の前に差し出した。

「それ、よかったら」

レトルトのカレーライスと、未開栓の水のペットボトルだった。カレーライスのほうは、非常用の加熱剤かなにかを使ったものか、不用意に持ち上げると取り落としてしまいそうになるほどの熱を帯びている。こんなまともな食事にありつける機会は、記憶するかぎり十日ほどはまずなかった。戸惑いながら上目遣いに見上げたとき、薄明かりの中に男の顔が初めてはっきりと視界に入ってきた。男というより少年と呼ぶほうがふさわしいかもしれない幼い面立《おもだ》ちだ。まだ二十歳にも達していないかもしれない。

「ああ、俺の分はほかにちゃんとあるから、気にしないで」

琴世は添えられていたプラスチック製のスプーンを手に取ると、礼を言うのも忘れて器の中身をかきこみはじめた。もともと栄養が足りていない中、ろくなものも口にしないまま三日間歩きづめだったのだ。ときどきむせかえりそうになるのを水で流しこんで抑えながら瞬く間にたいらげてしまうと、今度は重たくからみつくような眠気が襲ってきた。会ったばかりの、まだ人となりもわかっていない男の子の前でこんなはしたない食べ方をして、おまけにそのまま無用心に眠ってしまうなんて——。せめて眠気にだけは抗おうとしたが、無駄だった。自分がいつ、凭れていた柱に体を滑らせて畳に沈んでしまったのか、琴世は覚えていない。

目覚めてからしばらくは、置かれた状況を理解するのに手間取った。横たわっているのはどうやら昨晩柱に凭れていたのと正確に同じ位置のようだが、体の上にいつのまにか毛布と蒲団がかけられている。窓から射し込む明るい陽の光のもとでは、整頓された部屋の中はいっそう秩序立って見え、庭から聞こえる雀の囀《さえず》りともあいまって、まるで事変などなかったかのような錯覚を起こしそうになる。

柱に沿うようにして上半身を起こし、周囲を見わたしている間に、タオルで顔を拭いながらオクイ・タマコの息子が部屋に入ってきた。

「台所に湯を沸かしてある。タオルとかも置いておいたから、適当に使って」

言われるまま台所らしき部屋を探り当てると、小型のガスボンベにつないだコンロの上で大釜からもうもうと湯気が立ちのぼっている。流しのシンクには洗面器が置いてあり、ハンドソープのボトルやタオルなど洗顔に必要なものはひととおり揃っているようだ。琴世は大釜から洗面器に湯を落としてまずは顔を洗い、背後を窺ってから肩のあたりまではだけて、うなじから腋《わき》のあたりまでを濡らしたタオルでていねいに拭った。肌を甲羅のように分厚く覆っていた汚れの層がべろりとはがれ、たった今生まれ変わって初めて外気に触れたかのように肌が心地よくひりひりするのを感じた。

もとの部屋に戻ると、食卓に二人分のエナジーバーが用意されていた。

「ちょっとした登山になる。かなり体力を消費すると思うから、ちゃんと食べておいたほうがいい」

そう言ってタマコの息子は、包装紙を無造作にむいてバーをかじりはじめた。その様子はまったく子どもじみていたが、頼りになる男としての風貌も、そこには不思議と重なって見えた。

「もしかして、これからシェルターに案内してくれるの?」

「俺も高校の頃一度連れていかれたきりなんだ。なんでも揃ってってものすごく便利そうだったけど、大枚《たいまい》はたいて山の中にこんなものをこしらえるなんてどうかしてるんじゃないかって思ってた。まさかほんとにそれが必要になるときが来るなんて」

事変が起きてからはすでに一ヶ月近くが経過している。逆にどうして今までシェルターに入ることを考えなかったのか。琴世の心に浮かんだそんな疑問を嗅ぎ取ったように、タマコの息子が再び口を開いた。

「あの人の——あんたの父親の言いつけで、おふくろはこの家にも非常用の食料や物品を山ほど溜めこんでいた。だから今まではそれでどうにかなっていて、シェルターに行くまでもなかったんだ。それに、おふくろがいつふらりとここに戻ってくるかもわからなかったし……。でもそろそろ限界だ。食料もあと一週間かそこらしかもたない」

オクイ・タマコが事変以来新宿から戻っていないという昨夜聞いた話を思い出した琴世は、どう応じたものかと頭を悩ませた。タマコが生存している可能性は、ほぼあるまい。しかし、そんなことは息子自身がとうにわきまえているように見えた。悲嘆に暮れずに済むように、一種の緊急避難として判断を保留にしているだけなのだろう。

「万が一おふくろが戻ってきても、俺がここにいなければシェルターに移ったんだって考えて、あとを追ってくると思う。だから、あんたさえよければそろそろ出発しよう」

琴世は荷物の一部を非常食などと詰め替えたリュックサックを担ぎ、タマコの息子と連れ立って家を出た。しばらくは、舗装された道をただ黙々と歩いた。会ったこともないオクイ・タマコなる女性の息子であるということしかわかっていないこの若い男に対して、どういう態度を取るべきか決めかねていた。名前すら訊かずにいたのは、朝方から心の中に浮遊しはじめたある疑念のせいで気おくれを感じていたからだ。この子の父親は誰なのだろうか。ひょっとして、この子は私の腹違いの弟なのではあるまいか。

仮に今二十歳だとしたら、タマコの息子が生まれたとき、琴世は十六歳。当時から父親は家を留守がちにしていたし、外に女がいるような気配もあった。それがオクイ・タマコであったとしたら、十分にありうる話だ。父親との縁はとうに切れたものと思っていたのに、その父親がよそに母子家庭を作らせていたのだと思うと、身内の不始末を恥じるような気持ちが沸き起こってくる。

「あの、あなたのお父さんは――」

歩きながらおそるおそる訊ねてみると、タマコの息子は「ああ、俺が小五の頃に事故で死んで、それからはおふくろと二人暮らし」というそっけない答えが返ってきた。もし弟だったら、という思いにまつわる緊張が解けたせいか、かえって親しみを覚えるようなのが不思議だった。同時に、これで母親も失ってしまったのだとしたらこの子はこれからいったいどうするのだろうと気づかわれたが、何も口には出さなかった。

タマコの息子は道の途中で予告もなく方向を転じ、林の中に貫入している遊歩道へと琴世を導いた。昨日までの徒歩での過酷な行程の疲れを引きずっている体には、ゆるやかなものでもその登り勾配はきつく、何度も遅れがちになった。タマコの息子は琴世のペースを気づかうでもなく一人で先へ行ってしまうようでいて、ときどき振りかえっては表情も変えずにじっと待ち、琴世が追いつくとまたまっすぐ正面を向いて無言のまま足を繰り出しはじめた。

このままシェルターに到着したら、そこには父親がいるのだろうか。本人はそんな口ぶりだったが、そういう状況で父親と再会する場面を、どうしてもうまく想像することができなかった。父親そのものが、胸のうちで知らぬ間にほとんど抽象的な存在に化けてしまっていた。でも父親がいなかったとしたら、シェルターではタマコの息子と二人きりになってしまうのだ。この、出会ったばかりの名も知らぬ男と。

頭の中にはそんなとりとめのない思いが行き交っていたが、次第にものを考えるのが億劫になってきていた。タマコの息子は母親が残していったものらしい手書きの地図をときどき参照しながら注意深く行く方向を選んでいたが、辿《たど》るのもいしつか本格的な山道となり、傾斜も急になっている。山登りなど、小学校の遠足以来やった覚えがない。

やがて地鳴りのような不吉な音が轟き、それが雷鳴だったと気づいたときには、バケツの水をぶちまけたような激しい雨に一瞬で全身を濡らされていた。大きな常緑樹の下に駆けこんでも、雨はいくらも防げなかった。タマコの息子は降り注ぐ雨粒に顔をしかめながら周囲を見渡し、百メートルほど先のやや開けたところにある小屋らしきものを指差した。

「とりあえずあそこへ」

そう言うなり斜面を駆け上がっていくタマコの息子に、必死で追いすがった。

トタン製のその小屋は、持ち主が長いこと放置していたものと思しく、赤錆だらけで出入口もきちんと閉まらないありさまだった。カビくさいにおいが籠《こ》もる中に、電動ノコギリや発電機、薬剤の缶やバケツなどが雑然と詰めこまれているが、床に二人がかろうじてしゃがめる程度の空きはある。タマコの息子が、立てかけられていた竹箒《たけぼうき》で降り積もった埃や落葉を掃き出している間に、琴世は全身をガタガタと震わせていた。服は上から下までぐっしょりと濡れそぼち、冷たい水滴を間断《かんだん》なく床に滴らせている。そのくせ吐く息は妙に熱を帯びていて、だんだん頭がぼうっとしてくるのを感じる。

「服を脱いだほうがいい。そのままじゃまちがいなく肺炎を起こす。――大丈夫、暗くてよく見えないから」

タマコの息子はそう言いながら自分のリュックサックから空色のツェルトを取り出して広げ、それで琴世の体を覆うようにして顔を背けた。琴世は濡れた服のあまりの冷たさに抵抗もなくしてそそくさと下着だけの姿になり、ツェルトの布地をかき寄せて体を丸くした。まともに体を起こしていられず、棚に身を凭せかけなければならなかった。その間にタマコの息子は自らも服を脱ぎ、水分を絞ると、琴世の脱いだ服と一緒にあちこちの用具の上に広げて乾かしはじめた。

高熱に冒されて、意識が朦朧としてくるのがわかった。ツェルトを体にきつく巻きつけながらなおも歯の根が合わぬほど震えているのを、タマコの息子がかたわらから黙ってじっと見つめている気配があった。しばらくするとこの若者は、「あの、変なつもりじゃなくて――こうしたほうがいいんじゃないかと思って」と柄《がら》にもなくおずおずと言いよどみながら、ツェルトをそっと捲《めく》って自分の体を滑りこませてきた。雨水が乾ききっていないその肌は触れた瞬間こそ息が詰まるほど冷たかったが、重なりあった肌と肌の間から、すぐに信じられないほどの温かみが広がっていくのを感じた。

「あったかい」

うわごとのようにそう呟きながら琴世は無抵抗に体をこの若い男に預け、肌の接触面をより広げようと自分からその胸にしがみついて足をからめた。ごく薄いナイロンの生地にすぎないツェルトが、二人の肌から立ちのぼる熱気を驚くほど堅固《けんご》に囲いこみ、膨らませていく。

「ごめん……」

低い声が不意に耳もとで聞こえ、何を謝っているのかと不思議に思った次の瞬間、下腹部のあたりに硬いこわばりを感じた。それはあきらかに、タマコの息子の下着の中で起きている異変だった。

「こんなときに何考えてんだ、俺」

「いいよ、気にしないで」

琴世は短く応じただけで、その硬直した部分が当たらないように体をずらそうとさえしなかった。無理もない、まだ二十歳かそこらなのだ。歳は離れていても、女の肌だというだけで反応してしまうのだろう。ぬくもりに包まれて遠ざかる意識の中で、琴世はタマコの息子のそれを愛おしく思い、体がこんな状態でなければその昂《たかぶ》りを鎮めるためになにかしてあげただろうかと考えた。それを想像しても、抵抗感はなかった。

ふと目を覚ますと、トタンを打ちひしぐ雨音はすっかりやんでいた。眠りに落ちてから一瞬しか過ぎていないように思えたが、そのわりに頭のあたりを覆っていた靄《もや》がきれいに吹き払われたような感じがある。濡らしたタオルが額に乗せられるのを感じて手をやると、骨ばった冷たい手の甲に触れた。その手を引っこめたタマコの息子は、いつのまにか服を身に着けなおし、横たわった琴世のかたわらにじっと跪《ひざまず》いている。

「私、どれくらい寝てた?」

「どうかな、四時間か――もっとかも。時計がないから正確にはわからない」

その間、この男はずっとそばでこうして看病してくれていたのだろうか。琴世は申し訳ない気持ちで身を起こし、ツェルトで体を覆いなおしながら、計画を狂わせてしまったことを詫びた。

「疲れが出たんだろ。それにどっちみち、さっきまで雨足が激しくて動こうにも動けなかった。それより、なにか食べたほうがいい」

タマコの息子は、「生乾きだけど」と言いながら琴世の服をよこし、琴世がツェルトの中でもぞもぞとそれを身に着けている間に、携帯コンロで湯を沸かし、粉末のコーンスープを作った。スープは体の芯までとろけるほど熱く、その塩気ととろみが恋しくて、飲み終えてしまうのが惜しいほどだった。

「それだけ口に入るなら、動いても平気そうだな。もうそう遠くないと思う。このままじゃ日が暮れてしまうから、できればその前にシェルターに着いておきたいんだ。あっちに行きさえすれば、あとはどうとでもなるから」

琴世はうなずき、手早く身支度を整えた。

ずっと薄暗い小屋の中にいたからわからなかったが、戸外ではすでに陽が傾きかかっていた。雨はすっかり上がり、なんのかげんか分厚い雲に切れ間が生じて、最近ではめったにお目にかかれなくなった陽光さえ木々の枝葉を透かして降り注いでいるが、それもうだいぶ西の果てのほうに沈みこみ、一帯を橙色《だいだい》に染めあげている。それでも琴世はたまさかの陽射しを奇跡のように感じ、それを見失いたくない一心で、おぼつかない足を懸命に繰り出してはタマコの息子のあとを追った。

道はぬかるんでいて、しばしば足もとを滑らせて手近な木の幹にしがみつかなければならなかった。タマコの息子も、病み上がりの琴世のことはさすがに気遣い、ちょくちょく振り向いては手を差しのべて、高い段差を越えるのを手助けしたりした。その手には、女の体に触れること自体に慣れていない無骨さや未熟さが感じられたが、琴世はもはや気にしなかった。いきさつはどうあれ、裸の肌と肌を合わせたことで、この男との間にひとつの黙契《もっけい》が交わされたように感じていた。そこには、言葉を超えた次元で二人をたしかにつなぐ信頼や気安さのようなものがあった。

「まもなく視界に入ってくるはずなんだけど……」

かすかに息を荒くしながら高みに登りつめたタマコの息子は、そこであっけに取られたように立ち尽くした。怪訝《けげん》に思いながら斜面を這い登ってそのかたわらに並んだ瞬間、琴世にもその突然の沈黙の理由が知れた。

「あそこに立っているあの黄色いポールが目印。あの下にシェルターへの入口があるんだ。でもこれじゃ――」

百メートルほど先のやや開けた高台に、たしかに子どもの背丈ほどの棒状のものが直立している。すでに黄昏も深まり、ものの形も見分けられなくなりつつあるが、全体が黒っぽい巨大な塊《かたまり》と化しつつある山中の木々を背に、明るい塗料で彩られたそれは見まがいようもなく際立って見える。しかし、今いる地点とそことをつなぐ窪みの部分が、人の通行を許容しない状態になっていることはひと目見ればわかった。ついさっきの暴風雨で地崩れでも起こしたのだろうか。根こそぎ横倒しになって流されてきた大木や土砂がうずたかく重なり合い、無慈悲に行く手を阻んでいるのだ。

「くそ、あと一歩ってところなのに」

タマコの息子がそうして歯噛みしている間にも、陽は刻々と地平線の下に沈みつつある。電力の供給が途絶えた街の夜よりもいっそう濃密な真の闇が見る間に力を蓄え、全方位から二人を取り囲み、押しつぶそうとしている。琴世はすばやく周囲に視線を巡らせて、左手に伸びる尾根部分がぐるりと彎曲《わんきょく》してポールのあるあたりまでつながっているのを目に留めた。

「ねえ、こっちから迂回していけばあっちまで行けるんじゃない？」

「でも、もう暗すぎる。俺もこのへんの地形はよくわかってないし、へたに動いたら……」

躊躇している若者を尻目に、琴世は自分から足を踏み出し、尾根伝いに道なき道をさらに高みへと登っていった。タマコの息子も、あきらめたように数歩遅れてついてくるのがわかった。いつのまにか主客が転倒し、今や琴世こそがタマコの息子を導いていた。

そうこうするうちに陽はほぼ完全に没し、もはや足もとすら見定められなくなっていたが、わずかな薄明のもとで頭に叩きこんでおいた地形の記憶にまちがいはなかったらしく、地面の切り立ったところを踏み外さないように気をつけてさえいれば、尾根を辿っていくことは十分に可能だった。琴世はついさっきまで熱に浮かされて正体をなくしていたことも忘れて、なにかに憑かれたように左右の足を前へ前へと送り出していた。生きたいと思った。なんとしても生き延びたい――。そんなむきだしの欲求が肚《はら》の底から熱泉のように湧きあがり、踏み出す足に力を注ぎこんでいた。

やがて尾根は大きなカーブを描きはじめ、シェルターの入口までの道なかばまで達したことが知れた。右手には、二人の通行を問答無用に差し止めた土砂崩れの痕跡があるはずだった。闇に埋もれて見えないそれから顔を背けるようにして左手に目をやった途端、琴世は息を呑んだ。

尾根の際から深くえぐれてすり鉢状の斜面を描く谷底に、うっすらと妖しく光る白い巨大な塊がある。

それが無数に並ぶ桜の木であるということを理解するには、かなりの時間が必要だった。闇の底でぼんやりと白く浮き上がって見えるのは、桜の花弁だ。空に残るごくわずかな陽の名残を余さず吸い尽くしては、惜しげもなく再び放出している満開の桜――。

山の中のこんな奥まった場所で、この無数の桜の花たちは人知れず、誰に愛《め》でられることもなく咲き誇り、わが世の春を謳歌していたのだ。異変のことなどまるで意に介さず、ただ遺伝子に書きこまれた計画を予定どおりに遂行せんがために。

琴世はその場に言葉もなくたたずみ、白い微光を湛《たた》える谷底をじっと見下ろしながら、得体の知れない昂りに全身が満たされていくのを感じていた。事変以来、世界が終わってしまったかのように思っていたが、まだまだ捨てたものではない。この美しい桜の花を咲かせる力があるなら、世界はまだ十分生きるに値するのではないか。

ほどなく追いついたタマコの息子も、眼下に広がる信じがたい光景を前に言葉を失っていた。琴世は何も言わずに間近に寄り添い、手を探り当てて強く握りしめながら、暗闇の中でその顔を見上げた。相手もこちらをじっと見つめているのがわかった。そして、二人がこの世界の新しいアダムとイブになるのならそれでもかまわないと思った。

# 陶古《とうこ》の女人《にょにん》

室生犀星《むろうさいせい》

きょうも鬱々《うつうつ》としてまた愉しく、何度も置きかえ、置く場所をえらび、光線の来るところに誘われて運び、或いはどうしても一個の形態でさだまらない場合、二つあてを捉え、二つの壺が相伴われて置かれると、二つともに迫力を失うので、また別々に引き放して飾って見たりした、何の事はない相当重みのある陶器をけさからずっと動かしつづめにいた。かれらは最後に三つあてに据えられ、それを四個に集めてながめることは出来なかった。四という数がいかに面白くない数であるかが判る、三という数の平均美が保たれると、彼はそこに同じ背丈《せたけ》の壺に釣合を見て、据えた。各陶の惹《ひ》きあう美と形とは、肩をくみあわせて、うたがうがごときものがあった。なるべく壺というものは一つあてに飾装せられるべきであり、それが本来のものだが、彼はつねにそれらを一どきに眼におさめたかった。慾張りで執念ぶかいのである。それでいて漫然と棚とか物の上とかに飾って置くことを好まない、どこまでも生かせられるものなら生かして、或る場所とか、その場所のまわりの融和とかに注意して、壺を置いて見るのに邪魔な物があると、それを即座に外してしまう、額の絵までが故障を来たすときには、額も外してしまう、何にもないところにいたがる物は、何にもないところに据えてやらねばならない、壺自身もどこまで行っても行き着くまでは坐らないのである。厭《いや》だ厭だといって頭を振るのである。たとえ、そこに坐るにしても歪みを持った陶器は、その歪みを香台にたくみな挟み物をしてやり、すっきりと肩先をのべさせなければならない、かれら古陶の類は多少まがりとか、ゆがみを昔から持たされている。それはそのままでいい訳のものだが、飾るときにはただしく置かれることを好いている、ただしいということは陶器の素性《すじょう》であって、ゆがめられていることは過《あやま》ちであった。その過ちを彼はたくみに蔽《おお》い、いたわってただしくしてやるのである。だから彼はラシャ切れのようなものを沢山に持っていて、挟み物をして姿をととのえてやるのだ、彼は対手《あいて》が陶器でありながらそれ以上の物に釣り上げて考えてやっている。どんな陶器でも洗いすすぐという事は怠らない、指紋とか手ずれとかはそれを買った時に、洗い落して生地を清めてから眺めるのである。

眼をさましてすぐ眺めるもの、夜の最後に眼におさめてねむるものも、悉《ことごと》く壺であった。寝部屋の枕もとにそのために置かれている壺類は、色のあるものが多かった。天啓赤絵《てんけいあかえ》とか柿右衛門《かきえもん》の作品とかに雑《まじ》り、高麗青磁《こうらいせいじ》や李朝《りちょう》の白磁がやさしく、あわいみどりの乳白の面を互に相いだきながら、明け方にはいちはやく、明りをたぐりよせて、形を見せはじめていた、その一日という日の明けがたの美しさ、ただ、それを見ているだけで、一人の人間のいのちがきょうも保たれていることで、その人のよろこびは一概にばかばかしい事には思えない、それは冬も夏もたいてい五時半といえば、寝てはいられないのである。起きて壺のまわりの埃《ほこり》をふきとり、陶器のうえにある昨日の埃をていねいに拭いてやることで、朝のしごとが始められるのである。その時にまたあたらしく置く場所とか座とか飾り工合が修正されている。たとえばどのように優しい物を持って来ても、雲鶴青磁《うんかくせいじ》は友を厭い、伴《つ》れを拒んでひとりでいたがるのである。昨日はようように絵高麗と仲よくならんでいたものも、今朝見るとならべた方に間ちがいがあって、雲鶴青磁はひとりで超自然の形をとりたがっていることが判り、きのう、ならべて見た間違いを発見するわけであった。これはもはや陶器であるよりも、絶えず一つの威厳と優美をそなえたもの、人間の顔とか、顔の中にある柔しいものを見せてくれるものであって、或る意味では自然にも人間にも見つけられないものを持っていた。こんな言い方は胡麻化《ごまか》しであって悉皆《しっかい》の表現がおよばないようだが、全くそれはすぐれた綺倆《きりょう》をもった女の人に、その類似をもとめてみると楽に現わせるものに思えた、かすかな微笑のようなものである。瓶史《へいし》は永いし円みはとろりとして何時も溶けているし、うすい乳緑《にゅうりょく》の世界は人間の肌より冷たくこまかい、明りをとりこむことの速さは他の壺よりはるかに早く、夜明けがみとめられる。彼はあたらしいきれでよく拭いてやるのである。拭くきれの下で鶴は羽ばたきをし、陶器というものが千年近くも経ったたくさんの歳月をうしろにして、またきょうという一日をむかえたことに、別様な誉《ほまれ》をおぼえている。この屋根の下にあるわずかな月日は陶器の持つ千年にまたその一日というものを加えてゆくのである。永遠という言葉は甚だむなしいものだが、どうやら、このあたりでこの言葉のありかが判るような気がするのである。

そうでなかったら、この世界に永遠なぞという言葉が存在しない。

彼の夏の旅行に雲鶴青磁の壺を鞄に入れて、出かけた。それは留守のあいだも離れることが出来ないというより、永い旅行先の眼ざめに見たかったからである。背丈は一尺近くあって胴まわりも充分にある青磁は、それ一個をつつんで鞄に入れてしまえば、あとには、何も入れることが出来ない、彼は間違いがあるといけないと思って、車掌《しゃしょう》に車掌室に置いてもらうことにした。永い生涯のうちでも陶器を携えて旅行に出たことがなく、他人にはちょっと口にしがたい気持の甘え方であった。信州《しんしゅう》の家に着くと彼はそれを床の間に据え、似合うかどうかをためしたが、色も形も、高い山の明りに素直になじんで見えた。もし粗面の布きれでふくと傷を生じる神経質な青磁は、指の爪先が当っても、そこには、肉眼で見られない傷がついていた。彼は鏡のような山の光線で隈なく見入ったときに、元からあった窯《かま》きずに、驚いて眼をとめた。ほんの僅《わず》かしかなかったにゅうに、これもよく見入るとあたらしくにゅうが五分ばかりふえ、それの走りのするどさに搏《う》たれた。人間の心のこまかいはたらきに似た高麗青磁のやさしさは、列車の震動のこまかい不自然さに、ついに惹きいれられ、あたらしいにゅうを生じたものとしか思えなかった。彼は車掌室を見聞したときに雑誌四五冊をならべ、その上に鞄を置いて気づかわれる震動をふせいでいた。鞄の中では一枚の毛布をくるくる捲いて、底にあたるところに毛布の折目を廻し、打《ぶ》っつけても動かないように固くとじていた。震動は鞄をとおして幾重にもまいた毛布につたわり、時計のような神経質な青磁のにゅうのあるところに、永い間かかって震動をつたえて行ったものとしか、思えなかった。女性のようなこの古陶の美しいもろさが、彼の驚きにこまかい更に別様なこの陶器の魅力を、加えしめた。そうかなあ、そんなに君は弱い人だったかなあ、と、つぶやいた。彼も彼の家人も壺にたいしては、この壺はとはいわずに、この人とか、あの人とか呼ぶようになっていたから、彼はこのよわい人が何故によわいかということの原因では、うつくし過ぎるためにそのようにもろく弱いとしていた。彼はにゅうがさらにふえて深まったことには悲しまない、にゅうというものはちょっと動かしただけで伸びることもあろうから、列車の震動がつたわってにゅうに異変はあり得るものにおもえた。まるで生きているようなものだ、風邪を冒《ひ》いた女の子がちょっと快くなって、外の空気にふれただけでまた冒き返すことに似ている、この人は風邪を冒いたようなものである。

彼は陶器にくぐり込んでから、もう四十年近く経っているが、陶器の鑑定になるとまるで判らない五里霧中の人であった。だから何者にも怖れないふてぶてしい男も、陶器の判る人の前だけには参っていた。頭も尻尾もあがらない、若い小僧さん上りの人が驚く程の見方をやって退《の》けるのを聞くと、もう口が利けなかった。或る意味で商売人となって金とか目利きの世界で、よく揉《も》まれないかぎり判らぬものは、最後まで判らずじまいになるらしい、陶器とともに遊ぶような気持がいけないのだ、原稿を書いたあまった時間で見た陶器の世界と、朝から晩まで陶器と取りくんでいる人とは、全く大きな違いがなくてはならない筈《はず》だった、かれらは陶器を商う時に損をしてはならないし、損をしないときには眼を利かさなければならない、かれらは一生懸命の食うか食われるかの境に立っているから、陶器のきわめが判るし判らなければ食えないのである。原稿を書くのに苦しむのと何の変りがない、茶羅《ちゃら》っぽこを書いていては永い文学生活は覚束《おぼつか》ない、だから何時もぎりぎりまで書き続けているのだが、かれらも何時もぎりぎりまで行って陶器を趁《お》い詰めているのだ、遊び半分に判るとか判らない境にふらついているのではない、どんなにしても判らなければならないのだ、その判るというそばに、かれらのいとしい妻は縫い物をし、その子供達は往来で青い日の下で遊んでいる、此処まで辿って行かなければならない彼に、これは何処のどういう陶土であるか、どういう釉《うわぐすり》であるかということが判らないのは当り前じゃないかとも考えるのだが、ただ単なる一介の陶痴であることを彼はつねに拒んで、彼は判ることに頭をはたらかせていた。併《しか》し判らないものは常に判らない、だから彼は苦しまぎれに陶器というものが判ってしまえば、陶器が面白くなくなるのではないか、判らない境にいて判ろうとするから、奥をさぐり底を敲《たた》いて見ることが出来る面白さがあるのではないかとも、思われた。文学の事、小説や詩の事も、判り切った顔をしていたら、一向、取り付きようもないのではないか、何だ小説なんかという高の括《くく》りようは出来るものではない、一つの作品ごとにこんどは気をつけて書いてやろうという気がなかったら、何時も書きよいことばかりに終始していて一向に面白くないものだ、と言ってこのくどくどしい彼の行文もまた麗々しく小説のつもりで書き、こういう小説もたまにあってもいいではないかと、人のよろこばない作を綴るのも困り物だが、作者というものにはその作品の種類のたねを明かし、どこで何を考えているかというくらいのことは、たまに、記してあってもよいものである。たとえば陶器というものは小説とおなじで、それを読んだり見たりするときにこれはどういう生れの陶器であるかということを、見ながらしらべてゆくのである。しらべられない陶器というものは一つも存在していない、頭から臀《しり》、くすりから土、焼きのぐあいまでしらべられることは、小説を月評家が三人がかりでしらべ上げることに似ている、そのようにしても、小説という化け物はしらべ上げられない場合が、たまにあった。併し陶器の素性がしらべ上げられないことは、絶無であった。そのきびしさは小説も及ばない、一個の壺がかりに五六百年経っているとしたら、恐らく何千人という人間の眼がそこでしらべ上げるために、そそがれていたことが判るのだ、人間の生きた眼のむらがりの中で名品とか逸品とかが、存在しつづけていたのである。恐ろしいことである。彼が陶器の判る人が怖《こわ》いということにも、文学が彼よりもっと判る人が怖いとおなじことなのだ、ちんぴら作家がとても適わないようなものを書いたとすれば、よくやったという嬉しい溜息をつくまでに彼は成長しているのだが、それだから文学の世界が広くて怖くも思えるのである。

この信州の町にも美術商と称する店があって、彼は散歩の折に店の中を覗《のぞ》いて歩いたが、よしなき壺に眼をとめながら何という意地の汚なさであろうと自分でそう思った。見るべくもない陶画をよく見ようとする、何処までも定見のない自分に惘《あき》れていた、彼はこれらのありふれた壺に、ちょっとでも心が惹かれることは、行きずりの女の人に眼を惹かれる美しさによく似ている故をもって、郷愁という名称をつけていた。天保から明治にかけてのざらにある染付物や、李朝後期のちょっとした壺の染付などに、彼はいやしく眼をさらして、思い返して何も買わずに店を立ち去るのであるが、何もとめる物も、見るべき物もない折のさびしさはなかなかであった。東京《とうきょう》では陶器の店のあるところでは時間をかけて見るべきものもあるが、田舎《いなか》の町では何も眼にふれてくるものは、なかった。そういう気持できょうも家まで帰って来ると、庭の中に一人の青年紳士が立っていた。服装もきちんとし眼のつかい方にも、この若い男の生い立ちの宜《よ》さのほどが見えた。手には相当に大きい尺もある箱の包をさげていた。かれは初めてお伺いする者だが、ちょっと見ていただきたい物があってお忙しいとは知りながらお訪ねしたといった。彼はこの青年の眼になにかに飢えているものを感じて、その飢えは金銭にあることがその箱の品物と関聯して直ぐに感じられた。彼は何を見せにお見えになったのか知らんが、僕は何も見たい物なんかないといい、これから仕事にかからなければならないから、些《ほ》んのちょっとの間だけお会いするといって、客を茶の間に通した。彼はどういう場合にも居留守をつかったことはないし、会えないといって客を突き帰すことをしなかった。二分間でも三分間でも会って非常な速度で用件を聞いてから、いい事なら即答をしてやっていた。そして率直にいま仕事中だからこれだけ会ったのだからお帰りというのがつねである。一人の訪客に女中やら娘やらが廊下を行ったり来たりして、会うとか会わんとかいう事でごたごたした気分がいやであった。会えば二三分間で済むことであり遠方から来た人も、会ってさえ貰えば素直に帰ってゆくのである。だからきょうの客にも彼は一体何を僕に見てくれというのかと訊《き》くと、客は言下に陶器を一つ見ていただきたいのですといった。陶器にも種類がたくさんにあるが何処の物ですかというと、青磁でございますといった。彼は客の眼に注意してみたが先刻庭の中で見かけた飢えたものがなくなり、穏かになっていた。どうやら彼の穏かさは箱の中の青磁に原因した落着きにあるらしい、客はむしろ無造作に箱の中からもう一度包んだ絹のきれをほどきはじめた、そして黄いろい絹の包の下から、突然とろりとした濃い乳緑の青磁どくとくの釉調《ゆうちょう》が、ひろがった。絹のきれが全く除けられてしまうと、そこにはだかの雲鶴青磁が肩衝《かたつき》もなめらかに立っているのを見た。彼は陶器が裸になった羞かしさを見たことがはじめてであった。彼はこの梅瓶《メイピン》に四羽の鶴の飛び立っているのに見入った。一羽はすでに雲の上に出てようやくに疲れて、もう昇るところもない満足げなものに見えた。またの一羽は雲の中からひと呼吸《いき》に飛翔するゆるやかさが、二つならべて伸した長い脚のあたりに、ちからを抜いている状態のものであった。そして第三羽の鶴は白い雲の中から烈《はげ》しい啼《な》き声を発して、遅れまいとして熱っぽい翼際の骨のほてりまでが見え、とさかの黒い立ち毛は低く、蛇の頭のような平たい鋭さを現わしていた。最後の一羽にあるこの鳥の念願のごとき飛翔状態は、とさかと同じ列に両翼の間から伸べられた脚までが、平均された一本の走雲のような平明さをもって、はるかな雲の間を目指していた。それらの凡ての翼は白くふわふわしていて、最後の一羽のごときは長い脚の爪までが燃えているようであった。彼はこの恐ろしい雲鶴青磁を見とどけた時の寒気《さむけ》が、しばらく背中にもむねからも去らないことを知った。客の青年は穏かな眼の中にたっぷりと構えた自信のようなものを見せて、これは本物でしょうかと取りようによっては、幾らかのからかい気分まで見せていった。併しそれはあまりに驚きが大きかったために、彼がそういう邪推をしてうけとったものかも知れなかった。彼は疑いもなくこれは雲鶴青磁であり逸品であるといい、これはお宅にあったものかと訊くと、終戦後にいろいろ売り払ったなかに、これが一つ最後まで売り残されていた事、売り残されているからには父が就中《なかんずく》、たいせつにしていた物だが、二年前父の死と同時にわすられて了《しま》っている事を青年はいったが、その時ふたたびこの若い男の眼に飢えたような例のがつがつしたものが、うかべられた。そして青年は実は私個人の事情でこの青磁を売りたいのですが、時価はどれだけするものか判らないが私は三万円くらいに売りたいと思っているんです。町の美術商では二万円くらいならというんですが……私は或る随筆を読んであなたに買って貰えば余処者《よそもの》の手に渡るよりも嬉しいと思って上ったのだとかれは言った。彼は二万や三万どころではなく最低二十万円はするものだ、或いは二十五万円はするものかも知れない、それなのにたった三万円で売ろうとしているのに、彼は例の飢えたような眼に何かを突き当てて見ざるをえないし、当然うけとるべき金を知らずにうけとらないということに、正義をも併せて感じた。君はこの雲鶴梅瓶を君だけの意志で売ろうとなさるか、それとも、先刻、お話のお母上の意志も加って居るのかどうかと聞くと、青年は私だけの考えで母はこの話は一さい知らないのだといい、若《も》し母が知ってもひどくは咎《とが》めない筈です、私はいま勤めていて母を見ているし、私のすることで誰も何もいいはしないと彼はいい、若し三万円が無理なら商店の付値と私の付値の中間で結構なのです、外の人の手に渡すよりあなたのお手元にあれば、そのことで父が青磁を愛していたおもいも、そこにとどまるような気もして、あんしんしてお預けできる気がするのですと、その言葉に真率さがあった。文学者なぞ遠くから見ていると、こんな信じ方をされているのかと思った。彼は言った、君は知らないらしいが、実は僕の見るところではこれだけの逸品は、最低二十万円はらくにするものだろう、そしてこの青磁がどんなにやすく見つもっても、十五万円はうけとるべき筈です、決して避暑地なぞで売る物ではなく一流の美術商に手渡しすべき物です、ここまでお話したからには、僕は決して君を騙《だま》すような買い方をする事は出来ない、お父上が買われた時にも相当以上に値のしたものであろうし、三万円で買い落すということは君を欺すことと同じことになりますと彼は言い、更に或る美術商の人が言ったことばに陶器もすじの通ったものは、地所と同じ率で年々にその価格が上騰《じょうとう》してゆくそうだが、全くその通りですね、そういう事になれば当然君は市価と同じ価格をうけとらねばならない、とすると僕にはそういう金は持合せていないし、勢い君は確乎《かっこ》とした美術商に当りをつける必要がある、彼はこういって青年の方に梅瓶をそっとずらせた。青年は彼のいう市価の高い格にぞっとして驚いたらしかったが、唾をのみ込んでいった。たとえ市価がどうあろうとも一たん持参した物であるから、私の申出ではあなたのお心持を添えていただけば、それで沢山なのです、たとえ、その価格がすくないものであっても苦情は申しませんと、真底からそう思っているらしくいったが、彼は当然、価格の判定しているものに対して、人をだますような事は出来ない、東京に信用の於ける美術商があるからと彼は其処《そこ》に、一通の紹介状を書いて渡した。

客は間もなく立ち去ったが、彼はその後で損をしたような気がし、その気持が不愉快だった。しかも青年の持参した雲鶴青磁は、彼の床の間にある梅瓶にくらべられる逸品であり、再度と手にはいる機会の絶無の物であった。人の物がほしくなるのが愛陶のこころ根であるが、当然彼の手にはいったも同様の物を、まんまと彼自身でそれの入手を反《そ》らしたことが、惜しくもあった。対手が承知していたら構わないと思ったものの、やすく手に入れる身そぼらしさ、多額の金をもうけるような仕打を自分の眼に見るいやらしさ、文学を勉強した者のすることでない汚なさ、それらは結局彼にあれはあれで宜《よ》かったのだ、自分をいつわることを、一等好きな物を前に置いて、それをそうしなかったことが、誰も知らないことながら心までくさっていないことが、喜ばしかった。因縁がなくてわが書斎に佇《たたず》むことの出来なかった四羽の鶴は、その生きた烈しさが日がくれかけても、昼のように皓々《こうこう》として眼中にあった。

人の物がほしくなるという点で、陶器ほどほしくなるものはない、そして廉《やす》く買おうとすることにも甚だしきはない、他人の女の人はただ美しく過ぎるが、陶器だけは何とかして手に入れることが出来ないかと、心を砕く、事実、何とかすれば手に入れることが出来るものである。他人の持つ陶器の美しさ、その絵付のあでやかさに至っては一旦それを眼にすると、夜となく昼となく惑わされるものである。そこに財力がいる。なまなかな金ではない、一つの陶器もずっと上の方の物になると、彼の書く短篇小説の原稿料の全部を持って行っても買えない、二篇の稿料でも覚束ない場合には、実に短篇三篇の稿料をはこばなければならないのである。印税なれば初版一冊分をそっくり陶器と引替えに支払わなければならない、ひと月に二篇の小説をかくということも容易なことではないが、それが右から左に差し交わされて唐宋《とうそう》の壺一個が手にはいるということは、彼といえども、身の程知らずのばかばかしいことに気づくが、実際はその唐宋の古陶がほしくなると、気が終日其処に行って掻きむしられるのである。余り本の売れないのと同時に原稿もすぐには書けない彼としては、うけとった原稿料をそっくり手渡すということになれば、生活費の全部をそこにかけることになる、家庭へは無理をして貰い、そのかわりに彼は一つの壺を眺めていられるのである。こんな無理をして自分だけ好い目にあうということは我儘であり、女に入れ上げているようなものであった。財力のない人間が庭を作っても、碌《ろく》な庭が作れない、庭には金を食わさなければ美しくならないからである。陶器も、最後には財力がなくては何一つ買うことが出来ない、金を食いちらして生きていることでは、陶器は庭や住居よりも、もっと大きく馬の如くに食いちらしている。金というまぐさは昨日も今日も何万かずつ食《は》み、食い飽きることはないのだ、庭は一瞬にして何十万という札束は食いちらさない、じりじりと迫って来るけれど、陶器はすべての売買が一瞬の間に行われる。いくつかの小説、幾冊かの印税のあぶら汗も、美しい一羽の雲鶴に及ばないのである。女に深入りしていると、人はしまいにボロを下げて歩いていなければならなくなる。本人は女を持っているのであるからボロに気がついても、容易に新調の服を着込むことが出来なかった。女は悉くの札束をその愛すべき唇をもって、これもまた馬のごとく食べちらすことに於ては、人後に落ちない、彼は気がつくと帽子はしみだらけに鍔《つば》はひろがり、着物は十年前に作ったものを裏を返して仕立て直し、表に糊をつけて着込み、彼のたんすはいつも空であった、けれども壺を下げている、これは一体どういうことなのであろう。

彼はこれではいけない、こんなふうだと何も彼《か》も失ってしまうと気が付いても、やはり街を歩いて陶器を買いこんでいた、きょうは見るだけにして置こうと考えながらも、一つの陶器を前から後ろから眺め、ああ、いいなあと思い、あれを書き上げたらあの金を廻そうという気になり、彼は懐中からあるだけの金を取り出してしまうのである。それは常に一個とか二個とかに限られていなくて、見るものがほしくなり、彼の書斎は足の踏み場もないくらいに、壺とか花生とかが併んでいる、財力のない人間が自分の財力の程度を知りながら、なお、そこで踠《もが》きながら慾望を満たそうとするのは、手のつけようのないものである。嘗《かつ》て彼は或る知人が三人の女を愛していて、そこに通うことで生きていたが、彼はその三人のうちで誰をあなたは一等愛していられるのか、そのうちの一人を特別に愛しているということはないのかと、問《たず》ねて見た事があった。そしてその人の答えは予想外の言葉として、彼に答えるのを聞いた。あなたは嘘だと思われるかも知れないが、三人が三人とも私にとっては同じ愛情を分けることによって、一人をよく思いそれにのみ愛情をそそぐということはない、どれもあわれであり、どれも愛しなければならないために、自分で作った地ごくの中に悶《もだ》えているのです、一人だけのあわれにとどまっているなら、金をやって別れてしまえばいいのですよ、そういう一人に限られないから私には命がけで三人を一人にして仕えているような始末なんです。一人ずつの持つ女のうつくしさとあわれは、自ら釣り合いを持って惹きおうているようなものです。たとえば一個の壺というものはどこまでも一個の形態ではあるが、二つならべた時に呼びあうような融和がある、二つが一つになった形態を持って迫ることをご存じでしょう、それを一つずつ離して見ることが出来ないまでに、二つが一つになって美しさを競うている場合があるのです、それと同じに、私は三人のうちのどの女とも別れたくないのです。たとえば一人の女に会っているあいだに、べつの一人の女が或る特異な、その人でなければ見られない魅力で迫って来るのです。だから三人ともいまは私にはなくてはならない女達であり、私という人間のうちの屑のような男が彼女らにも、なくてはならない人間になりつつあるのです。あなたは女達がお互に別に女のいることを知り合っているか、いないかを問題にしていられるが、実際は三人が三人とも私によって生きていることを知り尽しているのですが、併し、そのことでは彼女らは黙って何事の質問も嫉妬も起していません、彼女ら三人ともに私のような人間にたよらなければ、食ってゆけない不幸な経験を持っていて、金と境遇のためにくるしんだ人達なんです、私はそのため祖先の土地を売って彼女らの生活費に当てているものですが、彼女らが私かららはなれてゆく時があっても、それはその時のことです。私は自分のことを人間の屑だと申しましたが、どちらにしても金は私の一生のうちになくなって了う訳ですから、人間の屑がおなじ人間の屑である彼女らをしやわせにしてやれば、仕事としては人間の屑にも屑らしい義務があるようなものですと、その人は彼に少しも恥じないふうで話していた。彼はこの話を聞いているじゅう陶器で財をほろぼすことも、痴情をもって此の人のように一生を女のために揉み消すことも、その孰方《いずれ》も結構におもわれた。寧《むし》ろ女のために世間や家庭から抛《ほう》り出されて、正直にあがきながら死んだ方がいいかも知れない、たかの知れた名実や道義を厭々まもるよりも、ざっくばらんに好きなことをしながら、どうせ終る一生なら両足をばたばたやる子供の駄々を捏《こね》るように、この世界に屑の人間の生涯をむしりちらした方が、正直で嘘でない生き方かも知れない。

或る財力のある男はその集めた古陶で、一つの美術館を建ててそれを見る人のためにその心を養うているが、ほしい物をほしいままに蒐集《しゅうしゅう》できるとすれば、美術館も建てたくなるであろうし、人の心にある美のもとめ方を思いやることが出来るだろうが、そんな事は彼にはまだまだ遠いことであった。夜半にまくらを返すときにちらつくもののある間、街にそれらを見て歩いてくたびれを感じる間、まだまだ人に見てもらうための陶器なぞ、ひとつも存在しなかった。彼は自分の陶器は人に見てもらいたくないし、見せもしたくなかった。それが偶然に人に見られるなら構わないが、なるべく自分の居間の奥ふかいところに入れて、生きているあいだ一人で見入っていたかった。これは一つの謙遜の気分でもあるが、心の問題として存在しているものを他人に見て貰いたくないのは当り前であろう、先刻の物語の男も、ではあなたの好いている三人の女の人を何かの機会に見せてもらう訳に行かないでしょうかと言ったら、言下《げんか》に拒まれたであろう、そして他人の女を見て一たいあなたは何にするのだというだろうし、彼はそんな女の人達がどんな顔をしているかが見たいだけだと彼は正直に言ったであろう、彼は女の人が一人ずつの男を好くという事、これはと思われるような男女のあいだに、いつも惘れながらも人間の至情というものの深さを、うつくしく感じていた。それだから生きて行けるのである。女の皆に嫌われるという男はいない、何処かに好いてくれる人がありその人は男の来るのを待たなければならないように出来ているし、待っているときっと何処の誰だかもいまは判らない人でも、やがては遠近から訪れてくる者がいる、きっと来てくれて胸をたたく、こんな思いは人間の生涯をつらぬいているではないか、それだから顎《あご》を撫でてのほほんとしていられるのではないか、一生涯女を知らない人はいないし、そういう不幸は男にはない、併し女の人で生涯男を知らない人はたくさんにあった。そんな処に趁い詰められた人の悲しみはどうだろう、女であるために何事も控え目に暮してついに五十歳六十歳に達した人がいるのだ、こういう悲惨事のなかでも例のない悲惨事は、それを見るときになんともお気の毒で、見るに耐えない、とるに足りない人間の屑であっても、男であるためにその屑は女という花粉にまみれて生きられることを思えば、男であるための喜びを忘れてはならないのである。彼はつねに愛陶のこころがこんなふうに現実と絡みあうのも、無理のない彼の熱情の果のように思われた。

# 牡丹寺《ぼたんでら》

芝木好子《しばきよしこ》

薗部《そのべ》が妻のゆき子を奈良《なら》の長谷寺《はせでら》へつれていったのは、彼女の亡くなる半年あまり前であった。結婚以来十七年になろうというのに妻と二人で旅行に出ることはたえてなかったので、あとから思うと忘れ難《がた》い旅になった。その前年であったか京都《きょうと》に学会があって出席したあと、宿で帰り支度をしていると、夕方着いた客が廊下を渡りながら牡丹の噂をしているのを聞いたことがあった。長谷寺へゆかれたお客様ですと女中は言った。

「奈良の長谷寺は牡丹寺とも申します」

薗部は牡丹で有名な寺の噂は初耳で、ゆき子は知っているだろうかと思った。彼女は牡丹好きで、彼が東京の家をあとにするときも庭の牡丹が終りにきたのをしきりに惜しんでいたのを思い合せた。牡丹は家に数株あって、ゆき子の実家から植えかえたものや、牡丹園から買い求めたものであった。丹誠して育てるのがたのしみとみえて、紅色や濃紫や白などを咲かせ、その一つ一つに春興殿《しゅんこうでん》とか麟《りん》鳳《ぼう》とか大仰な名がついているのを、薗部は聞く端から忘れた。牡丹は肥料を惜しまず与えなければならないとみえて、化学肥料だけでなく堆肥なども作るし、冬は霜除けにも心を配っていた。同じ花でもゆき子は洋蘭や薔薇には無関心で、桔梗《ききょう》とか都わすれといった花を好んだ。花のたたずまいが家に似合うということを彼女流に、

「花がさまになっているから」

といった。薗部は花はおろか家庭というものに興味を持たなかったし、ここ十年あまりドイツ文化史の仕事に打ち込んで、ゆっくり家族と話したこともなかった。仕事の合間のくつろぎには夜の巷《ちまた》へ酒を飲みにいって、友人のたまり場で遅くまで過ごした。古い家に離れを作ったのも家族と離れて書きものをするためであった。ときにこの廊下へさささささっと小早く着物の裾《すそ》を捌《さば》きながらくる女の足音がして、それを追う少年の弾んだ足どりと、小さな笑い声が立ってくる。彼が目をあげると同時に障子があいてゆき子が走りこんでくるのだった。

「お父さま、修一《しゅういち》がいけません!」

というと、中学生の息子から逃れるために薗部の背中へまわってくる。

「なに言ってんだよお、お母さんが僕の日記を見たんじゃないか」

「お母さんは見ないわ。あなたが机の上にひろげておいたから、片付けてあげたんです」

「いや見た。親のくせになんだよお」

ふざけているとしかみえない妻と息子を見比べながら、薗部は渋い顔でうっとうしいそぶりをする。

親子の馴れあった戯れなどわずらわしいし、親のくせになんだという子供におどろくのだった。ふたりは薗部を挟んでなにか言い、彼の無愛想など気にもしなかったが、そのうち息子がぶつぶつ言いながら出てゆくと、ゆき子はおかしそうに首を竦《すく》めて、男の子は羞恥心が強いのねといった。今から大学へ入る年齢まで気をつけるのだね、薗部は当らずさわらずにいって書物に目を落す。家庭のことに口を出さない代り自分の部屋は自分だけのもので、時には食事も寝るのもひとりでこの部屋ですました。ゆき子はそれを世間普通のことと思っていた。早くに結婚した彼女は薗部を自分の父に似ているという理解のしかたで、うけいれていた。彼が一年間ドイツのハンブルクに留学した当時も、彼の出す手紙はわずかで、ゆき子はそれも父にそっくりだと思っていた。薗部は横着《おうちゃく》をしたまでで、ドイツの小都会の生活は彼を解放的にしたのだった。酒も強くなったし、女のあしらいも心得るようになっていた。町中に抱かれた美しいアルスター湖を散歩しながら、時にはその支流にかけてのドライブで木立のなかに花かげをみると、その時だけ花好きの妻を思い出した。彼女の手紙は散文的で、何日朝、尾長《おなが》が一羽庭にきてけたたましく鳴きましたとか、修一の背丈は百五十八センチ、テニスのジュニアクラブに入会しましたなどとある。何日夜、仲秋《ちゅうしゅう》の名月、と書いたところに下手な絵が入っていて、苦笑することもあった。夏のバカンスに彼の方も気まぐれにスイスの山の絵はがきなど送るだけであった。その留学中に薗部の従兄がヨーロッパ旅行でハンブルクへも寄っていった。彼の妻の口から薗部が大分発展しているらしいと伝えられると、ゆき子はあんなそっけない人がと言って、

「主人がもてるって初耳ですわ。きっと大きな顔で帰ってくるでしょうねえ」
と聞き流した。ゆき子さんは利口か馬鹿かわからないと身内で囁きあうのを、あとで薗部は耳にした。

ハンブルクから帰って二年になるが、彼の生活はあちらで考えていたほど若やいだ変化は起こらなかった。大学附属の研究所にいるときも、友達と酒を汲む時間も、生活の陳腐な匂いや、家庭の絆にしばられてしまうのだ。アルスター湖のひろがる静かな町にいた時は自由なひとりの人間で、異国の額縁の中に溶けこんで、自分を別の人格に錯覚してしまったが、帰ってくれば元のままである。仲間とのはめを外した時間も、恋愛に類した事件もそのように思われる。ハンブルクにはベルリンのような痛ましい戦禍はなかったから、港には百年も前の建物を思わせる古色蒼然とした倉庫が並んでいた。この港の好きな女がいて、荷上げのクレーンの動くのを一緒にドライブウエイから見たことがある。この都会にある日本文化研究所の仕事をしている友人から紹介された神代知子《ともこ》は、食品会社に勤めていた。別の目的で留学してきて、いつかなんのために働いているか解らなくなった留学生の一人であった。帰国するきっかけもなく、ずるずると暮している人間の投げやりが顔にも出ていた。グラフィック・デザインで賞をとったこともあると聞いたが、仕事の話はしなかった。酒に強くて、誘えば国民酒場へもきたし、夜のあやしげな町へも臆せずついてきた。ハンブルクの下町にある売春窟《くつ》は吉原《よしわら》の大門《おおもん》のような門扉の中にあって、薄暗い妓楼《ぎろう》の窓や戸口に金髪の女がいる。港へ入る各国の船員のあそびにくるところで、ぞろぞろ歩く男たちの熱気が異様に立ちのぼっている。初めて覗いたときも知子が一緒なので、薗部をまじえた三人の男は遠巻きに一巡した。わざと暗くしたような灯影《ほかげ》に立つ女たちは目くばせをする。灯の射さない女の顔は陰気で、くらいあそびの毒が塗りこめられている。特殊な地帯の囲みの中にかもす妖しい雰囲気に無気味さが漂うのは、じめついた暗さに体臭の強い異国人が群がり動くからであった。薗部たちはやがて門扉のわきの通用口から出てきたが、魔窟の毒気に当てられていた。通りの商店は店を締めて、飾り窓だけ灯をつけ、夜の女のための赤い服など並べていた。薗部はふりかえって、妙に疲れのみえる知子が帰る、というのを聞いた。そのために誰かが送ってゆかなければならなかった。女が意味もなくついてきたおろかさを、誰も口にはしなかった。

　薗部が夏の休みに彼女とスイスの山へ行ったことは、すぐ友達に知れてしまったが、深刻に考える者はいなかった。知子はそういう女だし、若いというわけでもなかった。薗部さえうまく立ちまわればすむことであった。スイスの旅を人に聞かれると、薗部は天候にめぐまれてよかったと話した。またマッターホルンへ登る登山電車が草原から雪原へと丘を二重に重ねながら、急傾斜で上ってゆくときに見た、放牧の羊のことも口にした。羊はどういう種類なのか、胴の半分から黒と白に分れていて、首のほうが白かった。そのことを妻への絵はがきにも書いたが、山上のホテルの食事のとき、知子は羊の首のほうは黒かったと言い張った。しかし彼の顰《しか》めた顔をみると、そう、首のほうが白くてもかまわないわね、私はいつもこうね、と言い直した。ホテルの窓は八月というのに小雪がちらついて、スキーを履いた若者が出入りしていた。羊のことで争ったが、雪山のホテルは視界を遮《さえ》ぎられたせいか雲上の塔のように孤立して浮世離れがしていた。

一年間適当にあそびもし、いくらか仕事もしてきた薗部は、帰国して子供の背丈の伸びたのにおどろかされた。それに比べてゆき子は少しも変っていなかった。良人の変化に気付いても外国の生活をせんさくもしないし、また興味も示さなかった。男の世界は彼女のかかわらない別のもので、聞いても仕方がないと思っていた。花の季節になると、彼女は食堂の陽だまりへ鉢植えの紫陽花《あじさい》を置いた。薗部が外国で見馴れた大輪のローズ色の西洋あじさいであった。この花はハンブルクのホテルのロビーにもレストランにも、繁華な通りの飾り窓にも置かれていた。その話を妻にしたかどうか忘れてしまったが、花の記憶はあざやかであった。いろんな情景が浮んできて、湖畔を歩いた雨上りの夕景の、女に会いにゆく靴音もそのなかにあった。

「この花の鉢植えを、家で見ようとは思わなかった」

「私はまた紫陽花は日本の花と決めてましたわ。花はどこに咲いても似合うのね」

ゆき子はハンブルクの町と花がうまく心に描けないのをもどかしがったが、それ以上良人に訊ねはしなかった。

奈良の長谷寺の噂を聞いて帰って薗部が口にすると、ゆき子は知っていて、牡丹が見事ですって、と言った。そんなに有名なのかと彼は聞きかえしたが、つれてゆく気になったわけではない。結婚してすぐ子供を持ってしまったし、地味な研究所勤めで、家族して遊び歩くゆとりはなかった。仕事のことがいつも頭にあって考えながら歩く彼は、人から物を言われるのもきらいであった。子供や妻をつれたのろい歩き方ほど疲れるお守《も》りはなかったから、いつか一人歩きが癖になっていた。

東京の牡丹をありふれた庭で咲かすのは難かしい。牡丹の咲く時期はその年によっていくらかちがうが、初咲きが遅いとゆき子は気を揉むのだった。雨もよいにはビニールの布を差しかけておいて、明け方に取りのけにゆく。つぼみは雨にも濡れずほころびて、紅の筋を引いた花弁は甘く息づいている。花は唇《くちびる》を半開きにした初々しい美少女のようである。ゆき子は丹誠こめた花の開花に感動しながら家へ駆けこむと、離れの廊下を小走りして良人を呼ぶ。

「あなた、牡丹が咲きました。ちょっと見てください！」

夜更しの薗部はまだ寝入りばなの朝明けで、目が渋い。花が咲いたくらいで騒ぐ子供のような妻にあきれて、呶鳴《どな》りつけた。ゆき子は、私どうしたのかしらとしょげた。修一を起こすつもりで、離れへ走ってしまったのだ。良人や息子が花に興味がないからといって、不服に思うのは自分のほうがおかしかった。花作りは実家の父を手伝って覚えた。口数の少ない父と娘のふれあいから始まった。父親の好きなのは白王獅子《はくおうじし》で、触れればふるえそうに繊細な花弁でありながら、気品にみちた白牡丹である。彼女は太陽とよぶ紅色の華麗な色映えや、濃紫の春興殿の絵巻物の女人のような優雅さが好きであった。牡丹は百花の王にしてとうたわれ、花の位を守って咲き誇る。見事に咲いて散るから風情があると父は言った。

牡丹に熱中して、その終りがくるとがっくりする。ゆき子は夏の草花も、秋の菊も気を入れて咲かそうとしない。菊は花の眺めが単調で好みに合わなかったし、四季を通じて花屋にある花はよろこびがなかった。庭に出るのが億劫になったのは冬のことで、身体の具合いがどことなくはっきりしなかった。薗部もようやく気付いて病院へゆけとすすめたので、ゆき子はこわごわ診察をうけて十数枚のレントゲン写真を撮った。そこには不審なかげはなかったが、医師は慎重に、一か月あとにまた調べましょうと言った。なんでもなかったというよろこびでゆき子はいそいそ帰ってきて、牡丹の根方に藁《わら》を敷いたりしたが、十日もするとまた腸の重くるしさや差しこみが始まった。別の病院の医師にみてもらった結果も、開腹しなければ分らないと首を傾げながら、誰も開腹したくありませんからねえと言った。彼女の痛みは自然に薄らいできた。

「よかったわ、このまま直ると助かるわ」

「病気する年でもないだろ」

薗部もほっとした。自分より若い妻はそれだけあとまで生きると考えて、まだ不吉な病気は考えられなかった。そのころ東北のS大学に恩師の還暦の祝いがあって、彼も出席するために旅立った。その会で久しぶりにハンブルク時代の友人で、日本文化研究所にいた三輪《みわ》に出会った。

「東京ではさっぱり会わないで、遠いところで会うもんだ」

「一度集まらないか。あの時の顔ぶれは全部東京で揃うから」

三輪はあの時、というところに力を入れた。下町の魔窟へ行った顔ぶれという意味にとれて薗部は苦笑したが、あの中には神代知子の顔もあった。三輪はすぐ察して、

「彼女は去年東京へ帰ってきて、いま広告会社に勤めている。日本へ帰るとグラフィック・デザイナーとして通用するらしいから、不思議と思わないか」

彼は次から次と友人の噂をして、ハンブルクを思い出させた。そのあとの祝賀会の酒はたのしいものになった。知子が以前より元気で、調子よく仕事をしていると聞くのも、会う弾みになった。大きな声で喋って笑う彼は、現金に生き生きした気分になっていた。

東京へ帰りつくと、彼の家庭は事情が一変していた。ゆき子は初めに診察をうけた病院の医師に再検査をしてもらって、手術をすることに決まっていた。腸にポリープが出来て、取り去らなければならなかった。

「そんなに急を要するのか」

「丁度ベッドが明いたからですって」

「先方の都合で簡単に開腹手術をされていいのか。レントゲン写真を自分でみたか」

彼の心も疑惑と不安があったが、まだ信じられない気持のほうが強かった。何事もないと告げられたのは一か月前である。翌日彼は医師に会いにいって、妻の新しく写したレントゲン写真をみせられた。中年の医師は重たい声で、卵巣の陰の見えにくかった翳《かげ》を一か月前には発見出来なかったと説明した。

「間違いなくガンですか。ポリープではなかったのですか」

「本人にはポリープと話しました。すぐ手術しましょう、年齢が若いから進行は早いです」

「助かるでしょうか」

薗部のまわりから音が消え、掛けている椅子ごと沈下していった。ゆき子はほっそりしていたが丈夫で、働くことも好きであったし、まだ三十八歳で中年の脂肪もついていなかった。いくらか血の気の少ない質で、ふだんも着物を着ることが多く、手や足は冷たいほうであった。彼女は手術について絶望的に考えていなかった。ポリープが出来たからそれを除かなければならないと決めて、入院の準備を調《ととの》えていた。

「修一、手術のあと二日間は来ないでね。お母さんは痛がって、わめいていると思うわ」

「ああ、三日目に行ってあげるよ」

高校生になった修一は一層背丈が伸びて、首も長くみえた。薗部は息子にはなにも言うまいと決めて、手術も一人で立ち合うことにした。ゆき子が留守をすまながると、修一は大人《おとな》びた口調で、人間は病気を直す権利があるのさ、と言った。

薗部は自分の仕事と時間を乱されるのを日頃おそれていた。自分の生活があって、その周囲に食物や寝床やお喋りを提供する家族がいて、それは決して邪魔にならないように垣を作っておいた。妻の病気はその秩序を破ってしまった。手術は長びいて暗くなった病院の廊下に灯がついても終らない。寝台車で手術室へ運ばれてゆくとき、ゆき子は白い毛布を掛けた下で目をひらいていたが、手術の途中で呼吸が止まったかもしれない。万一の時、修一がいなくては困るとおもうと、ゆき子の運命に立ち合うのは子供と自分の二人であったと気付いた。修一は家で留守番をしているが、こんなとき子供はなにをしているのか、少なくも父親のそばにいるべきではないかと思ったがあとの祭りであった。廊下の長椅子の下におかれたコカ・コーラの空瓶が不吉なかげを作って、彼には目ざわりでならなかった。

ゆき子の手術を境に彼の生活は変ってしまい、妻をみる目もふつうではなくなった。医師の手術の結果は手おくれで半年のいのちと宣告された。手術のあとは予定通り退院出来ることになったが、それから先の生活は希望のないものであった。最初のレントゲンで発病を知ることが出来たら、ガン細胞を摘出出来たかもしれないとおもうと、薗部は悔いに苦しめられた。一日を争う病気に目を向けなかった迂闊を責められたし、ゆき子の不運もやりきれなかった。彼女のいない家庭で薗部はこれから半年をどうおくるかを考えた。退院の日になにも知らない彼女を迎えるのも彼のつらい仕事の一つになった。通いの家政婦がきて、ゆき子は縁側に座っていられるようになった。

春のきた庭は荒れていたが、そこへ下りて手入れをする力はゆき子にはまだない。医師は好きなものを食べて、外出してもよいといったが、いつのことかと思う。彼女は家政婦の出かけた留守に箪笥《たんす》から着物を取り出して肩にかけてみた。病気が直ったらぜひ好きなものを着て、たのしい旅に出たいと思っていた。阿蘇《あそ》、長崎《ながさき》、山陰《さんいん》地方、志摩《しま》半島、彼女は美しい土地へ行ってみようと思い描いた。良人や息子の行ったところばかりであった。幸福とかよろこびとかいうものは、そういう形で現われなければ実感出来ない気がする。彼女は縁側で両手を差し出してこぼれ陽をうけながら、生きて帰ってきてよかったと思った。

三輪からの連絡で、薗部のもとへ忘れていた集まりを知らせてきたのはそのころであった。集まる場所は銀座に近い中華料理店で、夕方薗部がおくれて着くと顔ぶれは揃っていた。一瞥《いちべつ》以来の仲間は三輪と経済学者の森《もり》と、それに知子であった。みんなの目はしぜんと薗部の頭髪に向けられた。

「髪に白髪が出たじゃないか」

「このへんだろう」

薗部は手をやりながら、やはり目につくのかとがっかりした。この一か月あまり夢中で暮して鏡を見るひまもなかったが、馴れない心労はそんなかたちで現われた。額《ひたい》にも皺が一本は増したろう。妻の病気についてはすぐ口に出さなかった。折角の集まりだったし、暗い話はしたくなかった。日本で見る知子は元気そうで、派手な服を着ている姿は見馴れない感じであった。ジョッキでビールを飲んで頬杖をついていた頃の彼女は、異国のくすんだ風土に嵌まって陰影をもっていたが、いまは白く化粧をしたありふれた女に見えた。彼女は薗部の隣りへ掛けて、貫禄がついたわねと言った。

「要するに老けた。みんな少しも変らないね」

薗部は自分だけが負った不幸を噛みしめ、他人ののほほんとした顔を見回した。

「老けたのはみんな老けた。日本の生活は神経がすりへる。ハンブルクは単調で退屈だったが、今から思うと気楽でよかったな」

と森はしみじみ言って、

「金は乏しかったが暮せたし、家族の煩わしさもなかった。日本へ帰ってくると子供の学校がどうだ、つきあいだ、税金だと、休まるひまもない」

「独りの生活はよかったね。僕の処は末が双子の娘なんだ」

三輪も生活の枷《かせ》を嘆いている。知子はこの中であちらの生活が一番長かった。

「私はみじめだったわ。あなた方は限られた一年か二年をうまく過せばそれでよかった。あれは生活じゃなくて、旅行者よ。私はハンブルクを思い出すと、船の出たあとの波止場しか浮ばないわ。あの波止場はよごれて風の当りも強かった」

彼女の述懐には人にあなどられた怨みもこもっているが、声は暗い調子ではなかった。

「ドイツの男と結婚しようかと思ったのよ」

「僕の下宿の女主人は日本女性でね、四十幾年前にドイツ人と結婚して、孫も五人あって、顔の造作もドイツ女に似て大きかった。下宿代の取り立てはきびしかった。七十歳を過ぎると日に日にドイツ語を忘れてゆくらしい。三輪さん、私の寝言は全部日本語、と話していた」

「私もそうなるところだったわ」

知子は笑いながら薗部をみた。さっきから薗部はスイスの旅を思い出そうとしてみたが、なにかが感興をはばんでいた。賑やかな友人の声もわずらわしくなってくる。アルスター湖畔のレストラン・バビロンから見るハンブルクの町ほど美しい眺めはないと知子はいった。ゆき子も湖畔の町はきれいでしょうねえ、と言ったことがある。あんな平和な時代もあったかと、気分は一層滅入った。

食事を終えると、彼らは連れ立って銀座へ向けて歩いた。知子は薗部と並ぶと、そのうち電話をしてもよいかと訊ねた。

「いま、うちに病人がいるのでね」

「お年寄?」

「いや。もう退院したが」

薗部はあいまいに答えた。ハンブルクの思い出やスイスの旅も十年も前のように遠々しくて、今の鬱した気持を慰めてくれなかった。

ゆき子の入院さわぎで手入れを怠った庭の牡丹は、季節が来ても咲きが悪かった。花に済まながるゆき子の声を聞いていて、薗部の口から、

「奈良へ牡丹を見にゆこうか」

とふいに言葉が出た。長谷寺の花の盛りはいつ頃かわからないし、もう遅いのかもしれない。運にまかせて週末に行かないかと誘ってみた。大病のあとのゆき子はようやく近所の散歩くらい出来るようになったが、まだ旅行はおぼつかなかった。顔も白く透きとおっている。しかし今を措いて旅に出かける時はない。彼から声をかけたことはなかったので、ゆき子は信じられない顔をした。花を見にゆく贅沢な旅は考えてみれば病気のおかげかもしれなかった。大丈夫さ、と薗部は言い、珍しく修一にも声をかけた。

「お前も連れてってやろうか」

「二人で行っておいでよ」

親子水入らずの旅に馴れない修一は、照れて言った。薗部はかえってほっとして、大げさな旅にならなくてよかったと思った。

新幹線に乗るのもゆき子はこの旅が初めてで、五月初めの朝東京駅を発つと、飽きずに窓の外を眺めつづけた。藍色の明るい大島《おおしま》のきものを着たゆき子はいそいそして、気分も悪くなかった。名古屋《なごや》

駅に着くと、新幹線て早いのね、と囁いて彼を苦笑させた。長谷寺は近畿《きんき》電鉄で急行電車の止まらない小駅から入ってゆく。乗換えの時間が悪くて、二人の着いたのは午後もおそい時刻であった。参道へ入る両側の土産物屋や旅籠《はたご》屋の並ぶ通りは田舎らしく鄙《ひな》びて、客を呼ぶ声が立つ。参詣人はあらまし戻りがけで、これから詣《もう》でる人は少ない。途中の電車で去年牡丹を見損なった話をしている人がいた。例年通り来てみると花は前夜の雨で散っていたという。土産物屋がつきて寺の山門のみえる前庭に早くも牡丹の姿が現れた。薗部は急ぐな、と注意した。東京からここまでの道程はさすがに長い。さわりがあれば彼のせいである。山門への石畳みの両側の牡丹は広々と囲みの中で色華やかに花を咲かせていた。手入れも行き届いて、葉は繁らずに花だけ際立っている。ゆき子の目は輝いた。

「良い時に来ましたわ、花は待っていてくれたらしいわ。牡丹は終りの盛りにきて、今日は花の一番華やぐ日、花輪も満ちきるときですわ」

ゆき子は興奮して、声も張っている。

「牡丹のいっせいに競う日か」

「今日のいのち、明日から花弁は傷むでしょう」

薗部は山門で拝観料を払った。山門のうちは屋根のついた廻廊が伸びて、高い山際の本堂へ向ってゆるい登りになってゆく。廻廊に沿った左右の広い花床は牡丹の大輪で埋められている。一輪一輪は意味を失って優婉《ゆうえん》な花の流れになって、緋色《ひいろ》、牡丹色、純白とりどりに美しい。参籠《さんろう》の人々の読経《どきょう》の声が流れてきた。古風な廻廊をめぐる牡丹は法会《ほうえ》の散華《さんげ》にも似ている。極楽浄土へみちびく仕組みになっている、と薗部は思いながら、ゆき子の歩調になるべく合せた。これまで妻の腕に手をそえたことはなかったから、彼女の夢心地のさまがじかに伝わってきた。

「ああ綺麗、もったいないほどのお花ねえ」

ゆき子はしきりに讃えた。牡丹の向うに白壁の塀が続いて、青葉の梢《こずえ》が覗いている。廻廊が尽きると、本堂は台地の上にあって、そばに休み処の縁台も出ていた。ようやくそこまできて腰を下すと、彼女はほっと目を細めて微笑した。縁台のまわりにも惜しみなく牡丹は開いて、近くに画家が立って画帳をひらいている。少女が番茶を運んできた。ゆき子は緋牡丹に目をとめた。

「中国では牡丹を木芍薬《きじゃくやく》とも、百花王《ひゃっかおう》とも、富貴花《ふうきか》とも言ったそうね。牡丹花は、女人の精でしょうね。夢で胡蝶《こちょう》になって戯れる荘子《そうし》の話がありますから」

弾んだ声を薗部は聞きながら、こんなに喋る妻はめずらしいと思った。

「このお寺は真言《しんごん》宗でしょう、牡丹の由来があるのかしら。大僧正《だいそうじょう》が中国原産の木芍薬を夢に見て、探し求めたとか」

「大和《やまと》の山奥へ参詣人をよぶためだろう」

「本堂の向うも牡丹なのね、行きましょうか」

「牡丹は逃げないさ、ゆっくり休んでゆこう」

「陽が傾くと、花は張りを失うんです。早く見ないと」

彼女は一息入れると元気づいて立ち上った。本堂で彼女は拝礼する、いくらかの賽銭《さいせん》を投げるのも忘れない。薗部は本堂の前を行きすぎた。天気に恵まれて、牡丹の盛りに行き合せたから他に言うことはなかった。医師は病人の好きなようにさせてあげなさいと言った。半年の間に彼のするべきことはいくらもない、精々歩けるうちに一緒に歩いておこうと考えた。花は奥庭にもひろがって、牡丹見の人々のそぞろ歩く姿がみえる。樹齢三百年の牡丹があって、ワイン色の花がたわわに咲く前で彼は妻の写真を撮った。夕暮のけはいに、風はひんやりしてきた。ゆき子はいつまでも花を巡ってゆく。帰りの乗物の混雑を思わなければならない。彼がうながすと、ゆき子は未練そうに境内の小さな寺のそばまで歩いていった。

「牡丹もこれだけ見ればたくさんだろう」

薗部はあきれていた。

「たのしかったわ。たっぷり贅沢をさせて頂きました。帰りにまた廻廊を下りてゆけるとおもうとうれしい。これでお別れですから」

花に当てられた疲れで少し顔色のかげったゆき子は、ゆるい足どりで戻りはじめた。

あとから思うと、手術後の小康を得たときは短かかったから、良い折りに花の旅をしたと薗部は思った。その日のことをゆき子は繰り返し思い出すとみえ、ひとりで微笑していることがある。寝たり起きたりしながら夏を過ごすと、彼女は痩せて、食欲も衰えた。なんとかして食べなければならないと彼女は懸命であったし、薗部も病人の好きそうな食べものをデパートの名店街で物色するようになった。ある日約束の夕食におくれて手ぶらで帰った。人と会っていて頼まれた鮭の生燻製を探すひまもなかったから、帰るなり明日買ってくると言いわけをした。離れで着替えをしていると家政婦が食事の知らせにきた。修一はまだ帰らない。茶の間へゆくと、起きてきたはずのゆき子がいない。狭い家の中を探すのに手間はかからなかった。庭の隅の薄暗い植込みにゆき子は入っていた。隠れるつもりではないだろうが、いつもとは様子が違う。彼は寄っていって夕食を告げたが返事もない。

「おい、なにしてるんだ。沢井さんがへんに思うじゃないか」

家政婦の名を言ったが、彼女は動こうとしない。一日中待っていたサーモンを彼はほごにした。やわらかい生の鮭のあざやかな色と、やさしい舌ざわりを、レモンの味でたのしみたかった。

「サーモンがないから食べないのか。今日は用事があったといったろう」

「あなたは誠意がないのね。用事があってもそれをすませて買ってくればいいじゃありませんか。私は一日中そのことしか考えていなかった」

ゆき子は繁みから顔を出さない。

「わかったよ、明日は買ってくる。いつまでそこにいるのだ」

「もうあなたにお願いはしません」

彼女自身も考えられないにちがいないふるまいに、薗部は閉口しながら、ともかく庭から上げなければならなかった。日に日におちる食欲を気にして彼女も必死なのだし、それは彼もわかっていた。翌日になってそれほど欲しい鮭を手にして帰っても、病人の口にあうとは限らなかった。別の日に彼は食料品売場で筋子《すじこ》を包ませて帰ってきた。手品のように弾んだ手付で取り出して、あたたかい御飯に筋子をのせてやると、ゆき子は気に入って二杯もたべた。食べられたよろこびに彼女は顔をかがやかせ、薗部もほっとした。そうして気をゆるすと、たちまち腹痛を起こすこともある。彼女は苛立って、私は悪いこともしないのになぜこんな目にあうのだろうという。薗部はうろたえて撫でさする。彼の手は無器用で、こういうことにすぐ疲れたが、彼女の痛みをまぎらさなければならなかった。

夜更けに彼は修一を離れへ呼んで、ゆき子を入院させようかと話してみた。修一は母の病名を薄々知っていて、口にするのを恐れていた。この夏も十日ほど山へゆくといって出てゆき、一週間もしないうちに帰ってきたので、不安なのだろうと薗部は察した。入院すれば息子の気持も楽だろうし、病人にとっても発作の痛みは少ないかと思った。

「僕はどっちでもいい」

修一は言ったきり、拳を膝にこすりつけた。高校生なら一人前だし、母親を見送る気持の準備をしたほうがよいと薗部は考えた。医師の言葉によるとあと二た月の余命しかない。うまく年が越せて、も一度牡丹を見られたらゆき子も本望だろうと思った。二た月と聞くと修一は血の気が引いて、薗部のほうがぎくっとするほど顔が変った。

「手術の時から、教えてくれればよかった。子供じゃないんだ」

「病人に感付かれると困るから、用心した」

薗部は修一の衝撃をじっと見ているしかなかった。修一が感情的に短く泣くのも、怒りも、受けとめた。しばらくすると修一は暗い顔で、入院はどうかなあと呟いた。少し前に母親から牡丹の肥料を頼まれたばかりであった。長谷寺で見たワイン色が大層きれいだったから品種を調べてほしい、うちの庭にもあと一株やそこら植えられるもの、とゆき子は熱心に言った。白に赤のまじった絞り牡丹は十五、六の少女のようで、修一の妹くらいだ、ともたのしんで話していた。病院へいってしまえばにも見られない。しかし父の看病の負担も大きいのを知っていた。

身体のどこも痛まない日にゆき子を風呂へ入れるのも薗部の大仕事になっていた。夏をすぎると延びのびになって、そのうち入れなくなる予感がした。親子三人で暮す毎日を薗部はもう少しやってみようと決めた。彼岸花《ひがんばな》の咲きはじめた日、ゆき子の気分のよいのをみて入浴を実行した。彼女のきものを脱がすのも彼の役目になった。そろそろ流しへ下りてゆく彼女の背中はわずかの間にまた肉がこそげおちて、弾力も失われていた。これでは湯から浮き上りそうに弱々しい。湯舟へ入っている間も、身体を洗ってもらうときも、彼女は湯舟のへりにつかまっていた。薗部はこういうことは得手ではない。なるべく手早く、丁寧にと気があせった。

「痛《いた》、痛、私は洗濯板じゃないわ」

「よしよし、垢がおもしろいほど出る」

彼女の背から首へ、胸へと、一心に洗っていった。十キロも痩せた白い板ぎれのような薄い胸は乳首だけが目立っている。手も肢も物差しのように細く伸びて、肉のない皮膚は物体に似ている。塗った石鹸を湯で流しながら、一つまみの腕が幼ない子供のものに思えた。彼女は顔を洗ってもらいながら、

「目が渋い、早くタオル、下手ねえ」

などと呟いた。彼は洗い桶の中でタオルをゆすいで、あわてて彼女の顔を拭ってやった。ようやく妻を湯から上げると、大タオルでくるんで汗をふき、きものを着せてやった。家政婦が迎えにきて病室へ去ってゆくと、夢中で終えた大仕事にぐったりした。

牡丹の葉の傷むのがいつもより早い秋になると、ゆき子は寝たままになって、食事も一層細くなった。薗部は週一度大学へ講義に出る日のほか、研究所の仕事は家ですることにした。彼女の腹部から腰へ四肢へとまわる痛みやだるさに、彼の手が触れると楽になるとゆき子は言った。彼の大きく厚みのある手が以前のように不馴れに飽きっぽくなく、じっと押さえると、電気のような熱を発して、痛みに抗するものになるかと思われた。弱い肉体に病魔が襲いかかるのを、彼も一緒に防がなければならなかった。床の上から彼女は良人を仰いで、ふいに言った。

「ほんとのこと言って下さらない。私、ガンじゃないでしょうか」

薗部はそばにあった郵便物をとりあげた。そうする間に、言うべきことを考えなければならなかった。病人からガンという言葉の出たのは初めてで、疑いと不安がこもっていた。

「ガンは痛くない病気だろう。君のは手術後の腸がいくらか癒着していて、それがいけないのだ。再手術しないで、薬で直すと医者は言っているじゃないか」

理屈にあうもあわないもない、真実味で言いくるめることが大事であった。ガンであったら奈良までつれてゆけるものではないとも言った。言葉はすらすらと出た。

「そうですよねえ、長谷寺の廻廊を歩いて、本堂から奥庭まで行けましたもの。あれほどの眺めがヨーロッパにありまして？」

ゆき子は落ち窪《くぼ》んだ目をしていた。

「寺院にも花にも興味がなかったな。チューリップで埋めつくした公園をみた。スイスのアイガーをめぐって山麓へ下りてゆくとき、野の花が一面に咲いていた」

「いつか年をとってから連れていって下さい。私はお花をみるのが生きているのと同じくらいたのしいわ」

衰え果てた妻から花は遠くにありすぎた。間もなく修一が帰ってきて、庭の牡丹の傷んだ葉をとりのけた。やがて霜除けをしなければなるまい。修一はわずか数株の牡丹に名札をつけるといって、母に聞いて小さな木札にマジックで名を記した。春興殿、麟鳳、白王獅子、花競《はなきそい》、太陽、月世界……牡丹の名はきらびやかで美しい。息子が名札を立てるのを、薗部も病室の縁先で見ていた。

そのあたりから薗部には季節感が失われていった。寒いか暖かい日か、朝か夕方かもわからずに、病人の痛みや食べものの通りや、医師の送り迎えで日を過ごした。ゆき子が目を覚している間、彼も目をあけている、まどろめば、彼もうとうとする。病人と自分の区別はなくなった。時たま研究所へ出ても落着かない。丁度その日久しぶりに知子から電話があって頼みたいことがあるというので、短い時間ならと承知した。いつか三輪たちと集まって以来、一、二度知子から電話をもらったが、会う時間も心のゆとりも失っていた。

知子の用件は、薗部の友人の美術評論家に紹介してほしいということであった。薗部は名刺に添え書きをして、用件はすぐに済んだが、一旦腰を下したソファから立ち上れなくなっていた。お茶を前にして、放心したように窓の外を見ていた。深い疲労のせいか暖かいレストランの空気にひたると緊張がとけて、ぼんやり眠気さえもよおした。知子は彼の変りようにおどろいてまじまじと見ていた。こめかみに覗いていた白髪はすっかり増えて、顔もやせて黝《くろ》ずんでいた。ほんの一分ほど目をつぶった彼は、すぐ覚めて時計を見た。まだ会ってから十五分しか経っていなかった。知子は薗部の目が自分を通り越して、カウンターの時計をみているのに気付いた。彼女は疲れている男のために軽い食事をボーイに頼んだ。彼の妻の病気のことは電話でも聞いて知っていたが、それほど悪いと思っていなかった。二人の間に病気の話よりほか入りこむすきはなかったが、知子は彼の妻を知らなかった。考えてみるとハンブルクでも彼の口から妻子のことを聞いたことはなかった。

「三輪さんは近いうちヨーロッパへ行くそうよ。旅行なら私も行きたいわ」

知子は彼の気を変えようとしたが、薗部は聞き流すだけであった。ハンブルクの思い出も色あせたものになってしまった。人間の幸福を支える基盤は、平凡な、なんでもないものでいて、彼の手からは失われつつあった。

「生活するのは一人がいいわ、のんきよ」

と知子は言った。

「自分がなくなるほど相手に尽すのはもっと良いけど、一生に幾度もめぐってこないし」

「夫婦ってのはなんだろうね。死ぬことに決まっていて、幽霊のように衰えても、真実も言わないでそばにいるんだしね。人間はしぶといのか、かなしいもんなのか」

「奥さんをよっぽど愛しているのね」

薗部はそうだとも、そうでないとも言えなかった。この半年のうちに妻と自分は一つ単位になっていた。こうしている間にも、残りの持ち時間が消えてゆくのは確かであった。彼の帰りを待ちわびている病人を思いうかべて、急にそわそわと時計を見直した。苦痛のほかのなにものでもない妻の顔をみるために、心が急《せ》くのであった。

その年の末から翌年の春にかけて、家の中はがらんとして風がすかすか吹きぬけた。

東京に雪の降る日は少ないが、その冬は見捨てられた牡丹が雪に埋まるのを、薗部はぼんやり硝子越しに見ていた。雪をかきわけてやる気力もなく、むしろゆき子の思い出になるものから目をそらしたいほど、うつろになっていた。ゆき子の亡くなったあと、家政婦を帰した薗部は修一と二人でやってゆくことにした。しかし修一の帰りはおそいので、いやおうなく薗部の負担が多くなった。彼の料理は三日にあげずフライパンで肉と野菜を炒めることで、時にはまた案外うまいシチューを作って、息子と舌鼓《したつづみ》を打った。

長い冬が去ると修一は牡丹のあかい新芽の出たのをよろこんで、毎日庭へ下りていった。葉が出はじめると陽当りよくしてやるために、うしろの樹木の枝を払ったし、花好きなゆき子の育てていた水仙や春蘭《しゅんらん》も大切にした。ゆき子の生前には一度もしなかったことを二人はそれぞれやっていた。ある日はどこにしまったかわからない花瓶を探して、家中の戸棚を二人は開けた。

牡丹は気候のせいか例年より早くつぼみをつけた。そういえば今年の花便りはどこも早くて、駅のポスターにも花の名所の写真が出ていた。修一は牡丹のつぼみの数をかぞえてたのしんでいた。薗部はある朝早く目覚めて、庭へ下りてゆき、月世界とよぶ黄牡丹が最初に楚々《そそ》とした風情でほころびるのを見た。露を含む花を眺めると、ゆき子の笑みかけるのを見る気がした。この一輪で庭の姿も優雅になった。その日から牡丹は淡紅色の花競、紫の春興殿と次々開いて、庭に色どりを添えていった。修一はワイン色の牡丹を欲しがったが、まだ手に入らなかった。

「どこも薔薇園ばかりで、牡丹を作っているところはめったにない」

修一は父に告げた。

「牡丹は手間をくうからだろう。今どきの住宅は薔薇のほうがうつりがいいってこともある」

「牡丹には花の格があるよ、大輪の花をみていると圧倒されるもの。今朝黒い蝶がきていたけど、花と蝶は呼びあうのかなあ」

息子は絶えず牡丹を見ているらしかった。薗部はゆき子のいない生活に物忘れしたようであった。人の一生に使い果す分量のエネルギーを出しきって、滓《かす》になった心身を感じていた。妻を失って、失いつくす人間の無力さを知ってから、日々はうっすらと過ぎていった。仕事だけが空虚さをいくらかまぎらしてくれたが、牡丹の美しさはまだ生々しい思い出でありすぎた。花の盛りはいつか過ぎて、残りの花も少なくなってから、彼は濃紅色の太陽を二輪剪《き》ってきて、離れの床の間の白磁の壺に挿した。間もなくゆき子の祥月命日《しょうつきめいにち》がくるので、それまで保たせたいと思った。あでやかな花を身辺に置いた夜は、ゆき子の細身の身体がすっと寄ってきて、彼の背にまつわる気がした。彼女の手は小ぶりで、しなやかで、手が肩にまつわる感触を忘れていなかった。まだ身のまわりにいるのかと、薗部はなぐさめられた。

仕事は溜っているので夜もおそくまで机の前にいてから、ウイスキーを一、二杯飲んで床につく。殺風景な部屋に濃い紅色の燃えるような花は少し気になる。灯を消して横たわると、去年の今ごろ長谷寺へ行ったことを思い出した。あの廻廊の牡丹をゆき子に見せてよかったとおもい、もっとあんな旅が出来なかったものかと悔まれた。眠りにおちる前、彼は廊下を急ぎ足に渡ってくる妻の、さささっという聞き馴れた裾捌きを耳にした。目をあけると、音はまだ続いていて、ゆめとも幻聴とも思えなかった。はっと起き直って、スタンドの灯を点け、廊下へ聞き耳を立てた。笹の葉の鳴るような音はもうやんだが、余韻は漂っている。

彼はあぐらをかいて、ふと目をふりむけた。床の間の牡丹が崩れて、床に散りしいたところであった。花弁の一つ二つはまだ葉のあたりにかかって、落ちずにいた。二輪のいっしょに落花する音が、夢の中へ入ってきたのだろうか。紅色の花弁の散りしくさまはなまめかしかった。牡丹の精が部屋へ忍んできたとも見え、葉にかかった花びらはまだふるえたままであった。

# 春の華客《かかく》

山川方夫《やまかわまさお》

春である。落ち着かない季節である。繁忙と無為とが、われわれに席を温める閑暇《かんか》もつくらず、たゆとう光とともにわれわれをせかせかした気分で押し流し、追う意識に追われ、追われる意識を追って、われわれはゆっくり自分と語りあう余裕を持てない。この慌しさの結果として、つまりわれわれは無為以外のなにものでもない。自分と語ろうなどという野心を打ち捨てて、それならいっそ誰かになにかを語ろうと決めたらどうであろう。どうせ無為は避けられない。案外、春における安定とは、そのような他人目当ての、気忙《きぜわ》しない不安定なおしゃべりの中にのみあるのかもしれない。よろしい。では一つお話をぼくは始めてみよう。季節？　もちろんそれは春だ。春でなければいけない。

——ところで、ぼくがこれからおしゃべりの材料をさがしに行く街の風景の中で、しばしば非現実的な姿の中に現実がかくされているみたいに、この計画と予想の時だといわれる「春」の現実もまた、あるいは非現実とひとに思われるものの中にあるのだ——こんな言葉は、この春の夕べの物語の発端には不向きだろうか？　……いや、ぼくはこの言葉が、意外に適切な発端であるのを信じている。すべて、物語はアポロジイから始まるのである。

さて、場所はどこにしよう。東京《とうきょう》生れのぼくは田舎《いなか》を知らない。都会にするのが得策である。では具体的に、有楽町《ゆうらくちょう》あたりにしようか、そうだ。環状線の各駅のうち、乗客の乗降がもっとも激しいといわれるその駅の構内に行ってみよう。いま時刻は四時半。もちろん午後の話である。そして、春のこの時刻は、まだ申分なく明るい。――

電車の轟音《ごうおん》は頭上にある。この雑踏は気早やな退社の人びと、あるいはある種の、つまり銀座《ぎんざ》の女と呼ばれる人びとの出勤の時刻のせいだろうか。舗装道路を跨ぐガアドの下に、雑多な人の渦が後から後から入り交り、流れ、つねに構内を埋めて犇《ひし》めいている。その「動く必要」の中に揉まれながら、古毛糸のように公衆電話のボックスからつながる人の列が、怒ったような表情で、「動くことの出来ぬ権利」を主張している。一見してわかる女子学生の多いのは、劇場とお汁粉屋を含む喫茶店の櫛比《しっぴ》するこの有楽町で、彼女らに連絡をとるべき人びとと必要の多いこと、及び現在の閑暇を物語るわけであろう。

構内にはまた三角形の小さな花屋がある。駅の新橋《しんばし》寄りの三分の一を支えているガアドの下を、自動車やバスをのせて鉛いろの道路が斜めに駈け抜けている。飾窓を含む花屋の三角形の一辺はその道路に面し、構内の切符売場と平行したもう一辺が、それに鋭角で結んでいる。

売場は一坪とはあるまい。極端に狭少ななりに手入れの行きとどいたこのタイル張りの清潔な花屋の窓に、ぼくはよく高雅なカトレアなどを発見したものだ。ピンクの蝶が一時に群れ集ったように、今その窓に飾られてあるのはデンドロリウムである。店先に出されたガラスの陳列棚の上には、ゼラニウムの鉢がある。銀紙を貼った花籠。日本風の竹籠。小綺麗な一輪差もならんでいる。――赤や青や黄、橙、乳白の肌の上に淡い紺青の雪片が斑《まだ》らに舞い散ったような、ガラス製の花瓶。ガアドと駅の構築に遮られて、届いてくる光は僅かであるのに、その小さな花瓶たちは、それぞれ内側に灯《ひとも》したような明るい光を放って、いきいきした歓喜にかがやいているように見える。たいそう美しい。だが、一輪のカーネーションや薔薇を挿してこの花瓶を飾るのなら、都営住宅の台所などが、きっともっともふさわしいのではないだろうか。

足を止めて花々を眺めて行く人もある。一方、そのままそこに立ち止って、うろうろと周囲を見廻しつつたたずむ男女がある。あるいは物珍らしげに店頭の球根などをのぞき、あるいは始終きょときょとと前後左右と時計とを睨みあわせ、あるいは仮面の表情で巨大な駅のコンクリイトの柱に背をもたせている。左様、あきらかにかれらは約束の人を、時間を待っているのである。そうだ。かれらの中に主人公を探してみようか。草いろのジャンパアの律義者らしい男がいる。直立不動のままかれは眸《ひとみ》さえ動かさない。兵隊がえりらしいかれにとって、待つことは衛哨《えいしょう》と同じ仕事なのであろう。薄地のスプリングを着た、よく肥ったオフィスガールらしいのがいる。彼女は人が前を過ぎるたび、目を細めてしげしげとその顔を見まもる。用心深く微笑の準備がととのった表情である。きっと近眼なのに違いない。黄色いドルマンのセーターに焦茶のスラックスをはき、颯爽たる十代《ティーン・エイジャア》を装ったらしい、二十二、三歳の顔色の悪い女がいる。両手にぶらさげた買物籠が、滑稽にもその彼女にとてもよく調和している。……どうも面白くない。主人公にするにはどうもみなぼくの趣味にあわなさすぎる。趣味にあわぬものは、ぼくの空想を育てない。それは致命的だ。もうすこし我慢をして待ってみよう。

　四時四十分。人待ち顔のかれらの中には空しく帰るのもいる。首尾よく到着した相手といっしょに、雑踏の中に吸い込まれて姿を消したのもいる。出札から流れてきて加わるのもいる。……なかなか適当なやつはいない。いま改札口を出た少女なら可愛いのだが、あまりにも連れが悪い。下着と口臭の不潔そうな厭味なブルジョア男である。それに、ほがらかに〝ガイ・イズ・ア・ガイ〟を口ずさみながら、彼女はどこかにまぎれてしまった。おや。紺のスプリングの襟に、純白のジョーゼットを巻いた小柄な女がきた。ふと振りかえる襟脚の毛が少し乱れている。これはどうだろう。立ち止ったところをみると、待ち合せ組の一人にはちがいない。ちょっと前にまわって観察しよう。……お化粧はしてない。唇《くちびる》に淡い紅《べに》があるばかりで、なんとなく濃紺の葉影に咲き出た百合《ゆり》のような、小さなその顔の印象である。安堵とも、物憂げとも見える平和な表情だが、形のいい濃い眉がすこし嶮《けわ》しい。意志の強さを示すような明確な線で結んだ薄い小さな唇。——まだ若い。もしかしたら正真の十代かも知れない。なめらかな頬のあたりに、でもどことなく憔悴《しょうすい》した、いや、疲労とも怠惰ともみえる翳《かげ》が、しかし清潔にへばりついている。よろしい。これはいい。ぼくはこの女性を主人公としよう。肌の美しく、しかも怠惰な表情の女性は、まったくぼくの好みである。たたずむ人びとと同じように何かを待ちつつ、しかも彼女はなにも待ってはいない。彼女一人だけ、すでに待ちのぞんだものの中にいるみたいだ。つまり、周囲の人びとの印象には、つねになにかの欠如がともなっているのに、彼女のそれにには充足しかないのである。人びとのどこかいらだった険悪な眼眸、また不貞腐《ふてくさ》れた唇もと、そしてさまざまな感情の殺戮をおもわせる無表情や仏頂面のなかで、そのお白粉気のない白い小さな面差しは、ひときわ目立ってすでに目標に達した平安をうかべている。

よし。ぼくは彼女にきめた。いかにもはき慣れたようにぴったりと足にあって、うっすらと埃《ほこり》さえかぶっている彼女の靴は、小さな真紅のパンプス。しかし決して新調のそれではない。

彼女は恋人を待っているのである。そうしよう。もとより恋人に逢おうとする娘でなくて、誰があんなに輝く眼眸などをもつものか。それも、あまり化粧や服装に特別な気づかいはないから、きっと気分としては委ねて信頼しきった恋人である。それはまたいままでの生活の中でただ一人の恋人、自分の独占を彼にゆるし、また自分でもそれに満足している相手である。無論、このような約束は初めてではない。月に一度は逢っているのだ。きっと、しかもそれも定期的に。この緊張のない、まかせきったごく自然な幸福の表情は、彼女が彼を愛し、また愛されているのを語っている。だが彼女の育ちの良さをおもわせる素直な白い喉は、乳白の花瓶のような清潔な固い線でもある。彼女の待つ恋人とは、きっといままでの生活にただ一人しかいないそれ、共通した歳月のある相愛のそれ、そして肉体関係のないそれに違いない。

だが……恋人とは、いささか月並である。なんとか趣向を考えよう。この彼女の安定した表情は、あんがいぼくの夢を裏切って、人妻のそれではないか？　とかく女は魔物である。見たところ中流以上の家庭の子女であるし、処女と見えぬこともないが、しかし父母以外の他人との生活の匂いが、華《か》燭《しょく》の典の経験をおもわせるある落ち着きが、その穏やかな挙措《きょそ》にうかがえはしないか。たとえば、ほつれた首筋の毛などを、ふとかき上げるごく物慣れた態度などに。たしかに、彼女にはその若さとはうらはらの、大人びた孤独、子供の世界を脱け出た自恃《じじ》に支配された、ある不羈《ふき》の印象がある。しかもその動作と表情には、まだその生活に入ったばかりの板につかぬ初々しさ、どこか危険を充分に乗切っていないぎごちない新鮮さもある。そう。ではこうしよう。彼女はつい一週間前挙式したばかりの新妻である、と。

もちろん、誰が新婚の夫と、こんなところで、そしてこんな恰好で待ち合せるものか。もしも相手が夫だとしたら、この上流家庭出の新妻は、もっと粧《よそお》いをこらし、むしろ婚約時代の化粧と羞恥とをけんめいに再現しつつ、より義務のような姿勢でたたずむだろう。同性？　馬鹿な。自分が充分に幸福であることを、まるで打ちあけ話のように期待され、強制されるにきまっているそんな相手に逢うのなら、虚栄心と軽蔑、いや剥離感が、おそらくプライドの強いだろう彼女の顔に、もっと厚化粧の幸福をほどこさせているにちがいなかろう。

とにかく、このような素顔での彼女の待ち人は、やはり夫以外の男性、それも相当以上に親しい、幼な馴じみの従兄弟みたいな人物がもっとも自然だろう。だが、現実のただの従兄弟では話が面白くない。……それならこうしよう。いま考えたぼくの話を、彼女がその男と逢う前に、ちょっと聞いておいてもらおう。

彼女がはじめて彼と逢ったのは一昨年の秋のことである。便宜上、彼女は名和《なわ》英子、彼を伊東草二《いとうそうじ》としよう。名前は象徴でも比喩でもない。この場合、ただの符号である。

草二はまだK大学経済学部の学生であった。二人が紹介されあったそのパーティでは、彼女は父の貿易会社を実質的に切り廻しているという彼の顔と名前をしか覚えなかった。はじめて紹介された従兄弟の同級生という以上の印象は残らなかった。

突然草二から電話がかかって来たのは、もう冬外套の手ばなせない季節のある午後である。受話器を耳にあてて、よく透る事務的な草二の声の響きをそこに聴いたとき、やっとまさぐりあてたように精悍で潔癖そうな草二の俤《おもかげ》が、はじめて英子のイメエジの中に固定した。声は背後に鋭いリベットの騒音や、つんざくような自動車の警笛を絶間なく流して、それはほの白く閑散としたビル街に吹く凩《こがらし》の、金属的な叫びをけたたましく伝えているようでもあった。簡単に失礼を謝して、声はいった。

——お話ししたいことがあります。ちょっと有楽町駅まで来ていただけませんか。花屋の前です。ぼくは五時に行けます。

その早口の口調には、まるで取引上の連絡のような細心の準備と、事務上の命令のような響きがあった。英子はびっくりした。まず軽い困惑があり、ついでそれは同量の反感に変った。断ろうと思った。明確な口調でその断りをいいたいと思った。これは草二の口調の影響であろうし、また十八歳の彼女の負けん気のせいでもあろう、しかし、行く理由の見当がそもそもつかぬように、判然たる断りの言葉も浮んでは来ず、むしろあきらかなのは拒絶する理由が無いことであった。彼女はその日、ひまであった。

——このまえ一度パーティで紹介されただけのお近づきで、まことに図々しいのですが、じつはちょっとお願いがあります。もしもいらっしゃれない理由が感情的なもの以外にないのでしたら、いらして下さい。ここで断られたら、ご都合をうかがって、またかけます。逢って断られた方がぼくとしてはさっぱりしますし、もちろん、そうしたら二度とご迷惑はおかけしません。

生返事さえせず、英子はただ沈黙をつづけていた。——さっきからその左胸部には、一度ダンスをしたときの、長身の草二の痩せた胸の固さが甦っていた。浅黒い皮膚の内部に、ただ骨と筋肉をしか持たないような彼。彼の肉体。……現在の彼の事務的な言葉への抵抗感は、あの夜はじめて着たロオブをとおして敏感な乳房にふれた、記憶の中のその堅い胸板の感覚に酷似していた。つまり草二の冷静な声音は彼の記憶を貼りつけた胸の皮膚のしたに、ある反応を喚《よ》びさましていたのだ。それは彼女のうちのなにかを、まるで城塞の一角に突入してきた敵軍に向う城兵のように、防禦のためのように、一度にそこに呼びあつめた。ある固さの感覚のために呼びあつめられたなにか、それは呼びあつめたある反応と同じく、反撥でもあれば興味でもあった。彼女の実感した抵抗の本体とは、じつはこの闘いなのであった。

——ご返事をいただきたいんですが。

草二はくりかえした。英子は、ともあれ明確な口調で、しかも早く答えたかった。ひとり追いつめられたような気分で、ついにほとんど怒りをこめた叫びのように、彼女はいった。

——……じゃ、参ります。

瞬間、英子は相手から攻められた将棋の一手に詰っただけで軽率に駒を投り出したときのような、ばかばかしい後悔を感じた。負けないという理由のないことは、べつに私の負けではない。行けない理由のないことは、ただちに行く理由とはならないのだ。……しかし、すでに電話は切られていた。

彼女は思った。嘘をついて断るのはかえってやましいし、面とむかって断れるだけの自信は私にはある、と。——あるいは英子には、いまさきの故のない敗北感に発した、自分に負ける理由のないことで、自分の勝を錯覚してみたいという、故のない勝利感への無意識の希求があったのかもしれない。彼女がみずからに埋め合せしなければならなかったものは、その敗北感の故のなさそのものにすぎなかったのだから。

睫毛《まつげ》を拭くオリーヴ油の凍っていた寒い日のことであった。英子はすぐ、機械的に外出の身仕度にかかっていた。スッポかすなどということは、彼女の好みにも、またやや戦闘的となったその思考の能力の範囲にもなかった。英子はエゴイストにふさわしい律儀さと潔癖と自尊心の持主であった。彼女は好みの黒のプリンセス・スタイルの外套《がいとう》を着て出かけた。そのとき、あの俊敏な、精悍な声の記憶の上に「無理じい」とか「慇懃《いんぎん》無礼」とかいうレッテルを貼った彼女は、だって仕方ないじゃないの、と紹介者の従兄弟にでもいってやりたい気がしていた。自分にそういうことの要らないのを彼女は忘れていた。

つまり彼女の心は動いたのである。いうまでもなく、英子自身は行くことに納得していたのである。行くからには自分の好きな服装で行きたい。胴の細く、もっとも彼女に似合う優雅な型の黒い外套を選んだのは、べつに草二への関心や好意を意味するものではない。彼女は自分から断りたかった。向うが「お願い」を引っ込めたり、向うが断ることなどは許せなかった。それは、たとえ相手の写真がいやで断る心算でも、一応お見合いには盛装の最美の姿でのぞみたい女心と同じ、女性としてのプライドの保護本能がさせたことである。彼女はただ、断る資格をそなえていたかっただけだ。

英子は五時五分前に約束の花屋の前に着いた。彼女は知らなかったが、それはあたかも新装の有楽町駅が開かれて間もない頃で、予期しなかった蛍光照明のその青白い光は、急に彼女の心までに、新しい光を投げたようであった。それは彼女を新しくした。無意識のうちに抱いていた草二への反撥、浮かびでた古い記憶のうえに錯綜した奇妙な敵愾心《てきがいしん》じみた感情は、意想外なこの新粧《しんそう》の構内でいつのまにか消え、無意識のうちに物珍らしさへと移行していた。しゃれたレストランめいた四囲をつぶさに点検しつつ、英子の関心はひととき新しいことのみに向った。同じ物珍らしい興味で草二の出現を眺めたい気にもなった。新しいものにとりまかれたことが、草二を待つ気持ちを、新しく芽生えさせたのである。

二分前になった。だが、近代的な白光に浮きでた蒼ざめた人びとの中に草二らしい姿は見えなかった。やっと彼女に「スッポかす」ことのありえたと意識されたのはこのときである。家を出しなに頸《くび》や耳朶《みみたぶ》にふった母のフランス香水が、後悔のように急に鼻腔に漂ってきた。しかし彼女の性格は五時きっかりまで構内にたたずむことを命令した。彼女は無駄なばかげたことをする自分が嫌いだったが、約束の時刻を待たずに帰ることは、自分をよりいっそう嫌いな自分にしてしまうように思えた。いや、彼女はただそれをはっきりとさせたいがために、自分の馬鹿さに未練であったのにすぎなかったのかもしれない。

その事務的な才能や言葉でもわかるように、草二は機械的な、まるで自分の行動を時計のように正確・明白に処理したがる人種だった。その主義のとおり、彼が改札口から店頭にやって来たのは、駅の精確な時計の指した五時きっちりである。会釈すると、彼はまず喫茶店へ誘った。それを断って立話を要求するなどは、大人げなかった。肩をならべて、長身の彼の歩度にあわせながら、英子はいまさき右手をあげて近づいてきた彼の笑顔が、天真といえるほど無邪気だったのを、ふと意外なことのように思った。それは未知のそれであった。新鮮な快感があった。人慣れた大人のうかべる、習慣意外に無意味なあの微笑を、内心彼女はこの職業をもった学生に想像していたのである。彼はこんなことをしゃべった。

「夜おそくまで会社に残っていて、自動車でこのへんを通ると、よくあの駅を改築する徹夜の作業が見えてね。夜の暗闇の中で、はげしく白い火花が散っているんですよ。きっと何かの切断か熔接なんでしょうね。深夜。火花。——誰にも知られずに都会の夜ふけに燃焼しているはげしい白い焔。……ちょっといいもんですよ」

評判のKストアの巨大なクリスマス・ツリーの下であった。草二はそして英子に振り向き、急に声を立てて笑った。

「なぜ深夜工事をするか知ってる？　それはね、つまり工事がはかどるからさ。昼間は落ち着いて工事なんてできやしないんです、とうてい。ダイアが混んでいてね」

やがて、珈琲と菓子を前に置いて、西銀座の静かな喫茶店の二階で、ビジネスマン然とした草二の切り出した話とはこうであった。

「じつはぼく、あなたにぼくのガール・フレンドになっていただきたいのです。ぼくだって、映画をみたり、散歩をしたく思わないわけじゃない。そんなとき、一人で行く方が、二人で行くより、より気楽ではないときがあるんです。そしてその相手も、誰かきれいな女のひとの方が、汚ない不精髭を生やしてないだけでも、男よりいいに違いない、と想像することがある。お茶を飲みに行くときも同様ですし、ダンスにしたって、買物にしたってそれは同じです。そして、ぼくには気に入る女性がない。気に入るって、つまりそういうガール・フレンドとして比較的永続してつきあいたい人がいない。たいてい一度でもうたくさんです。この前偶然お逢いしたとき、ぼくはあなたをそんな相手として夢にも思わなかった。だけどこのごろ、誰かいないか、と思うぼくのイメエジの人は、いつもあなたなんだ。――笑いたければ、どうぞ。ぼく自身吹き出したいような事実なんですから。あなたが笑わなければ、ぼくが笑う」

本当に草二は声をあげて笑った。つられて英子も笑いかけながら、返答に窮したまま、彼のそこだけは笑ってはいない目をじっとみつめつづけていた。

「つまり、一月《ひとつき》に一度、夕方の五時から九時までの四時間、あなたの時間をぼくにさいて下さいませんか。一月を三十日として、ご結婚なさるまでのあなたの時間の百八十分の一だけを、ぼくとともに過していただきたい。べつにいわゆる『専用』にするつもりはありません。一月に一度でいい。結婚がまあ、その人と半々の生活をいとなむことなら、ぼくはあなたの夫の九十倍遠い距離と重さで、あなたの生活に割り込ましてもらいたいんです」

草二は英子を凝視していた。黙って、英子も不審げな長い凝視でこれにこたえていた。しかし、たいして驚いた様子もなく、突然くすくすと笑い出した。「でも私、やはり一日の半分は寝ていますわ。いまのお話はだからぜんぶ事実の倍ね」

「ああそうか」草二も笑い出した。「つまりあなたの一月の時間の九十分の一、あなたの夫の四十五分の一の存在でいいんだ」

白く美しい、野獣のような健康な歯並である。草食獣をおもわせる薄い真白い歯が、笑いにほころびた下唇に微かに触れたまま、じっと動かない。草二の笑いはそこに静止していた。一瞬、英子の表情もこわばり、眸は彼の茶目がかった瞳からはなれた。

この事務的ないい方は、じつはおたがいの責任の範囲と所在とをあきらかにしたいという、小心な誠実さの表現なのであろう。突飛な要求に呆れかける気持ちもあったが、真率なその言葉は理解された。気障《きざ》ではあったけれど、よそおった感じはなく、フランクで開けっぴろげな印象があった。……むしろ彼女が抵抗を感じたなら、それはその発言にある無恥なばかりに裸体の草二の、体臭と圧力とにであっただろう。柔かい肉づきのない、硬い胸板の記憶に、やはりその感覚は似ていた。

英子はふと、あの真新しい有楽町駅での期待どおり、草二が新しい光で彼女を照し出したのを思った。新粧のあの構内で持った、自分と無関係なある新しさへの関心にこたえて、この光は充分に新鮮であり、意想外かつ無害であると思えた。この臆病な潔癖さに、英子は興味というより同情を、同情というよりある安全さを意識したのである。彼女は、さらにこう思った。こんな男は魅力的ではない。私にはけっして彼を好きになどならぬ確信がある。……つまり、英子の確信したのは、この交際の安全さであった。

しかし、結局英子がこの草二の計画の共犯者として、たのしげに乗気になりえたのは、つまりは彼女の中に草二とよく似た性格があったせいだ。きっと、それが本当の理由だろう。

「……具体的にはどういうことですの？　この契約」

「毎月一回、夕方五時に今日の所で逢います。映画なり散歩なりはそのときの気分の一致次第です。九時にもとのところで別れます。送るのが普通ですけど、送らないほうがかえってはっきりしてて気持ちいいみたいなので」

「ええ。それは私もそうだわ」

「じゃ、引き受けて下さるんですね。ありがとう。――一月に一度というのはね、おたがいの生活の九十分の一というそれぞれの重みを、より軽くも重くもしない適当な間隔だし、それは永続きさせるためのちょうど適当な距離だと思うからです。どうあってもこれは守りたいな。あ、それから、断っておきたいんですが、ご都合の悪いときは前もって連絡下さるなりして、黙ったまま時間を、つまり約束を違《たが》えないで下さい。ぼくもそうします。待つことはいやなことですし、きっと危険ですから」

「じゃ、もしこのお約束をつづけるのがいやになったら？」

「口に出していうのは、この約束をぶちこわすことのようで、後味が悪い。最後までぼくらは約束にしたがって始り、終った、とこうしたいな。ですから、いつも九時の別れぎわに、ぼくが、じゃまた来月、といい、あなたが同意する。この手つづきが欠けたら、それが最後です」

「いいわ。面白いお約束ね。私、お約束します。このお約束にしたがうのを」

そろって一見非現実的とみえるほど現実的で、曖昧《あいまい》さを嫌うよりむしろ恐れるという二人の趣味は、このようにして一致した。その夜英子と草二とは、以後おたがいを名前にさんづけで呼びあうこと、言葉づかいをいっそくとびに兄妹のようにしてしまうこと、費用はすべて提案者の草二が負担することなどを決め、映画を見て九時に来月の再会を約して別れた。

それがこのカップルの出発点である。あのとき草二は、まだ二十だった。……ところで前置きがだいぶ長くなったが、五時にはまだ少し余裕がある。さきほどと同じ姿勢のまま、どこか遠くに眼眸を向けてたたずんでいる赤いパンプスの英子は、きっと草二とのコオスを心にふたたびいきいきとたどり直しているのだろう。では大急ぎでぼくもそのコオスをいっしょにたどってみることにしよう。それは読者への親切というものである。

――あのとき草二は、まだ二十だった。二人は、あれから正確にその約束を守った。英子と草二はおたがいの時間の百八十分の一だけをともに暮したのである。話をした。映画もみた。芝居にも、拳闘にも、寄席《よせ》にも行った。ドライヴもした。公園にも足をはこんだ。酒場に入ってみたこともある。だが、二人のすごす時間は毎月十日の午後五時から九時までであり、場所もだいたい有楽町界隈に限られていた。二人は唇さえ交さなかった。

英子は草二の家を見たことはなく、事務所も知らなかった。そして草二も英子の部屋を見たことはなかった。いつも有楽町駅の階段で、本郷《ほんごう》に家がある英子は、大森《おおもり》に帰る草二が右手をあげて去って行くのを、黙って見送ってはみずからの階段に足を向けた。――そうして同じ平穏無事のうちにまる一年がすぎ二度目の春がめぐってきた。草二の計算どおり二人の仲はかわることなく、英子の確信どおり二人の交際は無事であった。正確に同じ重さであり距離であり、それぞれのもつ同量の好意がそれぞれ年輪を加え、親しく安定してきているにすぎなかった。草二は大学を出、貿易の仕事は本業となった。そして二十の英子に縁談が起った。草二の存在はそれを拒絶する理由の存在ではなかった。お見合いもすみ、結納《ゆいのう》を取り交したのは三月の九日。つまり先月の約束の日の前日であった。

翌日、花屋の前で草二を待った英子は、その縁談を彼に告げ、約束を終らせる予定でいた。だが、その日あらわれた草二の、まずいった言葉はこうであった。

「ちょうど六十時間だね。いままで君といっしょに暮したのは」

英子は胸をつかれた。慧敏《けいびん》に草二が全てを察知しているような気がした。でもそれにしてもいままでまる三日とはいっしょにいなかった事実が、奇蹟のように信じられなかった。二十年の生涯のうち、この奇妙な親しい連帯感をわかちあっている草二と、たった三日も共に過ごしていないのだとは……そして、あの夫は、夫たるべき人は、草二のいうように、その彼を四十五人も集めた存在？……その日も英子は真紅の小さなパンプスをはき、紺のスプリングの襟にジョーゼットの繊細な白をのぞかせていた。歩きながら、はじめて彼女は草二の外套の腕に、紺の袖口から淡紅の裏地が見えるその腕を組んだ。

「——草二さんは、本当に他の女の方とつきあわないの？」

「そりゃ、たまにお茶ぐらいつきあうのはいるさ。けど、みんなそれどまりだ」

「私とだけだったこと、信じていいのね」

「もちろんだよ」

強い語調だった。不意に、胸におののきが走った。『だけだった』と過去完了の形でいったことを、草二はとがめないのだ。——

「でも、ぼくは英子さんがぼくとだけでなくったって、当然だと思ってるぜ。君とぼくとの時間は、一月のその百八十分の一しかない。もしも英子さん、君がぼくとだけしかつきあってなかったら、へんだよ」

「私だって、へんかも知れないのよ」

「いや、君はひとつもへんじゃない。……でも、いいんだ、そんなこと。ぼくが君としかつきあわなかったのは、ただぼくの勝手なんだから」

すがるように、英子は腕に力をこめた。胸の波動が激しかった。彼も、草二も、過去形を言葉に使っていた。

「誰と君が結婚しようと、君の勝手だ。ぼくは当分いろいろな事情でそれができない。いくらいい球でも、今は見送るほかはないんだ。だってバッター・ボックスにはいる資格がないんだから。だが、思うな。……こんなカップルだって、悪かなかったって。ぼくは君がぼくと同じように充分に幸福なことを信じるし、また祈ってるんだ」

その日、二人はふたたびその話題にはふれなかった。が――その夜、別れしなに草二は階段に足をかけて、いった。「来月から苗字が変るんだってね。グッド・ラック」

そのとき、すでに約束は交してしまっていた。「じゃまた来月」「ええ」と。……英子は、とうとう約束を口に出して破ることはできなかった。いや、沈黙して、その約束の手つづきを欠けさせることができなかった。振り向きもせず、平静な歩度で真直に階段を上って行く、いつもながらの草二の後姿を眺め、そのとき、不意に英子に怒りが来た。引き留めることさえ、無駄に思えた。英子はしばらくそこに立ちつくしていた。……目を閉ざして、結婚の相手のおもかげを描いてみて、そして英子は絶望した。その絶望の裏には、しかし怠惰な安寧《あんねい》の味がかくされているようであった。英子が、結婚を決意したのはそのときであった。

水道橋駅《すいどうばし》を出て都電を待ちながら、英子は安全地帯の上に立って、今日草二と送った四時間を回想していた。さっきの怒りも、心の中で草二にたたきつけた、そのエゴイズムにふさわしいあらゆる罵言も、消えてしまっていた。今夜、まるで二人は呼吸のあったダンスのように、なにもいわずに曲るべきところは曲り、折れるべき小路を折れぶらぶらと歩きつづけていた。いまはそれが不思議だった。行くべきあてなどなかったのに。そして、今夜ほど四時間が、長く、また短く、つまり四時間でなく思えた日はなかった。——私は気分に身をまかせていた。私には、私だけの時間が流れていた。そして私はあのひとにもたれていた。あの私の姿勢を、気分を、時間を支えていたのはあのひとだった。私はあのひとに、本当の私自身を、すべてまかせきっていたのだ。……

奇妙な興奮の余燼《よじん》は、電車を降りてもまだつづいていた。英子には、あの怒りのあと、今日はじめて新しいなにかが始ったような気がしていた。だが、それは裏を返せば、今日、完全に何かが終ったことの確信かもしれなかった。ひとつのカタストロフの過ぎたことを、英子は感じた。この劇では、そこにのみドラマティクがかくされている、それはカタストロフかもしれなかった。

もう、何の想像力も好奇心もない自分が、意識や理性の支えさえも失くして、ただ足もとの砂利をみつめたまま、電柱の光の暈《かさ》を拾い、まるで機械のように歩いている。英子は、突然自分の中のなにかが、草二によって、完全に盗み去られてしまっているのを感じた。そうだ。草二の逃亡は掠奪者《りゃくだつしゃ》のそれだ。……彼とすごした六十四時間、いいかえればその間に緩慢に息の根を止められてしまっていたもう一人の自分。それはあの十八歳の負けん気の自分、無垢な理性への情熱に生き、清潔なプライドを誇っていた自分ではなかったかしら。階段を上る今日の彼への怒りは、その殺戮《さつりく》に完全な終止符をうたれたそれではないのかしら？　そう。絶望の中で感じた私の安らぎは、死のそれであったかもしれないのだから。……そして、一つの季節の終焉《しゅうえん》の、あの別離に似た甘い哀切さが胸にこぼれてきて、涙が浮かんできたとき、英子は思った。「あのひとはもう来ない」と。「だが、約束どおり、私は行こう。だって約束はまだ終ってはいないのだもの」と。――

英子は腕時計を見た。コンスタンタンの女型は五時一分前を示している。あと一分。草二は来るだろうか。いや、私の結婚を知っている彼は来はしまい。私はただ、それをたしかめに来たのだ。――しかし、英子の心の中には、草二の利己心が、かならずここに彼をこさせずにはおかぬ確信もあった。奥深く沈ませようとする彼女の期待の底からある恐怖にちかい興奮が、するどく、戦慄のように逆流してくる。見給え。英子の頬に血が昇った。

あれから一月。でも私の服装は、このまえ逢ったときと寸分違わない。ふと英子はそう心に留める。

いまはなにか注意を集注させる対象が必要だ。さもないと私は崩れてバラバラになってしまうだろう。落ち着きなく改札口を眺めながら、彼女は透けた純白のジョーゼットの、光線の具合で鱗翅《りんし》のように見えるそのマフラアを直すように、指で神経質にそれをいじった。

五時。改札口にあらわれて、右手をあげて合図する男がいる。草二だ。英子の顔に、ごく自然な、溢れ出すような親しい感情が動く。よかった。目算どおり、彼はきっちりと精確にあらわれたではないか。それでこそ、ぼくの話もいよいよ次の段階にはいれるのである。

すでに灯された構内の明りと、弱まりかけた屋外の日光とが平均したこのような時刻には、光は頡《きっ》頏《こう》し分散して人びとの顔ももっとも見定めにくい一刻となる。その面影の漠とした人の渦の中から、まっすぐ英子の方に泳ぐように近づいてくる草二は、シルヴァ・グレイの春外套を着、ラフなホームスパンの背広の襟をのぞかせ、意外にも太緑の眼鏡をかけた青年である。英子はじっと静かな目で彼を迎えている。それまでの感情の昂《たか》ぶりは消え、朗らかに彼女はなつかしげな微笑で唇もとを綻《ほころ》ばせている。——近づくと、快いバスで、草二はいった。

「元気？　あいかわらずだね」

「ええ元気。草二さんこそあいかわらずね。まるで時計ね」

一米《メートル》ほどの距離に足を止めた草二の腕を、ごく自然に英子は右腕に抱えた。そして押すようにして駅の外へ歩き出して、この習慣が、このまえの夜から身についたものだと知って、別人のようにらくらくと腕をとったことに英子はある困惑を感じた。しかし腕は解かない。自分の意外さが、むしろ彼女をはしゃぐような表情にした。——もちろん、非礼のようだが、ぼくはこの二人を追尾しなければならない。この悪趣味はきっと好奇心ある読者の名によって許されるだろう。だから、ぼくは同じその読者のために、多少うるさいだろうこの姿を消し、しばらくは物語の発展をこの二人の人物にまかせてしまうことにしよう。……

歩きながら、英子は、甘えるように、吸いつくように、草二の顔を仰ぎ見ている。照れた苦笑に素顔をかくして、草二は、むしろ英子を見ないようにして、こんなことをいった。

「幸福らしいな。英子さん」

「ええ、幸福。とっても」

「よかった。ぼくは幸福な君を見たかったんだ。君が幸福であってこそ、ぼくに自分も幸福だと思う口実が得られるんだから」

「じゃ、こんなこと考えてた？　もしも私がいなかったら。なんて。……」

「うん。じつはたぶんそうじゃないかと思っていた。だけどぼくは来ることにした。もし君がいなければ、もうぼくには君がいないことだけでも、はっきりこの目で見とどけたかった」

「そう。私も同じこと考えてたの」

「ぼくはこうも考えてたんだ。もしも君がいなくっても、ぼくは『約束』を守ろう、と。つまり、ぼくは一人で歩きまわって、一人でお茶を飲んで、一人で君との架空のおしゃべりをたのしむ。そして九時にあそこへ帰って、こういう。じゃまた来月。――だけど君はいない。もちろん答えはない。ぼくらの約束は、そうしてはじめて終るんだ、と。……おや、このまえと同じ洋服だね。襟巻も、靴も」

「ええ。いや?」

「……どうしてなの?」

「べつに。ただ、べつなお洋服着るのがこわかったの」

「ぼくも、君がいっぺんに苗字の変るように、君自身の変わったのを見るのがこわかったな。だけど、こうも思っていた。変った君を見れば、ぼくもきっと変わることができるだろう、とね。ぼくはいままでのぼくが少しいやになってたんだ。まるで貝殻の中みたいで……」

草二は饒舌《じょうぜつ》であった。反比例して英子は寡黙になった。映画をみることに決めて、まず二人はある小路の瀟洒《しょうしゃ》な茶房にはいった。立て混んではいたが卓の距離は離れている。店の中は雑然としたざわめきに波立ち、閑散でないことがかえって二人をらくな気持ちにした。そして、かつてない草二の饒舌とその話題が、映画館に行く予定を二人の頭からうばった。

「英子さん、だけどやはり君は変ったよ。同じ服装なだけにそれが目立つ。なにかずっと大人になったみたいだ。世の荒浪かなんかくぐっちゃってね」

「そうね。私も本当はさっきそう感じたの。きっと結婚のせいね」

「君が結婚して倖せそうだからいうんじゃないが、ぼくも現実の問題として結婚を考えたくなったよ。そうしなきゃ、ぼくも、君も、ぼくは本当に軽蔑することができない。軽蔑ってへんな言葉だけど、つまり、この季節を抜け出ることができないように思えるんだ。生き方をあらためるよ。ぼく、必要を感じてきた」

「あら、いい傾向ね、きっと」

「いや、結婚なんてほんの口先きだけのことかも知れない。つまり、愛のない幸福じゃなく、幸福なんて抜きにした愛をしたくなってるんだ。他人や会社のことなんか考えずに、がむしゃらに、無茶苦茶に、額に風を感じながら、一人で行きあたりばったりにはげしく生きてみたくなってるんだ」

「あなたは臆病だったわ。あまのじゃくに見えるほど自分の殻に閉じこもって、慎重に、用心深く危険をさけてきたわ、その反動？」

「そうだろうね。危険に裸を曝《さら》してみたいんだから」

「結婚なさるのなら……」ふいに声を沈ませて、英子がいった。「相手は、処女じゃなくっちゃいやでしょうね」

「勝手だけど、そうだね。だけど男の方は童貞でない方がかえって望ましい気がするな、その方がきっと巧く行くよ」

「そうかもしれないわね。私も、夫婦ってものはそのほうがいい気がする」

「はじめての相手は、ぼくは玄人《くろうと》にする心算さ。でも……」そして草二は笑い、いったん英子の眸を覗きこんでから、独りごとのようにいった。「こんな話をするのも、君が奥さんになったからだろうね。……今日ね、英子さん、ぼくは帰りしなに、じゃ又来月っていわないよ。契約は解消だ」

「どうして？　いやになったの？」

英子に霹靂《へきれき》のような驚愕がきていた。……だが、では、彼女が今日来たのはなんのためだったか？とにかく、つづけることは想像もしてはいなかったはずだ。このまえは失敗した。だが、今日が最後、今日ではっきりキリがつく。そんな確信が五時に有楽町駅で彼を待たせていたのではないか。英子は混乱した。彼女は自分の意志と希望の正体を失くしていた。いや、はっきりつかむことができなかった。キリとはこんなものであったろうか？　いや、キリはこれ以外の形ではありえないのだろうか？

「違うさ。もちろん君の夫に気がねをしてるんじゃない。一つの季節が終ったんだ。真夏に外套を着てるみたいに、いま、ぼくはとても重苦しい気分なんだ。もしかしたらまだ肌寒い頃なのかも知れないけど、ぼくは思いきって外套を脱いでしまいたい。ぼくは約束を止めたい。それ以外に、次の季節に移るふんぎりがつかないような気がするんだ」

聞きながら、でもしばらくは言葉を喪ったまま、英子はいらいらと目の前の白磁の珈琲カップから目をはなした。——二人の卓の中央に、細長い銀製の一輪差があって、そこから一本の白いチュウリップが咲き出ていた。みずみずしい花弁を正しく合掌させて、それは珠のように玲瓏《れいろう》とかがやいている。海の潮が、逆にどんどん沖へ退いていくような恐怖をはらんだ惑乱、そして取残され干上った砂丘のような空漠とした心で、英子はただ瞳に沁みるその花の白を、ふと鮮やかな啓示を見るような目で眺めた。

街はすでに暮れ切って、暗い地上にただよう色とりどりの蛔虫のようなネオンが、美しく川面にも姿を映している。そうぞうしい選挙の演説や連呼、トラックやスクーター、自動車や電車の騒音や、他愛ない広告塔からの文句やレコードの流行歌が、雑踏する暮夜の銀座にあふれていた。その音響の川底にひしめく小石の流動のような、多くの人びとの行進に同調して、いま、二人の跫音《あしおと》もその不断のざわめきの中にあった。店々の華やかな照明が、いい合わせたような二人の無言の表情を、仮面のように平板に、また立体写真のように素顔の血色を消しつつ彫りを深め、あるときは若草のように清新に、あるときは老人のように唇もとに皺《しわ》を畳んで、ときにはまた超現実主義の絵画か彫刻のように、つぎつぎと美しく、醜く、奇怪に、また平凡に映し出した。二人は映画に行くことを忘れていた。一月まえのあの歩行のように、ふしぎな一体化の恩寵《おんちょう》が作用していて、無言のままべつに方向を決めるでもなく、二人はただ、同じ速度で同じ方向に歩いていた。

共通した煙のようにとらえどころのない幸福感が二人の虚脱を支えていた。だがその底にめざめているふしぎな焦立《いらだ》ちが、南洋の土人が使うある狩猟の器具のように、相手に投げつけたつもりでもかならず自分にかえってくるので、ただ二人は黙ったまま、それぞれの肩にふれる相手の外套の微妙な感触に、うつろな袋のような自分を、相手の充実した確乎たる実在を、ただ過敏な感覚で探りあっているのにすぎなかった。知らぬ間に二人は競歩の競技のようにいそいでいた。正面に黒い森のたたずまいが二人を待ちかまえていた。日比谷《ひびや》公園であった。無意識のうちに人気《ひとけ》ない暗がりを求めていたのだろうか。とにかく二人にしてみたら、寄りそうように歩度を合わせながら、なにものとも知れぬ力に動かされて、ただ前へ前へと交互に足を出しているのにすぎなかったのである。さきに公園に気づいたのは草二であった。立ち止った彼の腕を、英子はまるで二人して共同の敵にたちむかうように取って、はいりましょう、といった。まだ七時にはならなかった。入れない理由はなかった。

　貧しげな外燈に暗澹《あんたん》と照し出されたひろい円形の広場には、さまざまの動物をかたどった石像が点々と仄白《ほのじろ》く浮かんでいて、芝生はやわらかく中高に膨んでいるようであった。二人は一瞬森閑とした人気ない静寂をそこに錯覚した。が、暗い木蔭に沿って並ぶベンチには、無数のカップルとその私語が、夜の暗闇という葉影の下を走る小川のように、じつはいきいきと隠密なざわめきをつくっている。この暗がりにはいるとき、目に見えぬ番人に手渡してきた入場券のように、そこでは人びとは羞恥をもたない。カップルは皆一心にそれぞれの世界に没入していた。二人は、いつかここを歩いたことがあったのを思い出した。何事も起らなかった。あのとき、羞恥を去っても、二人の無能力は手を握りあうことさえできなかった。

二人は満員のベンチの前を物色して歩いた。外れの一つに一組の男女と並んで坐った。隣りの男がつと無関心な眸を投げると、胸にかかえた若い女の顔に、むさぼりつくような接吻をはじめた。草二は男の頭頂部に、たしかに大きな禿を見たと思った。英子がベンチに背をもたせた。草二もそれにならった。同じように間の抜けた表情で二人は春の夜空をながめた。二人はそして期せずして、ここの夜空はやはり比較的澄んでいるなと思った。

——英子はにわかに孤独を感じた。やはり事もなく終るであろう今夜の別れを想像した。すると彼女に一月前のあの怒りが激しくよみがえった。彼女の中でなにかが爆発した。……さっき、不気味に退いて行ったようだった潮が、こんどは津浪のようにいちどきに轟々と驀進《ばくしん》してきて、それは白いチュウリップの影像を粉々に打砕き英子の耳を聾《つんぼ》にした。英子は自分の要求の正体をかんじた。明瞭に把握された自分を感じた。歓喜があった。それは、全身でその潮の中に踊り込む鮮烈な勇気、めくるめくその自己の炸裂に似ていた。

玲瓏と整った白い花に見ていた啓示とは、それを粉砕したい欲望だった。英子は低く、強くいった。

「草二さん。私にあなたの童貞を頂戴」

しずかなその顫《ふる》え声の言葉が、草二に、目の前の空間で一回転してから襲いかかった。雷に打たれたように、彼は動かなかった。

「私は結婚したわ。私はもう処女じゃないわ。でも、ほんとうの意味で私から処女を奪ったのは、草二さん、あなたなのよ。あなたには罪があるわ。私、はっきりとあなたの童貞も、交換に私が奪ったとわからなきゃ、今の夫と落ち着いて暮して行くことができない。ね、奪われたのは私だけ？　いや。いやよ。そんなの……」しだいに自己催眠にかかるように、英子の声は熱をおび、低く、そしてふるえた。「——いや。そんな、そんな……」いいながら、英子は草二の首を腕に巻いた。唇がわななき、声は喘《あえ》いでいた。

「私、もういままでの私じゃない。私、あなたと約束を始める前の私にもどりたいの。今夜でもう、あなたとははっきり別れたいの。このままでは約束はいつまでもつづくわ。いつまでも私、百八十分の一だけあなたに取られてるわ。私の、私の夫のためなの」

いう英子の唇を、草二のそれがあらあらしくおおった。固く目をつぶって、熱いものがその眦《まなじり》をすべりだすのを感じながら、英子は腕に力をこめた。指が草二のうなじに鋭く爪を立てた。

唇をはなして、草二はいった。

「そうだ。そうしなきゃぼくたちの約束は終らないんだ。あのままでは約束はいつまでもつづく。今夜でぼくたちの約束を終らせるためには、いままでの六十何時間にない新しい瞬間をつくりだせばいい。新しいぼくらになったのを、おたがいに確認しあえばいい、ぼくたちの安全のための距離をぶちこわせばいいんだ。……」

このようなとき、このような草二の言葉ははたして滑稽であろうか。とにかく、このようなとき、言葉は呪文の役目を果せばいいのである。そして草二に真剣な力を湧かせるべき呪文とは、このとき、このような言葉の中にしかなかったのだ。草二はつづけた。

「いままで、ぼくらはおたがいを口実として、約束の方を目的としていた。それを逆に、いまは約束を口実に、おたがいを目的にすればいいんだ。本当はそうだったんだ。そうだ」

低いが、しかしほとんど叫ぶような声音だった。草二は、腕を英子の脇に差入れて立ち上った。強くひっぱられながら、英子は腰が抜けたように、下半身に力がなかった。膝がガクガクして、他人のそれのように思えた。崩れ落ちそうな空ろさを、草二に支えられて立ち上った彼女の耳は、一瞬、周囲にたむろする幾組もの男女の囁きを、木の葉を渡る風のそよぎのような深い静けさとともに聞いた。

喘ぐように英子は草二を見上げた。

「……私、あなたが私から奪ったのと同じものをあなたから奪ってしまいたいの。それではじめて、私たち、もとの一人ずつの自分に戻れるんだわ。……」

英子は、空ろな眸をかがやかせて、病人のようにそぞろに歩き出しながらいった。かつての他人の侵害をゆるさない、無垢なプライドを誇っていた自分、その清潔な孤独さと自由が、そこにいきいきと恢復《かいふく》してきていた。――英子はいくどもこの言葉をくりかえした。そう。私はたとえ百八十分の一であっても、私を侵害した草二の影を、こうして排除するのだ。私は、こうして私の孤独の夾雑物《きょうざつぶつ》を排出し、私の完璧な自由を、失った土地をふたたび回復するのだ……。草二のこんな呟きが、そのとき英子の耳にはいった。「――うん。そうだ。これではっきりキリがつくんだ。とにかく、ぼくたちは今夜で約束を終らせなきゃいけないんだ」

――そうだわ。これが私の求めていたキリだったんだわ。

いいようのない充足が胸をみたし、英子に、そしてやっと現実がかえってきた。胸を突かれたように、英子は立ち止った。頬に、急に夜目にも鮮やかな紅が昇った。さっきにわかに自分に襲いかかってきた得体の知れぬ感情の激発、大胆な発言の内容、意外な、突拍子もないその要求の実体が、一瞬目から鱗の落ちたようなあからさまな羞恥となり、稲妻のように彼女を照し出した。

体が、新しく小刻みに慄えだした。針鼠のように、英子の全身には、無数のそんな目に見えぬ矢がささっていた。だから、強引に草二にひっぱられて、ふたたび歩き出した英子は、全身の劇《はげ》しい苦痛に顔をしかめた。許しを乞うように、草二の横顔を眺めた。が、草二は期すことあるような表情で眸を動かさなかった。無縁な道づれを英子はその彼に感じた。……悲しかった。空ろなその肉体の中で、羞恥はしだいに残照のように漲《みなぎ》り、熱くなった。

ふと、「約束」の終局に向って歩を進めている現実の夜風が、乾いた英子の眦に冷たくふれて過ぎた。まるで死刑台に曳《ひ》かれる囚人のように、必死になにかを考えようとする彼女の心は空転をつづけて、いまは英子は力強い草二の腕にすがって、ただ僅かな生を呼吸しているだけのような気がした。

築地《つきじ》の魚河岸《うおがし》が朝の世界であり、銀座がその店舗の開業時間のごとく、昼から早い夜にかけての世界であるとすれば、つづく深夜のそれは同様に西へ進んで、国電の路線を越えた烏森《からすもり》あたりであるといえないこともない。とにかく、公園を田村町《たむらちょう》に抜けた二人は、やがて烏森の一軒の曖昧ホテルの前に足を止めた。

二人は目を合わせた。なんの躊躇もなく、そして二人は同時にその軒をくぐった。肥った婆さんが、奇妙にそらぞらしいキンキン声でお泊りか御休憩かとたずねた。——部屋にはいっても、このような宿の軒をくぐるという想像上では多大の勇気を必要とするだろう行為が、軽くただ肩を押されただけで越えられる現実でしかなかったことに、英子はひどくおどろいていた。事情は草二も同じだった。彼は肩をすくめ、英子に笑いかけた。

——だが読者諸君。いくらなんでもこれ以上この二人を追うことは、あなたがたが許してくれても倫理規定が許さない。ここらでぼくはいったん引揚げ、しばらく二人の水入らずのままほうっておくことにしよう。どうせ九時にはまた有楽町にあらわれるだろう……。なに？　二人はもうあらわれない？　何故だ。約束から踏み出してしまったから？　もっと遅くなるだろう？　なるほど。しかし、こうは思われはしないか。二人はやがて、あの烏森の安ホテルの一室で、済ませた料理皿の上に投げ出された、丸められたナプキンのようなおたがいの行為の残骸を、それぞれ心の中に凝視しつつ暗澹たる放逸を感じとることだろう、と。すると、そんな無為の二人には、あと為すべきことといえば、帰ることのほかなにもない。だいいち英子は新婚ほやほやの人妻である。遅くなってはならない。もはや草二と別れぬつもりならともかく、別れるつもりであの宿にはいったのではないか。帰ってくることは必定である。——え？　それにしてもふたたび有楽町駅に来る理由がない？　いや、それは違う。誤解だ。あらわれない理由こそない。彼らは、もう約束を守らないとはいわなかった。今夜で約束を終らせたいといっただけだ。すべてはそのための努力だ。今夜九時、ふたたび約束を交さずに背を向けあうための努力である。ゲエムを途中で下りることは二人の趣味ではないし、能力外のことだ。第一それなら今日を待たずして、つまり今日の行為を待たずして、約束は破棄されていたろう。彼らはきっとゲエムをもとのところで終らせに戻ってくるに違いない。そう。あの律義で正確好きな二人のことだ。かならずや九時ぴったりにいつものところで約束を終らせにやってくるのに違いないのである。……

　ところで諸君。諸君はたとえばエレヴェエタアを待ちながら、畜生、早くおれの階にやってこないかな、とじりじりすることはないか。そんなときもしあなたが八階にいるのだったら、一階などを指している針を、ぐっとひっつかんで一挙に八階へ持ってきてやりたくはならないか？　もちろんそんなことは不可能だ。できるのは神様ひとりである。それは時計の針についても同じことだ。だがしかし、時計の針をいっぺんにまわすことは、物語の作者には可能である。語り手として、作者は物語の時間を支配し、いや、かえってそのため退屈をあたえないことを読者から希望されているのである。ぼくとしてもこんなおしゃべりはつまらない。退屈である。よし。ではいっぺんに時計の針を九時にまわしてしまうことにしよう。そして皆で有楽町駅に行ってみようではないか。二人はきっと正確に九時に、あそこで別れるのに違いないのである。……おっと、九時きっちりにしてしまっては、二人の話が聞けない。それは別れる時刻だ。では頃あいを見はからって、九時五分前に針を止めよう。

さあ、ここは有楽町駅構内。さきほどの花屋の店頭である。九時五分前。さっきからもう四時間がたち、日がその間に沈み、ラッシュの時刻が去ったとはいえ、このあたりのありさまにはあまり変化はない。多少がらんとした感じの構内は、蛍光灯の照明だけに占められ、疲れたような、張り切ったような人びとが、あいかわらずぞろぞろと蝟集《いしゅう》し、あいかわらずの混雑、混乱を呈している。強いていえば外光の消えたこの構内が、かえって明るく静かに見えることとぐらいだ。——ただ、花屋の中は見ちがえるほど晴れやかに美しい。まるでそれはひとつの華やかな光である。数個の自動車の前照灯様のライトに一時に照し出された店内は、そこだけ小さな舞台のように眩しいほど明るく、店に溢れた花々の色彩も鮮やかな生気に輝やいている。赤白水黄のカーネーション、黄菊、清楚な純白のマアガレット、舞いつどう桃色の花弁のデンドロリウム、アスパラガスの淡緑、その全部の後の壁に沿って、やさしく繊細な緑の茎で細やかな雪片《せっぺん》を結び合わせたような霞草《かすみそう》が、すがすがしく光を浴びて咲き乱れている。――どうも都会育ちのわれわれは、健康な青空や野原の背景でより、人工の灯下で見る切花のほうに、より「花」の美しさを感じるのかも知れない。さて、もう九時は間近である。

ほら。やはり来た。いま改札口からあふれてきたあの二人づれは、やっぱり英子と草二ではないか。きっと義理がたく新橋駅から電車に乗り、九時に間にあうよう急いで来たのにちがいない。すべてぼくのもくろみどおりである。どれ、では懸案どおり近づいて話を聞こう。

「――さあ、終りだね、これで」

いったのは草二である。眼鏡の奥に、明瞭にある感動が光っている。

が、英子は答えない。一見して疲れているのがわかる。なにもいわない。ただじっと相手の瞳の中に、いまの自分の本当の姿を見ようとするかに眺め入ったままだ。……草二は、なにかをいおうとしている。が、いわない。案外、彼は、二人が新しい恋人どうしとして生きはじめているのを、その証拠を、必死に英子の表情から読みとろうとしているのかもしれない。見たまえ。あの目は正確に相手を見ている目ではない。むしろ自分の夢をつくろうとする目だ。

「いままでぼくは約束のうちにしか生きている自分を感じられなかった。ぼくを生かしたのはそう秩序だった。だがいまは逆だ。英子さん、はじめて、ぼくは。……いや、このことは止《や》めよう。ただぼくが、いま、幸福なんてことを忘れているとだけ言っておこう。いままではぼくらは、ただの約束の男、約束の女として、百八十分の一ずつの男女として、一月に四時間の『約束』を暮していた。だが、いまは違う。ぼくは草二、君は英子だ。べつべつな、百八十分の百八十の人間なんだ。もう、だからぼくは君に約束することができない。当然なんだ。約束とは、相手を、そして自分を、人工の秩序で限定してしまうことだ。ぼくにはもうそんな限定はない。もう約束ができる資格はない。——ぼくは君を夫から奪いたくなるかもしれない。君からのがれたくなるかも知れない。とにかく、一人の男として、ぼくは君との未来を、すべて偶然にしかまかせざるを得ない。まるで運命を、天にまかせるように。……」

「そうね。天の秩序……自然の、偶然の、もう私たちの手のとどかないそんな必然の秩序。もう、私たちは二人の『約束』を生きるんじゃないのね。私たち一人一人の自由を、そんな一人一人の運命を、勝手に生きるだけね」

長い草二の言葉を引き取るように、英子はいった。眸は遠くすでに手の届かぬどこかを眺めている。——もしかすると、英子は先月のこの日に感じた贋《にせ》のカタストロフの価値を、彼女に結婚を承諾させたその贋の価値の重さを、いま本当のカタストロフに居ながら、はじめて是認しているのかもしれない。

「そう。もう人工の秩序は消滅した。いま、ぼくらはおたがいに全的《トータル》な人間になっているんだ。やっとこれで約束の前に戻れた、いや、約束の外に出られたんだ。約束は終ったんだ。……さあもう九時。お別れだ。英子さん、六十八時間、どうもありがとう」

「ありがとう、私も。……さようなら」

「さようなら」

微笑して右手をあげると、草二はいつものように背中を向け、後も見ずに去った。その歩調は機械のようにいつもと同じである。……見送る英子は、英子に英子を見ようとして、かえって自分をしか見なかった草二とは逆に、その後ろ姿に自分を見ようとして、かえって正確な草二をそこに眺めていた。さびしさがその頬に宿ったのは一瞬である。草二に、誰にも知られない、彼のなかの深夜工事にのみ有効な自己を構築する作業が、成長があった季節は、すでに去ってしまったであろう。これから、彼は真昼、額に風を感じながら、新しく彼なりに生きて行くことであろう。——英子の頬の翳りは、すぐにけだるい微笑にかわった。それはわれわれが夕方の彼女に見たある充足、あの投げやりな疲労と清新な若さが奇妙に混合した、孤独で怠惰な安逸を思わせる態度なのだ……

——だが、なぜ彼女はいつもの階段の下で草二を送らないのだろう？ なぜ仄《ほの》かな充足の表情のまま この花屋の前を動かないのだろう？ もう彼女の「約束」は終ったはずではないか。いまさら彼女に何があろう。……彼女は動かない。もう九時はとうに過ぎた。だが彼女は動かない。まだ動かない。これは意外である。

おや。改札口にあらわれた一人の立派な若紳士が、にこやかに笑いながら英子に近づいてくる。三十前後の温和な色白の男、商家の若旦那ふうの男である。誰だろう。相手はたしかに英子である。落ち着いた英子の表情が、微笑にほどけて、仔猫のようなつくった親しさが、ふと媚びるように浮かんでくる。意外の表情ではない。とすると彼女はこの男の来るのを知っていたのだ。いや、待っていたのだ。二人は親密に話しはじめる。が、言葉は聞きとれない。

男の柔和な瞳をながめて、英子は狡《ずる》そうに目をそらせている。笑っている。——わかった。男は夫である。一週間前に結婚したばかりの、この英子の亭主である。そうなのだ。そうでなければならない。ついぼくは彼の存在を忘れていた。

「心配したよ、本当に。結婚当夜に行方をくらますなんて……。どこに行ってたんだ?」

「……お友達のところ、学校の。……」

「あの晩から?　……一週間も?」

「ええ、ずっと……。だから、ほら、着のみ着のままなの」

「……まったく、とんだわがままな花嫁さんさ。おどろくべきお嬢さんだよ。七日間、怒るよりぼくはむしろ呆れてたね」

男はたいそうな上機嫌だ。

「やっと、でも決心がついたらしいね。今日九時半にここへ迎えにきてくれと君が電話してきたとき、じっさいぼくは嬉しかった。一週間我慢して待ったが、結局それが無駄にはならなかったんだからね」

「ごめんなさいね、私、子供だったの」

　おそらく、二人はこんな会話をかわしている。——そうなのだ。夕方はじめて見た彼女に、どことなく憔悴した投げやりな印象、大人の名をあたえられた少女の印象、そして少々だらしのない安息があったことは、つまり自分の席をはっきりと持たぬ彼女の、いわば家出娘めいた孤独のせいだったのだ。なるほど。これですべては符節が合う。英子は、いわば初夜を待たずに逃げ出した花嫁。つまり処女の人妻なのであった。

「わがままして、ほんとうにすみません。ばかだったわ、私。……でも、もう平気。もうわかったの、はっきりと。私、立派にあなたの奥様になれるってこと」

「そんなこと、いままでわからなかったの?」

「ええ、ついいままで。今日お電話したときでさえ、わからなかったの。たぶん、今日の九時頃までにははっきりわかるだろう。そんな気持ちで私、お電話してたの。そしてやみくもにお友達の家を出たんだけど、やっといま、ほんの十分ほどまえにそうわかったの」

「もしわからなかったら、君は……」

「わかんないわ、それこそ。だって私、なんの当てもなかったけれど、でもわかるってことだけは信じてたわ。やはりわかったわ、そして」

「じゃ、帰ってきてくれるんだね、ぼくのところへ、やっと……」

――見たまえ。いま、幸福に英子は頬笑んでいる。すぐ、それは夫にもうつってきた。二人は、どちらからともなく手を取り、いつか二人して一つの笑いを笑っている。それはきっと他人の目を逃れたあと、別室で新婚の夫婦がかわすだろう、あの半分ずつ幸福を受け持った、ほっとした、どこかおずおずした、しかし少くともその瞬間だけは切り離すことのできぬ化合液のような笑い、あらゆる夫婦間の出来事の予兆を、一瞬そこにかいまみせる二人だけの笑いである。男も女もなく、そこには夫婦という一つの単位しか見えないのだ。そう。この瞬間、はじめて二人は本当の夫婦としておたがいに存在しあったのだ。

甘えるように英子は二度目の男の手をとり、出札口に向う。

「下高井戸、二枚」

かすかに、男の声がひびく。

形のいい白い額に、青白い光の破片をのせ、英子が切符を受け取る。赤いパンプスの疲れた動きに、ゆっくりと歩度を合わせながら、男は紺いろの小さなその肩を抱くようにして、改札口を通る。仲良く、そして二人は同じ階段を上り、人ごみのなかへまぎれて行く。小さなその二人の後姿は、やがてかれらのあらわれてきた駅の雑踏のなかに、ふたたびもとのようにその姿を消し、そして、ぼくの視界からも去って行くのである。

# 解説

平山瑞穂

耽美主義とは、ひとことでいえば、美を描くことを本質的な目的とみなし、最優先する態度である。文学史上、耽美派と分類されることが多い書き手としては、小説では永井荷風《ながいかふう》、谷崎潤一郎《たにざきじゅんいちろう》、佐藤春夫《さとうはるお》、詩では北原白秋《きたはらはくしゅう》、木下杢太郎《きのしたもくたろう》、また短歌では吉井勇《よしいいさむ》あたりが筆頭に挙がるだろうか。中でも谷崎などは非常にわかりやすい。市井《しせい》の人々が生きる苦悩などをリアリスティックに描くことを旨とした自然主義文学が猛威を振るう中、その潮流に敢然と背き、性的倒錯などを題材にめくるめく美の世界を悪魔的と言ってもいい筆致で華麗に描くことで一人特異な作品世界を構築した作家である。

それに異を唱えるつもりはさらさらないのだが、文学における「美」とは、はたしてそうしたあからさまな耽美主義的作風だけで語り尽くせるものだろうかという疑問を、僕はかねてから抱いている。というより、極言するなら文学というものがそもそも、主義や流派を問わず、なんらかの意味で美を追い求め、文字を媒介として作品の中に定着させようとする試みの総称にほかならないのではないだろうか。

プロレタリア文学にすら、僕は美を感じることがある。たとえば小林多喜二《こばやしたきじ》の『党生活者』はどうか。戦時下、ある軍需工場で一工員として働きながら、「工場細胞」として同志間の連絡やビラ作りに明け暮れる非合法時代の共産党員の生活を描いたもので、第一義的にはもちろん、共産主義思想の流布や、それを通じた民衆の啓蒙を目的としたものだろう。しかし、四六時中官憲の目を恐れて行動するその異様な緊迫感の中で、主人公が行きがかり上ある知人女性のところにかくまってもらうことになったとき、その女性が、部屋で二人きりになった途端、男女であることを意識して急に居住まいをただすさまや、彼女との間でなしくずしに男女の同棲生活が始まる過程の描写などには、不意打ちを食らったような感興を覚えずにはいられないのだ。一種の極限状況下ならではの反作用めいたコケトリーとでもいえばいいのだろうか。

もちろん、それを美と感じるかどうかは、個人の感覚に左右される問題だろう。それは同時に、文学における美をどう定義するかという問題にも直結する。美的感覚というのは本源的に個人的かつ主観的なものだ。耽美派と呼ばれる谷崎の作品世界だって、人によっては美しいどころか「気持ち悪い」「変態っぽい」としか思えないだろう（谷崎の変態性に関しては、『紙礫7 変態』を参照のこと）。そうした個々人による受けとめ方の振幅を念頭に置きながら美を論じることは非常に困難であり、無理を押して言いきればその論調はおのずと恣意的なものにならざるをえない。

しかしそれを恐れていたら、美については何も語れないということになってしまう。ここはひとつ、異論や批判は覚悟の上で、僕個人にとって「美しい」と思える要素がなんらかの形で突出している作品を集めてみた。前回担当した『紙礫7　変態』と同様、僕自身の書き下ろしも加えているため、それを除いた作品群に関して、以下で解説を試みた。

それにしても、全体を振りかえってみてあらためて注目させられるのは、「美」を見定めるに際して、どうやら自分がある特定のパターンにくりかえし反応してしまっているらしい点だ。本書に集めた作品群は、傾向がなるべく一方向に固まらないように配慮したつもりだし、実際、大きく見た場合の趣向はそれぞれ異なっている。しかしそれを超えて、多くの作品で焦点が当てられているある共通の要素が見えてくることは無視できない。それは、「人と人との関係性」だ。

岡本かの子の『春』における京子とその世話を焼く加奈子の間の、信頼をめぐる温度差。堀辰雄の『麦藁帽子』における、思春期の少年と少女が織りなすじれったい距離感、田村俊子の『時雨の朝』における、女性側に主導権が握られた情事の翌朝、男女の間にわだかまる空気――と逐一挙げはじめたらきりがない（そういう目で見れば、先に挙げた『党生活者』でも僕は、党員と知人女性の「関係性」に注目している）。そうしたことも念頭に置きながら、作品ごとの解説を読んでいただければさいわいである。

## 岡本かの子『春』

芸術家・岡本太郎の母であることや、不倫に没頭し、あげくには夫と息子公認のもとでその相手を同じ家に住まわせたといった逸話に代表される奔放な生きざまなどばかり取りざたされる岡本かの子だが、この女性が小説家としても感嘆措《お》くあたわざる仕事を多々残していることは、忘れられてはならないことである。

岡本かの子は少女時代にまず新詩社に名を連ねる歌人として登場し、その後、漫画家である夫・岡本一平《いっぺい》との出会い、ヨーロッパへの外遊などを経て、川端康成《かわばたやすなり》の指導のもとで小説家としてのデビューを果たしたのはほぼ晩年と言っていい時期である。四十九歳で病没しているので、「晩年」といってもまだ十分な精力のある時期だったわけだが、それにしてもその執筆ぶりは旺盛で、小説を専一に手がけてきたわけではない人とはとても思えないほど才気走ったものだった。

小説家としての出世作となった『鶴は病みき』（昭和一一年）は、避暑で訪れた鎌倉の宿で偶然隣りあわせた作家・麻川荘之介（芥川龍之介《あくたがわりゅうのすけ》がモデル）の観察日記風の体裁を取った作品だが、すでにして人間に対する深い洞察力とそれをたくみに文章化する卓越した表現力に満ち溢れている。その他の作品も、流麗な文体をこともなげに駆使しながら、人と人との微妙な関係性を繊細に描き出したものが多く、そのモダンさには驚かされることしきりである。女性であることも含め、戦前文学の中でも傑出した存在であり、現在、作品の多くが入手困難になっていることが惜しまれてならない。

さて、本書収録の『春』の初出は昭和一一年だが、これは昭和九年に発表された短編『豆腐買い』の続編に当たる作品である。いずれにおいても、岡本かの子本人の分身と思われる加奈子の友人であり、精神に異常をきたしている「京子」なる女性に焦点が当てられている。京子のモデルは、かの子の兄・大貫晶川《おおぬきしょうせん》と恋仲であった跡見《あとみ》女学校時代からの友人・藤井敏子がモデルと言われているが、作品化にあたってはかなりのフィクション要素が織り交ぜられているようだ。

『豆腐買い』では、士族だが牛乳屋となった家の出身である京子が、三人目の夫となったフランス人のアンリーとそりが合わずに発狂してしまう過程が描かれているが、『春』はその後、両親とも死別して脳病院の終身患者となっていた京子を、加奈子が夫と暮らす自分の家に引き取ってからの様子を主題としている。京子はすでに四十歳近いが美貌であり、加奈子はもっぱらその美しさを観賞する目的で京子との友人関係を保持してきた。京子が加奈子を「こころの友」とみなして全幅の信頼を寄せてきたのに対して、加奈子は心に垣根を設け、恋愛など個人的な問題に関しては率直に打ち明けないまま現在に至っている。

その態度には、京子の美貌にしか目を向けようとせずに結果として彼女を狂気に追いやってしまった過去の夫たちとも相通じるものがある。加奈子が血のつながりもないのに京子の身元を引き受け、奇矯な言動の数々に根気よくつきあいながら慈しむようにめんどうを見ているのは、過去のそうした自らの残酷さに対する償いの意味もあるのだが、それでもなお、加奈子が京子に注ぐまなざしには醒めたところがあり、ときにはただその美を愛でることに終始してしまっている。しかしそれだけに、京子の美貌についての描写は冴えわたっているとも言える。

――今年うちの梅に水晶の花が咲くと言い暮していた京子が、本当の梅の花が咲いても、水晶の梅だと言い切って、花のこぼれるのを惜しがり、緑色絹絞りの着物の上に、黒字絹に赤絞りの羽織を着、その袂で落ちて来る花を受けて、まだ寒い早春の戸外で半日でも飽きずに遊んでいる。毎日々々それが続いた。（本書四三ページ）

精神を病んでからの京子は、「病的な若さ」を保ったまままるで少女のようにふるまっている。現代ならまだしも、昭和初期のこの時代で四十歳近くの女性といえば中年としか言いようのない位置づけにあったはずだが、加奈子から見た京子がいかに可憐で美しいかは、こうした描写の端々からありありと伝わってくる。狂気にもかかわらず、というよりもむしろ、狂気に裏打ちされているだけにかえって際立つ美しさとでもいったものがそこにはある。それをこのような形で生き生きと描出できるのは、岡本かの子の一頭地を抜いた豊かな感性と筆力のなせる業にほかならないだろう。

**堀辰雄『麦藁帽子』**

サナトリウムを舞台とした、肺病に悩まされる若者たちのはかない青春――堀辰雄というとどうしても、『風立ちぬ』に代表されるそうした作品のイメージがまっさきに浮上してきてしまう。

事実堀は、大正一二年、肋膜炎で高等学校を休学して以降、常に死と隣りあわせの人生を余儀なくされていたといっても過言ではない。昭和三年、自ら処女作と称する『ルウベンスの戯画』の初稿を書き上げたのちに肋膜炎が再発、また昭和五年、芥川龍之介の死を題材として書いた『聖家族』が文壇で高い評価を浴びる中、ひどい喀血《かっけつ》をして療養生活に入り、翌年には富士見高原のサナトリウムに入院するなど、作家としての階梯《かいてい》を登っていくのと並行して闘病にも明け暮れている。

関東大震災による母の死、敬愛していた芥川の自殺など、身近なところで触れた死に大きな衝撃を受けたこととともあいまって、堀の小説世界には絶えず死の影が濃厚に刻印されている。

もちろんそこにも「美」はあるのだが、本書収録の『麦藁帽子』(昭和七年)はそれらの作品とはやや趣が異なっており、語り手の少年は水泳やキャッチボールに興じるなど、意外なまでにすこやかな姿を見せる。これは堀が第一高等学校在学中、国文学者の内海弘蔵《うつみこうぞう》一家が夏の間滞在していた千葉県の竹岡村《たけおか》を訪ねたときの思い出に基づいて書かれたものだといわれているが、主題は語り手の〈私〉と、彼が〈お前〉と呼ぶ二つ歳下の少女との間に交わされるきわめて淡い交情である。

〈私〉は知人宅の娘である〈お前〉にひそかに思いを寄せているが、少年らしい自意識過剰さからわざとそっけなく接したりして、二人の距離はなかなか縮まらない。好意を寄せてくれているように見えなくもなかった〈お前〉はやがて態度がよそよそしくなり、病気で中学を中退した呉服屋の息子と親しげにふるまいはじめる。彼女の真意がどこにあったのかは、最後までわからずじまいである。

こうしたもどかしさも『ルウベンスの戯画』以来堀の作品にはおなじみのモチーフだが、性別を問わず、思春期の頃には誰しも似たような経験があるだろう。

この作品で特にキーとなっているのは、「におい」である。

釣りをするとき、ミミズが怖くて触れない〈私〉は、それを釣り針につける役目を〈お前〉に頼みながら、そばに身をかがめた彼女のにおいを嗅ごうとする。しかし鼻が感じ取るのは、〈私〉の頬に触れた彼女の麦藁帽子の「かすかに焦げる匂い」のみである。その後、彼女との間に距離ができてしまってから、東京での学校帰り、道で「空気のように」すれ違った女子学生の一人〈おそらく〈お前〉本人〉から、その麦藁帽子と似たにおいを感じた〈私〉は息をはずませる。

さらに終盤、関東大震災で罹災した〈私〉は、〈お前〉の一家を引き連れて父親の親類のいるY村に避難するが、暗い天幕の中で雑魚寝《ざこね》している最中、自分の頬に寝乱れた女の髪が触れていることに気づく。夢うつつにそのにおいを感じながら〈私〉は、「それは匂いのしないお前の匂いだ。太陽のにおいだ。麦藁帽子のにおいだ」と心に呟きながら、眠ったふりをしてその髪に頬を埋めるのである。それが〈お前〉だったのかどうかはわからない。〈お前〉だったとしても、じっと動かずにいたのは、彼女もまたわかった上で眠ったふりをしていたのかどうか、それもわからない。

もどかしいことこの上ないが、「匂いのしない匂い」ひとつをめぐってここまで心を千々《ちぢ》に乱れさせられるのはやはり多感な思春期ならではであり、これはこれでひとつの「美」なのではないかと僕は考えるのである。

## 川崎長太郎『路傍』

実をいうと僕は、だいたいにおいて私《わたくし》小説と呼ばれるものが好きになれない。自らの身の上をあけすけに吐露することでしか表現できない人間存在の本質のようなものがあるのだとしても、それをされることで結果としてプライバシーを侵されたり傷ついたりするかもしれない著者周辺の人々の立場はどうなるのかということをつい想像してしまうのである。しかしそれは、もしかしたら僕自身が小説家だからこそなのかもしれない。そうした視点さえ度外視するなら、私小説作品の中に味わい深いものが多々あることは認めざるをえない。

川崎長太郎は、筋金入りの私小説作家であると言うことができる。なかなか文筆一本では生活が成り立たない中、結婚は六十の坂を過ぎてから、その数年後には脳溢血で倒れて体に軽い障害が残るなど、決して恵まれた人生とは呼べなかったものの、享年は八十三歳と思いのほか長生きで、その最晩年に至るまで、細々とながら膨大な点数の私小説を書きつづけた。ただしその多くはたわいもない身辺雑記的なもので、これといって大きな事件も作中では起こらない。

本作『路傍』（昭和四七年）もその例に漏れず、ただ内容を要約するだけではみもふたもないようなところがある。

七十歳の小川は、小田原の仮寓で三十も歳下の妻とつましい二人暮らし。脳出血の後遺症予防のために毎日近所をそぞろに歩くことを日課とする中、かつて知っていた時子という女とばったり再会する。時子は戦前、小川が東京での生活に失敗して郷里の小田原に出戻り、海岸にある実家の物置小屋で起居していた時代に日参していた食堂・東洋軒の給仕だった。小川自身はお君という給仕に目をつけていたが相手にされず、お君より器量の劣る痩せ細った時子が自ら接近してくる。ある休日、二人で電車に乗って近郊の断崖へピクニックに赴いた先で、小川は時子を強引に抱こうとするが、小田原の色街・抹香町などで娼婦慣れしている小川は処女を相手にするのが「面倒臭」くなり、結局何もしないまま引きかえしてくる。それ以降はなんとなく気まずくなり、東洋軒からも足が遠のいた頃、太平洋戦争がすべてを塗りかえてしまう。

再会した時子はサラリーマンと所帯を持ち、二人の子どもを立派に育て上げた「尋常な家庭婦人」としてのたたずまいを呈しているが、胃がんの疑いがあり、これからも病院に行くところだという。もちろん、そこで二人の間になにかが起きるというわけでもない。「かつて親密な関係になりそこねた女性と、長い月日を経てから再会した」――まとめてしまえば、ただそれだけのことでしかない。

こうした実直な作りの私小説と文学における「美」とは、一見相容れないものに見えるかもしれないが、美を感受する僕の中のセンサーは、この作品に対しても意想外に強い反応を示した。

回想の中で語られる昔日《せきじつ》のささやかなピクニックは、二人で眺めた断崖や海岸の様子も含めて実に生き生きと描かれており、この小紀行が小川にとって「美しい思い出」とまでは言わずとも忘れがたい記憶のひとコマとなっていることが手に取るように伝わってくる。二人の関係が未遂で終わっていたにもかかわらず、いやむしろ、未遂で終わっていたからこそ、それは拭い去れないせつなさを伴って胸に迫ってくるのかもしれない。

再会した時点で、小川は七十歳、時子も五十は過ぎていただろうか。その時子が、結び近くで、かつての同僚お君の近況を小川に伝えるくだりがある。見違えるほど太ってしまったというお君を評して、時子は「お角力《すもう》さんみたい」と二度も繰りかえす。小川が一方的に思いを寄せていた美貌の若い娘も、それでは形なしである。そうした容赦ない時の流れを一方でさりげなく暗示することで、過ぎし日のピクニックはよりいっそうどこかさびしい光輝を放つのである。

**田村俊子『時雨の朝』**

明治末期から昭和にかけての時代、平塚《ひらつか》らいてうらの『青鞜《せいとう》』をはじめとする雑誌等で活躍した田村俊子は、現代の目から見ると時代に先駆けた女権論者、当時はまだ異端であった「新しい女」の生き方を貫いた人物としての側面が目立つ。

たとえば大正四年に書かれた『彼女の生活』には、男女平等のもとでの自由をまっとうしながら結婚生活を送ろうとする女性の苦悩や試行錯誤が克明に描かれている。哲学者である夫も時代を考えれば桁外《けたはず》れの理解者ではあるのだが、その助けがあってもなお、自らの勉学や文筆の仕事と家政との両立はなかなかままならない。優秀な女性は往々にして家事においても有能であるもので、気の利かない下女に任せていちいちもどかしく思うよりはと家事も手ずから行ない、夫も手伝うのだが、どうしても彼女の負担が大きくなってしまう。そして自らの懐妊を知った彼女は、「もうこれで凡《すべ》てがお終《しま》いだ」と思って泣き暮れるのである。このあたりは、一世紀後の今なお、働く女性を悩ませている問題を先取りしているようで、その先進性に驚かされる。

そうした書き手である田村俊子が、一方では官能性に溢れる耽美的な小説をいくつも残しているというのは一見意外なようだが、少し考えればその両者はほぼダイレクトに結びついていることがわかる。というのも、恋愛というものを自由に、かつ主体的に享受することもまた、制約の多かった時代の女性にとっては大きな課題のひとつにほかならず、女性の側から見た官能を描くことはその延長線上にあるものだったからだ。本書で取りあげた女性の書き手四人(巻頭の短歌の与謝野晶子含む)のうち三人までが『青鞜』に関わり、しかもその一方なんらかの形で男性との不義の関係を経験しているのは、おそらく偶然ではあるまい。なにしろ彼女たちは、不倫関係に際して女性ばかりが割りを食う悪名高い姦通罪が健在だった時代を生き抜いた女権の実践者でもあったのである。

さて、本書に収録した『時雨の朝』(大正三年)は、ある男女が一夜をともに過ごした翌朝のひとときを描いたものだが、時代背景を考慮に入れるならおのずと注目させられる点がいくつもある。

まず、二人の逢瀬《おうせ》が女側の春枝の意思によって実現している点に目を向けるべきである。嫁ぎ先から出戻って半年を経た春枝は、思いを寄せていた年下の男・道男をやや強引に口説き落とし、父親の妾をしていたおたかという老女のもとを訪ね当てる。葉茶屋に嫁ぎ、先立った夫が遺した財産を食いつぶしながら先妻の娘であるお千満と二人で無為に暮らしているおたかは万事心得ていて、何も言わずに空いている二階の部屋を二人の夜伽《よとぎ》のために貸してくれる。

愛する男と夜明かしできて春枝が満足している一方、道男のほうは春枝に誘われるまま一夜家を空けてしまったことで、両親のもとに帰りづらくなって気分が沈みがちのようだ。湯でも浴びてくるように勧めながら春枝は、道男を不憫《ふびん》に思い、年長者として（対する女より年下であるか年上であるかにかかわらず、男はときとして思わぬ稚気《ちき》を見せて相手の女を苛立たせたり、逆に母性本能の虜にしたりするものだが）どうすれば慰められるかと思案に暮れている。

道男は下を向いた儘で、指先で火鉢の炭の灰をはじいていた。うつむいた濃い美しい眉に、しずかな悲しみが満ちている。そうして、新奇な心持で打ち向う朝の女の前に、羞恥の情がその頬から眼尻をふるわせているのを、春枝はなつかしいような悲しいような、切ない心持で見守っていた。（本書一一三ページ）

そうして湯から戻ってきた道男が、自分と顔を見合わせて「晴れやかに微笑」するのを迎え入れながら、春枝は彼が「もう何《ど》うでも自分の思うままになるという事を意識」するに至る。

徹頭徹尾、主導権を握っているのは春枝の側である。女性側にあるその圧倒的なアドバンテージのもとに醸し出される特異な雰囲気、情事のあとの朝方に時雨が降りしきる中でのけだるいひととき全体を包みこむ官能的な描写には、女権といった硬質な語彙をはるかに凌駕《りょうが》しながら生理に訴えかけてくる普遍的な説得力があるのではないだろうか。

## 泉鏡花『竜潭譚』

小説というものに、近代文学では当然の前提とされているリアリズムを求める人なら、江戸文学の影響を色濃く引きずっている泉鏡花のことは敬遠するかもしれない。日本幻想文学の嚆矢《こうし》として評価される一方で、「恨みを晴らすことに生涯を捧げる」「なにかを苦にしてあっさり命を絶つ」といった極端な行動を登場人物たちにためらいもなく取らせているのが鏡花である。彼らの行動はしばしば短絡的・図式的で、物語の運びを作者が望む形にするだけのために動いているようにしか見えないことがある。

それでも鏡花が今なお多くの人に愛され、読み継がれているのは、ひとつにはその物語の端々に、思わずはっとさせられるような妖しい魅力に溢れた美しい表現がちりばめられているからなのではないかと僕は考えている。僕自身もまた、登場人物たちのあられもない行動にときに「なにもそこまで！」と鼻白みながらも、いかにも鏡花的な「美」を求めて愛読しつづけている口である。

本作『竜潭譚』の初出は明治二九年、まだ駆け出しと言っていい時期に書かれたものである。初期の作品の多くがそうであるようにこれも文語体であり、本書のラインナップに加えるに当たって一瞬迷ったのだが、のちの鏡花作品を彩ることになる、どことなく戯作《げさく》文学調の色合いを帯びた特異な言文一致体よりも簡潔にして明晰でかえって読みやすいところもあるため、あえて採録した。

幼くして母を亡くした男児・千里は、ある昼下がり、母親代わりにめんどうをみてくれるやさしい姉の言いつけに背き、つつじの花が咲き乱れる丘を一人で訪れる。丘を上り下りしているうちに鎮守の社に辿りつき、日ごろは近づかないようにしている三味線弾きなどの「かたゐ」（物乞い）の子どもたちから誘われるままかくれんぼをしているさなか、「顔の色白く、うつくしき人」に声をかけられて物陰に入りこむ。やがて自分を探しに来ていた姉と遭遇するが、ハンミョウの毒にやられて面貌が変わってしまっていた千里を見た姉は、人違いだと思って行ってしまう。

意識を失った千里は、九ツ谺《こだま》と呼ばれる谷間の家で「うつくしき人」に介抱されるが、添い寝している彼女に触れようとしても触れることができない。一夜明けると千里は、みすぼらしいなりをした老人の案内で渡し舟に乗って沼を渡り、家の近所に連れ戻されるが、魔物にさらわれて狐憑《つ》きになったと見なされ、家の後見人である叔父によって柱に縛められてしまう。姉のことすら信じられなくなり、与えられる食べ物にも口をつけなくなった千里は、祈禱《きとう》を受けるために寺に連れていかれる。僧たちが祈禱の文言を唱える中、雷鳴が轟いて大雨が降り、九ツ谺は一夜にして淵の底に沈んでしまう。

人里離れた山奥などになにかこの世のものならざる（しかし美しい）存在が住まい、主人公を歓待してくれるというのは鏡花にはなじみ深いモチーフで、出世作となった『高野聖《こうやひじり》』にも通じる上に、のちの『薬草取《やくそうとり》』などでもこれと酷似した構図の物語が紡がれるのだが、注目すべきはこの「魔物」的な「うつくしき人」の描き方である。

千里に添い寝する彼女は、「鼻たかき顔のあをむきたる、唇のものいふ如き……」など、亡き母とただでさえ似ているのに、用心のためにと胸に短刀を引き寄せたさまは、母が死んだあとのようにしか見えない（亡骸《なきがら》の胸の上に魔除けの「守り刀」を置く風習が念頭にある）。たまらなくなって短刀をどかそうとすると、なんのはずみか彼女の胸から血汐がほとばしりはじめる。懸命に手で押さえても血は止まらないが、これもどうやら幻らしく、千里の手が赤く染まりはしない。これはもちろん、鏡花自身の亡母への尽きせぬ愛慕が投影された場面でもあろうが、血を流しつづける女という陰惨なはずのこの一幕が、息を呑むほどひたすら美しく見えるのはなぜなのだろうか。まさに鏡花の真骨頂と言うべき表現の魔力だろう。

## 三島由紀夫『春子』

さまざまな物議を醸したこの作家については、今さら多言を弄するにも及ぶまい。昭和二二年、本作『春子』が発表された頃の背景についてだけひとこと言っておくなら、当時の三島由紀夫は東京大学法学部を卒業した直後、学生の立場で散発的に短編小説などを発表して注目を集めはじめていた時期に当たる。この作品が雑誌『人間』に掲載されるのとほぼ並行して三島は高等文官試験に合格、大蔵省に入省しているが、官吏としてのその地位を擲《なげう》って専業作家としてはなばなしくスタートを切るにはまだ早かった。

作品世界の骨格を人工的と称してもいいほど緻密に作りこみ、登場人物たちをそこに的確に当てはめていく作法は、この作家が終生貫いたお家芸のひとつでもあるが、作家としてのキャリアのごく初期に書かれたこの作品でも、すでにしてそのスタイルが驚くほどの完成度をもって遺憾なく発揮されていることには目を瞠《みは》らされる。少々できすぎと言ってもいいほどではあるまいか。

時は昭和一九年、太平洋戦争で日本の敗色が鮮明になってきた頃である。三島自身と同じ年齢に設定されている語り手〈私〉の叔母（母親の異母妹）である佐々木春子は、伯爵令嬢でありながらお抱えの運転手と駆け落ちしたことで世間を騒がせた過去を持っている。夫が戦死したことから、春子は夫の妹である十八歳の路子とともに父親の家に引き取られる。駆け落ちしたこの叔母の「その後」についてあれこれと空想していた〈私〉は、十年ぶりに再会した三十歳の彼女が思いのほか無感動な人間であることを知って失望を感じるのだが、ほかの家族が疎開先の下見に行っている間に家を訪ねてきた春子に誘惑され、関係を持ってしまう。

同年代の路子にも惹かれていた〈私〉は、やがて路子も交えて春子と会うようになるが、春子と路子は常に一心同体であり、そこに割って入ることはできない。路子と二人きりになる機会があっても〈私〉はなぜかその気になれず、それを春子に「見られている」と思うと初めて奮い立たされるような倒錯した心境の中に陥っていく。やがて春子と路子が同性愛関係にあることを知った〈私〉は衝撃を受け、二人と距離を置こうとするが、最後には春子に命じられるまま、実はすでに一人暮らしをしていた路子のアパートを一人で訪ねる。その部屋は、家具調度品がすべて春子用と路子用の対になっているという異様な空間だった。

キーになっているのは春子と路子という義理の姉妹間の同性愛関係だが、そこに異性愛者としての〈私〉が奇妙なかすがいのような形で関与している点がこの作品を特異な物語たらしめている。路子は完全に春子の統制下にあり、〈私〉を好きになれという春子の命令にも唯々諾々と従うのだが、〈私〉もまた知らず知らずのうちに、このいびつな関係の中心人物たる春子の支配下に置かれていく。その過程の描き方はみごとで、一片のほころびも見られない。中でも終盤、路子が春子を迎え入れるためだけのために暮らしているアパートの部屋を〈私〉が訪れる場面での情景描写は圧巻である。すべてが対になっている家具類が「強いられた悪趣味に充ちて」いるとした上で、〈私〉はこう述べるのだ。

美でなくて何かを目ざしている。美ではない何か新らしい誘惑の基準に照らして選ばれたもののようだ。そして白粉の香とも厩のそれともつかない、朱肉のような悪徳の匂いが立ちこめていた。

（本書一九四ページ）

こうした実に三島らしい叙述の中に僕は、描かれたものが美しいかどうかに左右されない「描写それ自体の美」とでもいったものを見出ださずにはいられない。そしてその一点において三島と肩を並べうる書き手を、僕は容易に思い浮かべることができないのである。

## 室生犀星『陶古の女人』

本書の収録作の中で、「美」という観点から見て一般的に最もピンとこないとみなされるのは、おそらくこの『陶古の女人』だろう。それを承知の上であえて取りあげたのは、そこに著者・室生犀星一流の独特な「官能性に満ちたまなざし」を感じるがゆえである。室生犀星といえば、「ふるさとは遠きにありて思ふもの」と謳《うた》う『叙情小曲集』などもっぱら詩歌で広く知られているが、その七十余年に及ぶ生涯を通じて実はおびただしい数の小説も書き残している。

『陶古の女人』は最晩年に近い昭和三一年に書かれたもので、一応小説と銘打たれてはいるが、実質的には随筆と言ってもさしつかえのない内容である。語り手〈彼〉は作家で、もう四十年近く陶器道楽に身をやつし、ときには生活費を犠牲にしてでも骨董商などから陶製の壺などを手に入れて賞玩《しょうがん》する毎日を送ってきている。

彼がそうした器物たちに日々どのように対峙しているかは、叙述の端々から克明に窺い知ることができる。たとえば壺ひとつをどこかに据えるにも、どういう場所がいいのか、なにかと一緒に置くのがいいのかそれだけを単独で置くべきなのか、こうでもないああでもないと頭を悩ませるのだが、彼はそれを、壺自身が「厭だ厭だといって頭を振」っているのだと表現する。鞄に入れて避暑先に携行していった雲鶴青磁の壺が、電車での移動中、細心の注意を払ったにもかかわらず「にゅう」（陶磁器の釉薬《うわぐすり》部分に入ったひびのこと）を増やしているのを見て、「君はそんなに弱い人だったのかなあ」と語りかけたりしている。家人まで、いつしか壺に対しては、「この人、あの人」と呼びならわすようになっていたというのだ。

〈彼〉は陶器たちを擬人化しているのみならず、あきらかに「女人」として見ている。散歩の途中で立ち寄った店で見かけるありふれた壺に心惹かれるのは「行きずりの女の人に眼を惹かれる美しさによく似ている」と言ったり、自分の経済力を無視して高い壺を買うことは「女に入れ上げているようなもの」と言ったり、陶器と女性を同一視する叙述が連綿と続く。

作中で起きる具体的なできごとといえば、ある青年が避暑先の家を訪ねてくることくらいである。

青年は、陶器好きとしての〈彼〉を見込んで、父親が遺した雲鶴青磁を売りこみに来たのだが、金に困っているように見えるわりに、言い値が法外に安い。〈彼〉は、もっと高い値を取れるはずだと正直に伝えた上で、自分にはそれだけの持ちあわせがないからといって、東京の美術商への紹介状だけ持たせて青年を帰らせるのだが、そのあとで「損をしたような気」になったりしている。それもまた、思いがけずたやすく抱くことができたはずの女をつまらぬ自尊心から抱きそこねたことで歯嚙みしている男の姿に見えなくもない。

陶器を女に見立て、ときにはその架空の女と「対話」してでもいるかのように見える〈彼〉の姿は、同じく晩年の犀星が書き残した『蜜のあわれ』(昭和三四年)における老作家と金魚のやりとりを思い起こさせずにはおかない。ここでは、赤い出目金が赤い衣服を身にまとった少女の姿で作家の前に現れ、あけすけに官能的なふるまいをしてみせるのだ。「耽美」という観点からは、実はまさにこの作品をこそ取りあげたいところだったのだが、短編のアンソロジーの収録作としては長すぎる点、平成二八年に映画化されたばかりで有名すぎる点を考慮して、選外とせざるをえなかった(なおくだんの映画では、はすっぱな口調でしゃべる金魚の少女を二階堂《にかいどう》ふみが好演している)。

いずれにせよ、こうした作品群からは、犀星が身のまわりにある観賞用の器物や生物などに自らの「女人幻想」を自由に仮託しながら晩年の日々を送っていたのであろうことが透けて見えてくる。それを「寂しい」と感じるか、年老いても弄《もてあそ》ぶファンタジーに事欠かなくて充実していたと感じるかは、見る人の自由に委ねられているとしても。

## 芝木好子『牡丹寺』

本アンソロジーに作品を収録した中で、芝木好子は（僕自身を除いて）ただ一人平成まで生きながらえた比較的最近の書き手だが（平成三年没）、にもかかわらず残念ながら現在では多くの作品が手に入りづらくなっている。派手派手しさこそないものの端正でそつのない書きぶりが際立つ作家であり、もっと読まれてしかるべきなのではないかと個人的には思っている。

本作『牡丹寺』（昭和四三年）も、とある夫婦が永劫《えいごう》の別れに至るまでの短い月日を実に淡々と、そのかわり繊細に描き出した佳作であり、この作家らしい楚々とした静謐さに満ちている。

ドイツ文化史の研究者である薗部は、研究に勤《いそ》しむ自分の時間を何よりも大事にしており、家でも離れで書き物をしていることが多い。家庭のことはあまり顧みず、高校生の息子・修一のことも妻のゆき子に任せきりにしている。一方ゆき子にはどこか天真爛漫なところがあり、花が好きで庭に牡丹を植えたりもしているのだが、ようやく花が咲いたことを喜んで伝えても、無関心な薗部はつれない対応しかしない。そのゆき子が大腸がんを発症、余命半年と医師に宣告されるに及んで、薗部は初めてゆき子が本当に喜ぶことをしてやろうと考えはじめる。

がんであることは本人には伏せたまま、牡丹で名高いという奈良の長谷寺への旅行にゆき子を誘った薗部は、牡丹を堪能したことでゆき子が満足し、旅行後もちょくちょく思い出しては一人で微笑したりしているのをほほえましく見守るが、病状は着々と進行し、薗部はゆき子の介助に追われることになる。「病人と自分の区別」がなくなるほど看病に没頭している薗部は、ハンブルク留学時代に関係を持った知子と再会しても気もそぞろになっている。やがてゆき子があえなく命を散らすと、薗部は修一と手分けしてゆき子が残した牡丹の世話に丹精を凝らすようになる。

三島由紀夫のような絢爛さもなく、他の女性作家たちの作品と違ってとりたてて官能的な描写もないこの小説を僕が「美しい」と思うのは、とりわけ最後のくだりについてである。ゆき子の死後、寝酒を飲んで眠りにつこうとした薗部は、「廊下を急ぎ足に渡ってくる妻の、さささっという聞き慣れた裾捌《すそさば》き」を耳にする。目を開けると、ゆき子を偲《しの》ぶつもりで床《とこ》の間に生けておいた牡丹の花弁が崩れて床に落ちたところだったとわかる。そのかそけき音が夢とうつつのあわいに入りこんで幻聴のようなものを生じさせたとおぼしいが、本当にゆき子の魂がたまゆらの再訪を果たしたかのような手触りも残る、非常に印象的な一節である。

高校生の息子がいるというと、現代の世情に照らしてついもっと歳のいった夫婦を思い浮かべてしまいがちだが、昭和四〇年代という背景もあって、亡くなったときのゆき子はまだ三十八歳にすぎない。そんなゆき子が生前に見せていたどこか少女めいた天衣無縫《てんいむほう》なありようともあいまって、この結びからはたとえようもない愛惜の念が立ちあがってくる。そこに至るまでの筆致が終始恬淡《てんたん》としているだけに（ゆき子の死もできごととしては描かれておらず、ただ「ゆき子の亡くなったあと」と事実が語られるだけである）、散りゆく牡丹の花びらに重ねて描かれるこの「裾捌き」の音が、意表を突く形で美へと結びついているように僕には思えるのである。

## 山川方夫『春の華客』

恥ずかしながら、僕はつい最近までこの書き手の存在を知らずにいた。三十四歳の若さで事故死したこの作家にはわずか十年程度の活動期間しかなく、広く長く読み継がれるような作品を残せなかったこともその原因の一端かもしれないが、それにしても、本書の掉尾《とうび》を飾るこの短編『春の華客』を初めて読んだときには、それまでこの作品に触れずにいたことが許しがたい過失に思われるほどの衝撃を受けた。昭和二八年の作品だが、戦後まもないそんな時期に書かれたとはとても思えない、驚くべき先進性に溢れた傑作である。

一読してまず読者をまごつかせるのは、物語が始まる前にまず作者自身が現れ、この作品が成立するに至った経緯をことこまかに述べるくだりだろう。いざ物語が始まってからも、この作者は折々に舞い戻ってきては注釈を差しはさむことになる。作者自身がフィクションの中で当該のフィクション作品について語るというのは一種のメタフィクション的な手法であり、その方法論自体先駆的なのだが、この作者の言い分は、同じ小説の書き手として僕には実に腑に落ちるものがある。

作者は春の夕刻の有楽町駅構内を観察しながら、花屋の前を行き交う雑踏の中から、自分が書く物語の主人公にふさわしい見かけの人物を物色していく。その結果、まだ若いが「疲労とも怠惰とも見える翳」を頬のあたりに漂わせている女性に白羽の矢が立てられる。人待ち顔のその女性について作者は想像をめぐらし、「この年齢の、こういうたたずまいの女性がこの時刻にここで人を待っているとしたら、彼女が置かれている境遇はどういうものなのか」という物語の設計図に当たるものをそこから逆算していくのだ。

その「輝く眼眸」からして待っている相手は恋人だろうが、そのわりに化粧などに過度な気負いは感じられないから、信頼しきった相手だろう。ただし彼女には清潔感が漂っているから、肉体関係のない相手にちがいない。意外と彼女は人妻で、幼馴染《おさななじみ》の従兄弟と待ち合わせているのかも。でも従兄弟では話としておもしろくないから、こういう相手だったらどうか――。

僕自身、まさにそれと同じ流儀で小説を設計していくことも実際にあるので、作劇の舞台裏があけすけに明かされているかのようなこのくだりにはなんとも言いようのない据わりの悪さを覚えもするのだが、読み進めるうちにそんな違和感はすぐに遠のいてしまう。作者が見ず知らずの女性の姿から編み出した物語があまりにも魅力的だからだ。

作者はこの女性に便宜上「英子」という名を与え、その境遇を語っていく。英子は一昨年の秋にパーティーで紹介された従兄弟の同級生・草二から、突然有楽町駅前に呼び出される。そして、ガールフレンドになってほしいという彼の一風変わった申し出を受けることになる。といっても、性的な交わりは想定されていない。草二はただ、一緒に映画を観たりするきれいな異性の連れが欲しかっただけなのである。それも月に一度、四時間だけの約束だ。

こうして二人は毎月、午後五時に有楽町駅前で落ち合って一緒に過ごし、九時には駅で別れるようになる。別れ際に草二が「また来月」と言い、英子が同意するかぎりこの関係は続くというルールのもとに、それは一年と数ヶ月の間持続する。そこに独占という観念はない。四時間という時間を共有する月に一度の機会を除けば、おたがいがどこで何をしていようが問われない。二人の関係は最初から、会う頻度も時間の長さも交わりの深さも限定されており、それゆえに安定している。

そこに破調をもたらすのは、二十歳になった英子側の縁談がまとまったことである。それでも二人は翌月またこれまでどおりに会う約束を交わすのだが、そのとき英子は、唇を交わしたことすらなかったはずの草二から、「自分の中のなにか」が「完全に盗み去られてしまっている」のを感じて怒りを覚える。そして次に会ったとき、すでに人妻になっていた英子は、自分から処女を「ほんとうの意味で」奪った草二から童貞を奪わないことにはこの関係を終わらせることはできないと訴え、烏森の曖昧ホテル（連れ込み宿）に彼を誘うに至る。

実は英子は、夫となった男との初夜を迎える前に草二と体を重ねていたことが最後にわかる仕組みになっているのだが、それより何より、この二人の関係性が実に現代的であることに驚かされる。山川は、偶然見かけた英子のモデルとなる女性の外観から、そこにまつわるいくつかの小さな矛盾のすべてを合理的に説明しうる設定を組みあげただけなのだろうが、それが期せずして、作品が書かれた時代背景を超越した特異な男女の関係性を紡ぎ出す結果になっているのである。男女間の「知人以上恋人未満」の関係とでも呼べばいいのだろうか。ＳＮＳが発達した現代でこそ、そうした結びつきもざらにあるだろうが、昭和二〇年代にはそれを具体的に想像することすら困難だったはずだ。

つまりそれは、「定義不能な関係性」なのだ。ただの知人でもないし、かといって恋人でもない。しかしその一方で、おたがいがおたがいに異性として惹かれてもいることは暗黙の了解事項になっている。その微妙な緊張の糸がぷつりと切れた瞬間を、この作品はたくみに描ききっている。いわば「関係性の美」である。そこにこそ、小説的な「美」が湛《たた》えられていると僕は考える。

先にも述べたように、山川はこれがフィクション、すなわち作家的な想像の産物にすぎないことをはじめから明かしてしまっているわけだが、それはこの作品が包摂する「美」をいささかも損なってはいない。言うまでもなく問題は、それを損なわないだけの説得力が作品に備わっているかどうか、それだけなのである。

# 著者紹介

## 与謝野晶子（よさの・あきこ）　一八七八年〜一九四二年

堺県（現在の大阪府堺市）出身。老舗の和菓子屋に生まれ、堺市立堺女学校時代から「源氏物語」などの古典に親しむ。〇〇年、与謝野鉄幹《てっかん》と不倫の関係に陥り、鉄幹が創立した新詩社の機関紙「明星」に短歌を発表、翌年には鳳《ほう》晶子名義で刊行した処女歌集「みだれ髪」で、女性のみずみずしい官能を耽美的に描く浪漫派の歌人として注目を浴びる。以後四十年にわたって歌作を続け、作品数は生涯で五万首を超えた。一方、平塚《ひらつか》らいてうらが創刊した女性文芸誌「青鞜」に賛助員として関わりながら女性の自立を説き、文化学院の創設にも貢献するなど女性解放論者としても活躍。また、多大な歳月を費やした「源氏物語」の現代語訳でも知られる。鉄幹とはのちに正式に結婚し、十二子をもうけた。文部大臣、内閣官房長官などを歴任し先ごろ他界した政治家の与謝野馨《かおる》は孫。

## 岡本かの子（おかもと・かのこ）　一八八九年〜一九三九年

東京市赤坂区出身。豪商の家に生まれ、跡見女学校を卒業。少女時代から短歌を嗜《たしな》み、十七歳で与謝野晶子らとともに新詩社の同人となる。漫画家・岡本一平と結婚してもうけた息子が芸術家の岡本太郎。夫・一平の放蕩などが原因で神経衰弱にかかり、苦難の時期を経て仏教に開眼、「仏教読本」などを著す。二九年から数年は一家でヨーロッパに外遊、帰国後は川端康成の指導のもとで小説家を志し、三六年、「鶴は病みき」で文壇に名を挙げる。以後、晩年の数年間は精力的に小説執筆に取り組み、息子・太郎への愛を描いた「母子叙情」をはじめ、「老妓抄」などで高い評価を浴びるが、三九年に四九歳で病死。「生々流転《しょうじょうるてん》」「女体開顕」など死後に発表された作品も多い。夫公認の若い愛人との同居といった奇矯な暮らしぶりでも知られる。

**堀辰雄（ほり・たつお）**　一九〇四年〜一九五三年

東京市麹町区に出生。妾腹ながら堀家の嫡男として届け出られるが、生母に連れられて養父のもとで育つ。第一高等学校在学中に神西清《じんざいきよし》の手引きで文学に開眼、芥川龍之介と親交を結ぶ。関東大震災による母の死、肋膜炎による休学などを経て東京帝大文学部に入学、ラディゲなどフランスの心理主義的文学の影響下に「ルウベンスの戯画」を発表。三〇年、芥川の死を題材にした「聖家族」で注目を浴び、以後、軽井沢などでの療養生活のかたわら、「美しい村」「風立ちぬ」など独特のリリシズムに満ちた作品を世に出していく。四一年には初の長編小説「菜穂子」を発表、高い評価を受ける。次第に日本古典文学に傾倒、それを反映させたさまざまな作品の構想も練っていたものの、戦後は病臥生活に明け暮れ、五三年に肺結核で死去。詩人・立原道造との交流が有名。

**川崎長太郎（かわさき・ちょうたろう）**一九〇一年〜一九八五年

神奈川県小田原町の魚商の家に生まれる。小田原中学校時代に文学に目覚めて図書館通いを始めるも、退校処分となり横浜の金物店に丁稚奉公、脚気を患って帰郷。二二年以降、東京と小田原とを行き来する不安定な生活を送りながら徳田秋声《とくだしゅうせい》の知遇を得て、処女作「無題」が「新小説」に掲載される。カフェの女給との駆け落ち、新聞文芸社への就職などを経つつ散発的に私小説作品を発表。家業は弟に任せ、自らは実家の物置小屋で寝起きしながら、戦前から戦後にかけて小田原の私娼窟へ通う生活を続ける。五〇年、その経験をもとに書いた「抹香町」が高い評価を受け、ようやく小説家としての地歩が固まる。七七年、ひたむきに私小説を書きつづけたことが評価されて菊池寛賞を受賞。ほかに「伊豆の街道」「女のいる自画像」など。

## 田村俊子（たむら・としこ）

一八八四年〜一九四五年

東京市浅草区蔵前町（現在の東京都台東区蔵前）で米穀商の家に出生。日本女子大学国文科中退。いったとき幸田露伴《こうだろはん》に師事し、佐藤露英名義で小説「露分衣」を発表するがのちに露伴から離反。花房露子の芸名で女優として活躍したのち、一一年に大阪朝日新聞の懸賞に応募した「あきらめ」で文壇デビューを果たす。以後、平塚らいてうらの「青鞜」を中心に、代表作「木乃伊《ミイラ》の口紅」をはじめ、女性の自立への意識と現実との相剋などフェミニスティックな題材を扱った作品を相継いで発表するが、一八年、朝日新聞記者鈴木悦《えつ》のあとを追ってバンクーバーに移住。悦の死後の三六年、いったん帰国して佐藤俊子の名で文壇への回帰を試みるが、最終的には中国に渡り、中国語婦人雑誌「女声」を創刊、そのまま上海で客死。ほかに「炮烙《ほうらく》の刑」「山道」など。

## 泉鏡花（いずみ・きょうか）

一八七三年〜一九三九年

金沢市生まれ。本名、鏡太郎。能楽大鼓《おおつづみ》方《がた》の一流派である葛野《かどの》流の家に生まれた母を幼くして亡くし、母への思慕を重ねた摩耶夫人《まやぶにん》への信仰を終生抱きつづける。北陸英和学校などを経て私塾の講師を勤めたのち、八九年に上京して尾崎紅葉《おざきこうよう》の門下に。紅葉の懇《ねんご》ろな指導と助力のもとに小説執筆を進め、九五年の「夜行巡査」、〇〇年の「高野聖」などで注目を集める。紅葉の死後、明治時代末期には人気作家としての名声を確立し、「婦系図《おんなけいず》」「草迷宮」「歌行燈」等の作品を相継いで世に問う。江戸文学の流れを汲む図式的で極端な物語の運びには賛否両論あるが、独特の怪奇趣味に裏打ちされた幻想的な作風への愛好者は今なおあとを絶たない。同じ紅葉門下でありながら自然主義に流れた徳田秋声と不仲であったことは有名。ほかに「春昼《しゅんちゅう》」「由縁の女」、戯曲に「夜叉《やしゃ》ケ池」など。

**三島由紀夫**（みしま・ゆきお）　一九二五年〜一九七〇年

東京市四谷に農商務省官吏の長男として出生。本名、平岡公威《ひらおかきみたけ》。華奢で病弱な少年だったが、学習院初等科の頃から詩作に興じ、十六歳で国文学雑誌「文藝文化」に短編小説「花ざかりの森」を発表、天才と褒めそやされる。東京大学法学部卒業後、父親の意向で大蔵省に入省するも一年足らずで退官、四九年に書き下ろし長編小説「仮面の告白」をもって専業作家としてスタート。以後、文壇の寵児として「禁色」「潮騒」「金閣寺」「鏡子の家」など絢爛たる作品の数々で一世を風靡する。自らの同性愛的傾向も隠さない一方、「憂国」「英霊の聲《こえ》」などを通じて皇国主義的な姿勢もあらわにしていき、七〇年、自らが率いる「楯の会」とともに陸上自衛隊市ケ谷《いちがや》駐屯地に乱入して割腹自殺を遂げる。ノーベル文学賞候補になるなど海外での評価も高い。ほかに四部作「豊饒の海」など。

**室生犀星**（むろう・さいせい）　一八八九年〜一九六二年

金沢市出身。本名、照道《てるみち》。私生児として生まれ、七歳のときに住職の室生家に養子に入る。金沢市立長町高等小学校を中退後、金沢地方裁判所で給仕として働く間に上司から俳句の手ほどきを受ける。以後、詩や短歌にも手を広げ、一〇年に上京。一六年には萩原朔太郎《はぎわらさくたろう》とともに同人誌「感情」を刊行するが、並行して小説も書きはじめ、「性に眼覚める頃」「幼年時代」などで作家としての地固めをしていく。三〇年代には詩との訣別を宣言、これまでにもたびたび映像化されている「あにいもうと」をはじめとする多数の小説を精力的に発表。戦後もなお、「或る少女の死まで」「杏《あんず》っ子」「かげろふの日記遺文」など、肺がんで亡くなる最晩年まで旺盛な執筆欲を失わなかった。最近では、老作家と金魚の少女との交流を幻想的に描いた「蜜のあわれ」が映画化されている（二〇一六年）。

## 芝木好子（しばき・よしこ）　一九一四年〜一九九一年

東京府王子町出身。東京府立第一高等女学校卒業。四一年に経済学者の大島清と結婚、同年発表した「青果の市」が芥川賞を受賞。六〇年代に執筆した自伝三部作「湯葉」「隅田川」「丸の内八号館」を通じて作風を確立する。戦後の赤線地帯を舞台とした「洲《す》崎《さき》パラダイス」（五五年）が映画化もされて有名だが、和服地の染色に入れこむ女を描いた「染彩」、華道家同士のライバル関係に焦点を置いた「幻華」、陶器蒐集家の父娘と陶芸家との微妙な関係性を繊細に紡ぎ出した「青磁砧《せいじきぬた》」、実在の画家・三岸節子をモデルとした二部作「火の山にて飛ぶ鳥」「羽搏く鳥」など、芸術や工芸に身を捧げる人々の生きざまを軸に編みあげた一連の「芸道小説」でも知られる。女流文学賞、日本芸術院賞・恩賜賞など受賞歴も多いが、現在では作品の多くが絶版となっている。

## 山川方夫（やまかわ・まさお）　一九三〇年〜一九六五年

東京市下谷区生まれ。本名、嘉巳。父親は日本画家の山川秀峰《しゅうほう》。妻・山川みどりは「芸術新潮」元編集長。慶應義塾大学大学院文学研究科仏文専攻中退。五四年、田久保英夫《たくぼひでお》らとともに第三次「三田文学」を創刊、曾野綾子《そのあやこ》、江藤淳《えとうじゅん》などの新人発掘に力を傾注する。五八年の「演技の果て」以降四回にわたって芥川賞の候補となり、六四年には「クリスマスの贈物」で直木賞候補となるが、いずれも受賞には至らず。六〇年に発表した短篇「お守り」は、のちに米国の「LIFE」誌に翻訳が掲載された。十年ほどにわたって戦後文学を牽引する先鋭的な作品を残すが、六五年、結婚してまもない時期に交通事故により三四歳で夭折。作品にはほかに「その一年」「夏の葬列」など。近年に至って再評価の機運が高まっている。

# 初出一覧

| | | |
|---|---|---|
| 巻頭歌 | 『夢之華』金尾文淵堂 | 一九〇六年 |
| 「春」 | 「文学界」 | 一九三六年一二月号 |
| 「麦藁帽子」 | 「日本國民」 | 一九三二年九月号 |
| 「路傍」 | 「群像」 | 一九七二年二月号 |
| 「時雨の朝」 | 「秀才文壇」 | 一九一四年一月号 |
| 「竜潭譚」 | 「文芸倶楽部」 | 一八九六年 |
| 「春子」 | 「人間」別冊第一集〈人間小説集〉 | 一九四七年 |
| 「闇桜」 | 書き下ろし | |
| 「陶古の女人」 | 「群像」 | 一九五六年十月号 |
| 「牡丹寺」 | 「群像」 | 一九六八年十二月号 |
| 「春の華客」 | 「三田文学」 | 一九五三年 |

初出一覧

・それぞれの作品の底本は以下の通り。
巻頭歌　『夢之華』金尾文淵堂、一九〇六年
「春」　『岡本かの子全集 三』ちくま文庫、筑摩書房、一九九三年
「麦藁帽子」　『堀辰雄全集 第一巻』新潮社、一九五八年
「路傍」　『川崎長太郎自選全集Ⅳ』河出書房新社、一九八〇年
「時雨の朝」　『田村俊子作品集・2』オリジン出版センター、一九八八年
「竜潭譚」　『鏡花短篇集』岩波文庫、岩波書店、一九八七年
「春子」　『決定版 三島由紀夫全集 16』新潮社、二〇〇二年
「闇桜」　書き下ろし
「陶古の女人」　『室生犀星全集 第十巻』新潮社、一九六四年
「牡丹寺」　『青磁砧・牡丹寺（短編集）』読売新聞社、一九七六年
「春の華客」　『山川方夫全集 第一巻』冬樹社、一九六九年
・難読と思われる語にふりがなを加えました。
・本文中、今日では差別表現につながりかねない表記がありますが、作品が描かれた時代背景、作品の文学性と芸術性、そして著者が差別的意図で使用していないことなどを考慮し、底本のまま掲載しました。

平山瑞穂（ひらやま・みずほ）

1968 年、東京都生まれ。立教大学社会学部卒業。2004 年にデビュー作の『ラス・マンチャス通信』で第16 回日本ファンタジーノベル大賞を受賞。著書に『忘れないと誓ったぼくがいた』『シュガーな俺』『あの日の僕らにさよなら』『プロトコル』『マザー』『四月、不浄の塔の下で二人は』『彫千代〜Emperor of the Tattoo 〜』『バタフライ』等多数。編著に『紙礫7 変態』、評論に『愛ゆえの反ハルキスト宣言』。

シリーズ 紙礫 12 **耽美** estheticism

2017 年 12 月 25 日 初版発行
定価 2,000 円＋税

編　者　平山瑞穂
発行所　株式会社 **皓星社**
発行者　晴山生菜
編　集　谷川　茂
〒 101-0051 東京都千代田区神田神保町 3-10
電話：03-6272-9330　FAX：03-6272-9921
URL http://www.libro-koseisha.co.jp/
E-mail：info@libro-koseisha.co.jp
郵便振替　00130-6-24639

装幀　藤巻 亮一
印刷　製本　精文堂印刷株式会社

ISBN 978-4-7744-0646-6 C0095

落丁・乱丁本はお取替えいたします。